KB076047

시
인
동주

시인 동주

안소영 지음

창비

일러두기

• 본문에 나오는 윤동주의 시는 『정본 윤동주 전집』(홍장학 엮음, 문학과지성사 2010)
에서 인용하였습니다. 다만 「별 헤는 밤」은 일반적인 인식에 따라, 위 책에서는 제외한
마지막 연을 추가하였습니다.

차례

1938년, 경성의 봄

1938년 3월 23일.

　막 도착한 경원선 열차가 경성역 구내에 승객들을 잔뜩 부려 놓았다. 중절모에 양복 입은 신사들과 지짐 머리 신여성들부터 교복에 모자 쓴 학생들, 올망졸망한 보따리를 든 시골 노인들, 아이 업은 아낙네들까지 행렬은 끝이 없었다. 먼 나들이 차림새가 아직 남아 있는 승객들은 열차의 시발점인 원산 안쪽에서 탔을 테고, 옷자락이 잔뜩 구겨져 흐트러진 행색의 승객들은 회령이나 청진에서부터 함경선을 타고 와 다시 경원선으로 갈아탔을 것이다. 아니면 국경 너머 용정 혹은 길림이나 신경 등 저 멀리 만주에서 온 이들인지도 몰랐다.

"동주! 몽규!"

인파에 치이고 휩쓸리며 학생복 차림의 두 젊은이가 막 경성역 대합실에 들어설 때였다. 자신들을 부르는 소리가 들려와 걸음을 늦췄다. 그러나 눈앞에는 출구로 향하는 이들의 캄캄한 뒤통수만 보일 따름이었다.

"여기네, 여기! 동주야, 몽규야! 이쪽이다!"

주위를 두리번거리고 있는데, 사람들의 물결을 거슬러 오느라 허우적대면서도 위로 치켜든 하얀 손이 보였다. 과연 출입문 쪽 둥근 기둥 뒤편에, 북간도 용정의 고향 선배 라사행의 얼굴이 눈에 띄다 다시 인파에 가려지곤 했다.

"형님!"

두 청년은 한꺼번에 외쳤다. 걸음을 좀처럼 내디딜 수 없기는 이들도 마찬가지였다. 겨우 눈인사만 주고받던 세 사람이 한숨 돌리며 손이라도 맞잡을 수 있게 된 것은, 대합실을 빠져나와 드넓은 경성역 광장에 섰을 때였다. 그늘진 귀퉁이에 겨울의 매운 기가 조금 남아 있긴 했으나 광장 위로 쏟아지는 삼월 한낮 햇살은 여지 없이 느긋한 봄날이었다.

"용정에서 경성까지, 기차 안에서만 꼬박 하루를 더 보냈겠구나. 먼 길 오느라 정말 고생 많았다."

"아닙니다, 형님. 이렇게 나와 주셔서 감사합니다."

동주가 먼저 말했다. 오뚝한 콧날에 눈매가 무척 부드러워 호감을 주는 인상이었다. 옆에 있던 몽규도 말했다.

"경성까지야 뭐……. 이보다 더 먼 중국도 다녀온걸요."

휘파람 불듯 경쾌한 목소리였다. 동그란 안경테 뒤에 빛나는 누눈도 목소리처럼 또렷하고 영롱했다. 동주보다는 반 뼘쯤 키가 컸고, 학생복 옷깃 속의 목이 껑충했다. 긴 여행으로 옷자락은 후줄근하게 구겨져 있었지만, 낯빛은 낯선 도시에서도 전혀 구김 없었다. 성품도 거침없어 보였다. 동주는 깔끔한 성미답게 옷매무새는 그런대로 반듯했지만 낯선 곳이라 그런지, 시험을 앞두어 그런지 다소 긴장한 듯싶었다.

윤동주와 송몽규. 스물두 살 동갑내기에 사촌 간인 이들은, 머나먼 북간도 용정에서 경성의 연희 전문학교에 진학하기 위해 여러 번 기차를 갈아타고 온 것이다. 입학시험을 앞두고 있어 마냥 푸근한 마음은 아니었다. 세 살 위인 라사행은 용정의 은진 중학교 선배다. 중국에 있는 임시 정부 군관 학교에서 몽규와 함께 훈련받다 일본 경찰에 체포되어 고생한 적도 있었다. 감옥에서 나온 뒤 경성으로 올라와 지금은 감리교 신학교 2학년에 다니고 있다.

고종사촌 몽규가 선배 라사행과 그간의 안부를 나누는 동안, 동주는 역 광장을 천천히 둘러보았다. 지은 지 10여 년이 된다는, 원형 돔이 얹힌 붉은 벽돌의 역사(驛舍)는 장중했고 들고 나는 사람의 수도 용정역에 비할 바 아니었다. 인력거 정거장에는 인력거들이 느런히 늘어섰고, 자동차나 승합차도 꽤 보였다. 지게꾼들은 고리짝이나 보따리 등 짐을 잔뜩 든 사람에게 다가가 짐삯을 흥정했고, 전차가 올 시간이 다 되었는지 많은 사람이 정거장으로 뛰어갔다. 광장 건너편에는 비스듬히 놓인 대로를 따라 신식 상점들이 줄지어 섰고, 번듯하고 높은 건물도 여럿 보였다. 그 끝에, 반쯤 가려지긴 했으나 높다랗게 기와지붕을 얹어 놓은 문루*가 눈에 띄었다. 말로만 듣던 남대문인가 보았다. 잇대어 있던 성벽은 모두 잘리고 대문만 홀로 서 있는 모습이 애잔했다.

어릴 때 지내던 북간도 시골 마을 명동촌에 비하면 중학 시절을 보낸 용정도 번화하긴 했으나, 경성은 과연 대도시였다. 용정역 부근 신시가지는 사람들이 모여든다 해도, 조선 사람보다는 중국 사람이나 제복 입은 일본인이 많았고 간혹 러시아나 다른 서양 사람들이 있었다. 하지만 경성역 광장에는 흰옷 입은 사람들이 많았다. 더러 양복이나 학생복을 입긴 했어도 거의가 조선 사람이었다. 손님을 끄는 소리, 일행끼리 서로 부르며 찾는 소리, 깎아 달라느니 안 된다느니 흥정하는 소리, 신문팔이 아이들이 "신문 사려!" 외치는 소리……. 봄 하늘 위로 흩어지는 저 수많은 소리는 모두 조선의 소리, 조선말이었다.

동주는 체온만큼 따스한 물속에 몸을 담그고 있는 것처럼 기분이 좋아졌다. 고향 집을 나설 때부터 겹겹이 껴입고 온 무거운 옷

• 문루(門樓) | 궁문이나 성문의 바깥문 위에 지은 다락집.

들을 얼른 벗어 버리고 싶었다. 삼월이라 해도 북간도는 땅이 꽝꽝 얼어 있는 데다가 겨울바람의 기세도 여전히 맹렬했다. 하지만 지금 자신을 포근히 감싸는 것은, 눈꺼풀을 맡기고만 싶게 따사롭고도 나른한 조선의 봄 햇살이었다. 햇살은 광장 위에, 사람들 위에, 뒤로 보이는 북악과 인왕이란 흰 돌산들에 고루 가 닿았다.

'아니, 저건……'

광장을 한 바퀴 흐뭇하게 돌아 나오던 동주의 눈살이 갑자기 찌푸려졌다. 인력거 정거장에 가려 언뜻 눈에 띄지 않았는데, 역 건물 옆에 일본 경찰 주재소가 있었던 것이다. 하늘을 찌르듯 높다란 깃대 위에 일장기가 펄럭이며, 역 광장과 광장에 모여든 조선 사람들을 거만하게 내려다보고 있었다. 못 볼 것을 본 것처럼 동주는 고개를 홱 돌려 버렸다. 잔잔하게 약동 치던 심장이 일시에 베이는 듯했다. 저 일장기의 붉고 둥근 원, 히노마루는 저들의 단심(丹心)이 아니라, 저들에게 상처 입은 자의 핏빛 흔적인지도 몰랐다. 갑작스러운 동주의 기세에 라사행과 몽규가 이쪽을 바라보았다. 상황을 짐작한 듯 주재소 쪽을 힐끗 보며 라사행이 말했다.

"고국 땅이라고 밟았는데 제일 먼저 눈에 띄는 게 저놈의 깃발이니……. 어쨌건 주재소 순사나 헌병과는 마주치지 않는 게 좋아. 너희들도 알고 있겠지만, 얼마 전에 도산 안창호 선생이 감옥에서 병보석으로 나와 돌아가셨단다. 문상도 못 하게 하고 장례도 제대로 못 치르게 하더니, 젊은 사람들이 모여 있기만 하면 괜히 트집을 잡곤 해. 그 얘긴 차차 더 하기로 하고, 어디 가서 요기부터 하고 기숙사로 가자."

세 청년은 광장을 돌아 서대문 쪽으로 걸음을 옮겼다. 동주와 몽규는 당분간 냉천정에 있는 감리교 신학교 라사행의 기숙사에 머무르면서 시험 준비를 하기로 했던 것이다.

시험은 닷새 뒤, 3월 28일이었다. 몽규는 그 와중에도 경성 구경을 한다며 자주 들락거리고, 방에 들어와서는 느긋하게 잡담만 했다. 이제껏 어떤 시험에도 실패한 적 없고 늘 우등을 차지했던 몽규였다. 그러나 동주는 마음이 편치 않았다. 대범하지 못한 성격 탓만은 아니었다. 제국 대학 법문학부나 의학 전문학교처럼 장래가 보장되는 공부를 하라는 집안 어른들에 맞서, 고집을 피워 선택한 학교였다. 제대나 의전이 아닌 사립 전문학교 시험이라 해서 만만히 볼 수도 없었다. 경성만 해도 경기, 양정, 휘문 등 한다하는 고등 보통학교가 한둘이 아니었고, 조선 팔도를 둘러보자면 더욱 많을 것이다. 자신들처럼 상급 학교에 진학하려고 만주에서 온 중학 졸업생들도 꽤 될 터였다.

연희 전문의 입학시험은 국어, 영어, 조선어, 역사, 국사 및 서양사의 다섯 과목이었다. 서양에서 공부한 교수들이 많아 어렵게 출제한다는 영어도 걱정되었지만, 버젓이 '국어'니 '국사'로 불리는 일본어와 일본사는 중학 시절부터 도무지 머리와 가슴에 들어오지 않았다. 그나마 자신 있는 과목은 조선어였다. 연희 전문처럼 입학시험 과목에 조선어를 포함한 곳은 드물었고, 그래서 이 학교는 더욱 마음이 끌렸다.

그럭저럭 날짜가 다가왔고, 동주와 몽규는 문밖* 교외 신촌정에 있는 연희 전문학교에 가서 시험을 치렀다. 오래전부터 그토록 한 번 가 보고 싶어 했건만, 긴장한 탓에 학교 안팎을 제대로 둘러볼 여유는 없었다.

"동주, 합격이다! 몽규, 합격이야. 둘 다 합격이로군!"

시험을 치른 뒤 일주일째 되는 1938년 4월 3일 일요일. 예배를 마치고 잠깐 나갔다 오겠다던 라사행이 기숙사 방으로 뛰어 들어왔다. 손에는 『동아일보』가 들려 있었다. 갓 발행한 신문 특유의 휘발유 냄새가 진했다. 다음 주에나 합격자를 발표할 줄 알았는데, 신문에 먼저 실린 것이다. 걱정하지 말라며, 다 잘될 것이라며 동주와 몽규에게 큰소리치던 라사행도 내심 궁금했던 모양이다. 몽규는 싱긋 미소 지었고, 며칠간 잔뜩 곤추서 있던 동주의 긴장은 그제야 풀렸다.

몽규가 힐끗 보고 건네준 신문을 동주는 찬찬히 살펴보았다. 2면 하단, 입학시험 합격자 발표란에 연희 전문학교가 먼저 나왔고, 그 중 문과 합격자 명단에 윤동주와 송몽규, 자신들의 이름이 있었다.

• 문밖 | 서울 사대문 밖. 문안은 사대문 안을 뜻한다.

동주는 몇 번이고 다시 들여다보았다. 새 학기부터 함께 공부하게 될 벗들의 이름도 가만히 소리 내어 읽어 보았다.

"백인준, 김삼불, 강처중, 송몽규, 윤동주, 유영, 이경수, 이순복, 허웅, 엄달호……."

발표를 기다리는 동안 조바심을 내는 한편으로, 시험 치르느라 너무 긴장해 학교의 모습을 제대로 새겨 두지 않은 것이 아쉬웠다. 그런데 어느새 동주의 눈앞에는, 신촌 연희 전문학교 교정의 회갈색 석조 건물과 그 앞의 언더우드 동상과 돌계단, 백양나무 오솔길이 그림 그리듯 선명히 떠오르고 있었다.

1부

나의 길 새로운 길

1. 연희 전문학교 신입생

그 말로써 들어 가며 그 말로써 하여 가며

"사람의 생각을 소리로 나타낸 것을 말이라 합니다. 사람의 생각은 본디 소리도 없고 꼴도 없어 도무지 밖에서는 알 수 없지요. 생각이 먼저 소리 내는 틀, 즉 발성 기관을 빌려서 낸 소리로 사람의 귀청을 건드리고, 이렇게 해서 알리는 것이 곧 말입니다."

언더우드 홀이라 불리는 학관 강의실에서는 문과 1학년 수업이 한창이었다.

4월 9일 토요일에 입학식을 한 뒤 일주일간 이어지는 신입생 주간인 데다, 부활절과 학교 창립 기념일까지 앞두고 있어 학내는 들뜬 분위기였다. 학기 초의 첫 수업은 으레 인사를 나누고 교수의 강의 계획과 당부를 들으며 가볍게 넘어가기 마련인데, 이 수업만은 예외였다. 교수는 강의실 정면의 칠판이 모자라 복도 쪽 벽에 걸린 보조 칠판까지 자리를 옮겼다. 융통성 없는 첫 수업에 누구하나쯤 불만스러워도 하련만, 교수의 입과 백묵 끝을 따라가는 학생들의 눈길은 흐트러짐 없었다. 우리말 연구로 유명한 최현배 교수의 조선어 시간이었다.

지난달에 미나미 조선 총독은, 전국 중등학교에서 일본어와 일본 역사 교육을 강화하고 조선어 교육을 폐지한다는 '조선 교육령'을 새로 공포했다. 그런 조치가 내려지기 전에도 이미 고보, 즉 고등 보통학교의 수업은 대부분 일본어로 진행되었고, 조선어는 천대받고 있었다. 입시를 앞둔 상급 학년일수록 더 심했다. 그나마 몇 시간 되지도 않는 조선어 수업은 일본어나 산업 기술 등 다른 과목으로 대치되기 일쑤였다. 이제 조선어 교육을 폐지한다는 총독부의 명령까지 정식으로 내려졌으니, 앞으로 나라말의 운명이 어찌 될지 뻔한 일이었다. 국어로 인정받지 못한 모국어를 공부하는 시간은 언제나 뜨거우면서도 착잡했지만 총독부가 시행령을 내린 1938년, 이해의 수업은 더욱 그랬다.

"그런데 말 공부는 간단한 게 아닙니다. 말과 소리와 생각은 서로 연결되어 있습니다. 그렇기 때문에 말에 대한 공부는 소리를 다루는 물리학에서의 음향학이나, 인간의 생각과 사고를 다루는 심리학이나 논리학과 구별되면서, 또 그 학문들과 밀접한 관련을 맺고 서로 영향을 주고받지요."

말의 갈래를 도표로 그려 가며 설명하던 교수는 백묵 든 손을 잠시 내리고 말했다. 강의 교재로 쓰일 『우리말본』의 체계에 대해 개괄적으로 설명하던 중이었는데, 말 공부에 담긴 학문적 깊이와 넓이도 아울러 일러 주려는 것 같았다.

최현배 교수는 그다지 달변가는 아니었다. 목소리가 낮고 어눌한 데다 경상남도 출신 특유의 강한 억양까지 있어, 처음에 잘 알아듣지 못하는 학생들도 많았다. 각진 얼굴에 입매가 옆으로 길어 무뚝뚝해 보이는 인상이었고, 강의 중에 농담이나 잡담을 하는 법도 없었다. 체구는 큰 편이 아닌데, 아래위로 길고 앞뒤로 툭 튀어나온 네모난 머리만큼은 무척 컸다. 독창적이고도 방대한 학문과 지식은 모두 그 머리에서 나오는 것이라는 이야기도 있었다.

서양 선교사들이 세운 연희 전문의 자유로운 분위기는 서양 학문뿐 아니라 조선의 역사와 문학, 언어 연구에도 관대했다. 최현배 교수는 연전에서 우리말 연구에 몰두하여, 동료 학자들과 한글 맞춤법 통일안을 제정하고 우리말 사전도 편찬할 준비를 하고 있었다. 지난해에는 이제까지 자신의 연구를 집대성하여 세 권으로 된 『우리말본』 온책을 간행했다. 하지만 이처럼 활발한 최현배 교수의 연구도, 조선어 교육을 폐지하려는 총독부의 방침을 볼 때 언제까지 허용될지 알 수 없었다.

문과 학생 중에는, 고보 시절부터 최현배 교수의 저서에 감명받아 연희 전문을 택한 사람이 많았다. 젊은 시절에 최현배 교수가 몸담았다는 동래 고보를 졸업한 허웅도 그러했다. 천 수백 쪽에 달하는 방대한 두께의 『우리말본』을 사는 데에 하숙비를 몽땅 털어 넣어 집에서 곤욕을 치렀다고 했다. 붉고 푸른 밑줄을 쳐 가며 탐독하는 동안, 무엇을 공부하며 어떻게 살아야 할지 길이 보였다고 말했다. 입학식 날 선후배와 동기들이 서로 인사를 나누는 자리에서, 허웅은 자기소개를 마치며 『우리말본』의 머리말을 외었다.

"한 겨레의 문화 창조의 활동은 그 말로써 들어 가며 그 말로써 하여 가며 그 말로써 남기나니: 이제 조선말은 줄잡아 반만 년 동안 역사의 흐름에서 조선 사람의 창조적 활동의 말미암던 길이요, 연장이요, 또 그 성과의 축적의 끼침이다."

최현배 교수처럼 무뚝뚝한 경상도 억양에다 도수 높은 안경까지 쓴 그가 나직하게 읊던 머리말은, 어떤 시나 노래보다 아름다우면서 뭉클했다.

동주 역시, 기대하고 기다리던 수업이라 맨 앞자리에 앉아 있었다. 중학 시절부터 동주도 최현배 교수의 『중등 조선말본』과 『우리말본』에 깊이 빠져 있었다. 드러내어 일본의 식민 통치를 규탄하거나 조선의 독립을 이야기할 수 없는 상황에서, 젊은이들의 울분을 달래 준 것은 조선의 말과 얼에 관한 연구요, 책들이었다. 남쪽 동래 바닷가의 허웅이나 북간도 용정의 동주뿐 아니라 대부분의 학생들에게 그랬을 것이다.

수업 시작부터 동주는 감탄했다. 말이니, 소리니, 생각이니 하는 것은 어린아이들도 이해할 수 있을 만큼 쉬운 이야기이다. 그런데 더 자세히 들어가 보면 그 속에는 깊은 뜻이 담겨 있었다. 말의 씨, 곧 낱말은 사람 마음의 움직임과 상태를 알 수 있는 기본 단위라 했다. 독립된 작은 단위의 낱말에서 비롯되어 생각의 체계가 서고, 깊은 사색으로 이어지며, 사람 사이의 관계로 드러나기도 한다는 것이 놀라웠다. 게다가 홀소리, 닿소리, 겹소리, 된소리, 숨떤소리, 숨안떤소리…… 소리를 표현하는 말들은 어찌 그리 어여쁜지. '말할 이'와 '말 들을 이'에 따라 갈래지어 나가는 말들의 체계는 또 어찌 그리 섬세한지. 최현배 교수가 강의실에서 보여 주는 우리말의 아름다운 세계에 동주는 흠뻑 빠져들었다.

어느새 강의를 마칠 시간이 다가오고 있었다. 일찍 수업이 끝난 학생들의 소리가 바깥에서 두런두런 들려왔다. 손에 묻은 백묵 먼지를 털어 내며 최현배 교수는 말했다. 신입생들에게 늘 당부하는 이야기였다.

"이 세상 사람들에게는 태어나면서부터 말하고 듣고 더불어 살아가는 모국어가 있습니다. 누구나 모국어를 통해 자신을 둘러싼 세계를 인식하고 사유하며, 삶을 배워 갑니다. 그러므로 모든 모국어 속에는 그 민족의 역사적 얼이 담겨 있다고 하겠습니다……. 부디 잊지 말기 바랍니다."

이야기가 더 남은 듯싶은데 교수는 잇지 않았다. 굳이 말하지 않아도, 우리말 연구의 외길을 꾸준히 걸어온 스승의 뜻을 학생들도 잘 알 것 같았다.

솔숲 산책길

기숙사로 쓰는 핀슨 홀은 겉으로 보기에는 2층 건물인데 3층 꼭대기에도 방이 있었다. 3층 방은 구조가 묘했다. 비스듬한 지붕 경사가 천장에도 남아 있었고, 그나마 일관된 빗면도 아니어서 굴뚝 아래 받침 부분이 툭 튀어나와 있었다. 벽과 천장이 모두 반듯한 1, 2층 방들은 상급생 위주로 배정되었고, 다락방은 늘 신입생 차지였다.

동주와 몽규, 그리고 같은 방을 쓰게 된 처중도 마찬가지였다. 천장이 울퉁불퉁하여 안정되지 못한 데다 둘이 있기도 비좁은 방에 세 사람이 배정되고 보니 여간 옹색한 게 아니었다. 그래도 마음 맞는 벗들과 함께 보내는 시간은 날마다 새롭고 유쾌했다. 한 살 위인 강처중은 고향이 함경도 원산이었는데 생김새가 남자답고 시원시원했다. 성격도 마찬가지였다. 경성에 오기 전에 중국에서 지낸 적도 있다 했는데, 북간도에서 온 동주와 몽규를 무척 반기며 기숙사 방까지 함께 쓰자고 나섰다.

이른 저녁 식사를 끝내고 동주는 창가에 놓인 책상에 다시 앉았다. 방 안에서 책 읽고 글 쓰는 시간이 많은 동주를 배려해, 몽규와 처중이 정해 준 자리였다. 어깨 너비가 조금 넘는 작은 책상 위에는 강의 교재와 노트, 영어 사전, 즐겨 읽는 지용과 백석 시집이 꽂혀 있었다. 그 옆에 잉크며 펜과 같은 필기구도 가지런히 놓여 있었다. 벽에 달린 선반에는 용정 식구들과 함께 찍은 사진을 올려 두었고, 입학 기념으로 할아버지께서 사 주신 가죽 가방은 책상 옆에 단정히 걸어 두었다.

책상 바로 옆에 붙은 들창 아래로 솔숲이 한눈에 보였다. 소나무 밑에 앉아 이야기 나누는 학생들 옆에는 더러 체조하는 이들도 있었다. 선배들이 말하기를, 기숙사에는 보통 공부꾼이나 운동꾼, 음악꾼들이 든다고 했다. 공부꾼은 늦도록 도서관에 있겠지만, 유도복을 입거나 정구 라켓을 들고 기숙사 복도를 걷는 운동꾼들은 제법 많았다. 날 좋을 때는 열린 들창으로, 연희 음악부의 테너가 부르는 오페라 아리아가 들려오기도 했다.

책상 위에 펼쳐진 노트에는 마무리하느라 한창 고심 중인 시 한 편이 적혀 있었다. 동주는 시를 종이 위에 쓰고, 고치고, 다듬는 과정이 별로 없었다. 마음에 고이는 생각들을 오랫동안 들여다보고 관찰하다가, 어느 순간 넘실넘실 차올라 오면 언어로 빚어 몇 번이고 입 속에서 되뇌고 공글리며 운율을 입혀 보다가, 이만하면 되었다 싶을 때 비로소 노트 위에 단정한 글씨로 또박또박 써 나갔다.

한 편의 시가 완성될 때까지, 동주의 마음속에서는 무수한 격랑이 일건만 좀처럼 밖으로 드러나지는 않았다. 겉으로 보기에는 단번에 시가 흘러나오는 것만 같아 벗들은 감탄했다. 그래도 머릿속에서 구상한 시와, 노트에 정리하여 눈으로 보는 시는 가끔씩 차이가 있어 또 고치곤 했다.

앞에 놓인 시도 마찬가지였다. 입학한 지 얼마 안 되었을 때 학교 주변을 거닐다 시상이 떠올랐는데, 마무리가 좀처럼 쉽지 않았

다. 산책할 때마다 읊조려 보았지만 무언가 미흡했다. 동주는 원고
노트에 정서해 놓은 시를 다시 읽어 보았다. 완성된 작품을 바라보
는 홀가분한 마음이 아무래도 들지 않았다. 이럴 때는 노트를 덮
고, 머릿속을 자꾸 맴도는 시구(詩句)에서 잠시 떠나 있는 것이 나
았다.

"동주! 어딜 가나? 저녁 산책인가?"

기숙사 계단을 내려와 솔숲 쪽으로 가는데, 선배들과 함께 오던

처중이 말을 걸었다. 새 학기 들어 학교 행정에 총독부의 간섭이 부쩍 심해지고, 심지어 일본 경찰이 학교에까지 들어와 교수들을 연행해 가기도 했다. 학생들 사이에는 해산된 연전 학생회를 다시 세워야 한다는 움직임이 일고 있었는데, 문과 신입생 대표 처중은 그 일로 선배들과 모임이 잦았다. 문안에 들어간 몽규는 오늘도 늦을 모양이었다.

동주는 산책만은 하루도 거르지 않았다. 여럿은 여럿대로, 혼자는 혼자대로 좋았다. 산책하면서 어떤 생각에 골몰하거나, 떠오르는 시상을 가다듬으며 운율을 입혀 보거나, 아니면 그저 터덜대는 발걸음에 몸과 마음을 다 내맡겨 버리기도 했다. 그러노라면 복잡한 생각들이 정리되고, 한 발 두 발 내딛는 걸음 따라 맥박도 고르게 뛰며, 요동치던 마음이 잦아들곤 했다. 홀연히 시가 찾아올 때도 있었다. 그렇게 다가온 시는 자신에게서 우러나온 것인지, 시가 스스로 찾아온 것인지 구별되지 않았다.

산책길은 여러 갈래였다. 아직 해가 한참 남아 있다면 기숙사 뒤편 솔숲을 지나 연희궁을 거쳐 백련사로 향하는 게 좋을 것이다. 야트막한 고개를 넘으면 초가지붕이 옹기종기 엎드린 마을이 나오고, 마을을 지나면 또다시 숲이 이어지는 길이 나왔다. 하지만 이렇게 해 질 무렵에 혼자 나선 길이라면 서강으로 가 보는 것이 좋으리라. 학교를 벗어나 반 시간쯤 걷다 보면 잔다리 연못이 나오고, 잠깐 다리쉼을 한 뒤 서쪽 강가에 이르면 예로부터 '한양 팔경'이라 불렀다던, 서강에 해 지는 모습을 바라볼 수 있었다. 저물어 가는 햇살이 강물 위에 반짝이는 모습은 어느 하루도 같은 적이 없었고, 언제 보아도 가슴 저렸다.

"내를 건너서 숲으로, 고개를 넘어서 마을로……."

잊어버리자 했으면서도 저도 모르게 떠오르는 시구들을 중얼거리며 동주는 솔숲 샛길을 걸었다. 길이 끝나는 곳에 개울이 있었다. 작은 개울 속에 징검돌 몇 개가 정겹게 놓여 있고, 물봉숭아와 돌미나리 줄기가 제법 파릇했다. 실개울 건너 너른 풀밭 운동장에는 늦도록 연습하는 축구부원과 야구부원들의 고함 소리가 활기찼다. 발길이 뜸한 운동장가에 민들레가 피어 있었다. 키 큰 풀들에 치이기는 했지만 작고 노란 꽃들은 여전히 앙증맞고 어여뺐다. 경성의 벗들은 맵시 있는 서울 말씨로 민들레라 했지만, 동주나 몽규는 고향에서 하듯 '문들레'라 불렀다. 가장 먼저 봄을 알리면서도 무성해지는 풀꽃들에 순순히 자리를 내어 주는, 무던하고 수수한 꽃에는 그 말이 더 어울리는 듯했다. 동주의 입에서 또 시구가 흘러나왔다.

"문들레가 피고 종달이 날고……."

교문이 따로 없는 교정을 나서니 높다란 경의선 철둑길부터 눈앞에 크게 다가왔다. 허공에 높이 솟은 철롯둑은, 기차가 없어서인지 저물녘이어서 그런지 쓸쓸해 보였다. 동주는 굴다리 밑으로 걸어갔다. 끊겼던 물줄기가 어디에서 다시 이어졌는지 어두컴컴한 굴다리 아래로 개울물이 흐르고 있었다. 굴다리를 지나니 개울 폭이 좀 더 넓어졌다. 창내였다. 관리들의 녹봉을 보관하고 지급하던 옛 창고, 광흥창이 멀지 않아 붙은 이름이었다. 왼편에 붉은 벽돌로 지은 창내 예배당 건물이 보였고, 오른편 서강 쪽은 벌판이었다. 동주는 논둑을 따라 내처 걸었다. 메마르지도 우거지지도 않은 오월의 풀길은 푹신했다. 저녁 어스름이 동주를 마중 나오듯 반대편에서 차츰 다가오고 있었다.

벌판을 반 시간 남짓 걸었을까. 잔다리 연못이 나와 한동안 다리쉼을 했다. 잔다리는 창내를 가로지르는 작은 다리가 있는 동네였다. 얼마 전 일본식으로 행정 구역을 통일한다며 '세교정(細橋町)'이라는 이름으로 바꾸어 놓았지만, 조선 사람들은 아무도 그리 부르지 않았다. 해가 더 뉘엿해지자 동주는 서강으로 나왔다. 서해가 멀지 않아 강물의 흐름이 한결 급했고, 반짝이는 저녁 햇살도 봄바람을 도와 물결을 서쪽으로 서쪽으로 흘려보냈다. 동주도 몽규도 경성에서 한강을 처음 보았을 때 깜짝 놀랐다. 용정의 해란강도, 국경 철로 부근의 두만강도, 드넓은 한강에 비하면 창내처럼 작은 물줄기에 불과했다. 오백 년 도읍지 서울을 휘감아 돌며 유유히 흐르던 강, 이제는 식민지에서 그저 하나의 부[•]로 전락해 버린 옛 수도를 묵묵히 어루만지며 흐르는 강. 새삼 가슴속에 서글픈 생각들

• 부(府) | 일제 강점기에 군(郡)보다 위의 등급으로 설치한 지방 행정 구역.

이 오가는데, 넓고도 깊은 강물의 속은 어떠할지⋯⋯. 하늘은 강물처럼 남빛으로 물들어 가고 동주의 마음도 덩달아 젖어 들었다.

밤새 우는 소쩍새 소리를 들으며 기숙사 방에 들어왔다. 몽규와 처중은 아직 돌아오지 않았다. 옷자락에 묻어 온 오월 봄밤 내음이 방 안에 퍼져 나갔다. 동주는 책상에 앉아 노트를 펼쳤다. 엉킨 시구들 사이에서 모대기기만 하다가 잠시 벗어나, 숲과 길과 하늘과 강물을 보고 돌아오니 맑고 새로운 기분이 들었다. 다시 시를 읽어 보았다.

내를 건너서
숲으로
고개를 넘어서
마을로

아무래도 길을 가는 기분이 길게 이어지지 않고 토막토막 끊어지는 듯했다. 나누어 놓은 행을 붙여 보았다.

내를 건너서 숲으로
고개를 넘어서 마을로

어제도 가고 오늘도 갈

나의 길 새로운 길

한결 나았다. 솔숲을 지나 내를 건너고 마을로 들어서는 걸음이
더 실감 났다. 행을 이어 시 전부를 손질해 보았다. 연희 전문에 와
새로운 길을 걸을 때, 두근대는 심장의 고동과 성큼성큼 이어지는
걸음이 느껴지는 듯했다. 그제야 흡족해진 동주는 원고 노트에 시
를 옮겨 썼다. 늘 그렇듯 마무리한 날짜도 적었다. 1938년 5월 10
일. 오늘도, 내일도 나의 새로운 길을 걸으리라는 첫 마음으로 동
주의 가슴은 두근거렸다.

새로운 길

내를 건너서 숲으로
고개를 넘어서 마을로

어제도 가고 오늘도 갈
나의 길 새로운 길

민들레가 피고 까치가 날고
아가씨가 지나고 바람이 일고

나의 길은 언제나 새로운 길

오늘도…… 내일도……

내를 건너서 숲으로

고개를 넘어서 마을로

_1938. 5. 10.

새로 사귄 연전의 벗들

하루하루 달라져 가는 것은 봄 날씨만이 아니었다. 학관을 뒤덮은 담쟁이덩굴도 제 모습을 달리해 가고 있었다. 입학시험을 보러 처음 학교에 왔을 때는 벽에 매달린 앙상하고 칙칙한 줄기들이 걷다 만 거미줄처럼 흉해 보였다. 그런데 언제부터인가 겨울눈에서 하나둘 연둣빛 싹이 움트기 시작하더니, 담벼락 위에 연녹색 발자국을 점점이 찍어 나갔다. 봄이 무르익어 갈수록 초록 담쟁이 잎들의 기세는 더욱 강해져, 점점으로 보이는 것은 오히려 원래 석벽의 회갈색이었다. 머지않아 회갈색 점들도 보이지 않게 되고, 초록 담쟁이 잎들이 학관 벽을 온통 뒤덮을 것이다.

신입생들의 모습도 많이 달라졌다. 이제까지 다니던 고보는 교사나 선배나 군림하고 통제하려고만 들었다. 그러다 전문학교, 그 것도 서양식으로 학교를 운영해 더욱 자유로운 연희 전문에 오니 도무지 적응 안 돼 얼뜬 모습들이 많이 없어졌다. 둥근 학생모 대 신 전문학생임을 자랑스럽게 드러내는 사각모를 쓰는 것도 익숙 해졌다. 머지않아 이들도, 검정 사각모의 꼭짓점들을 나란히 두지 않고 비스듬하게 젖혀 버리는 일탈도 부려 볼 것이다. 선배들이 으 레 그랬던 것처럼.

반공일(半空日)인 토요일 오후, 수업을 마친 문과 신입생들이 언 더우드 동상 아래 풀밭으로 하나둘 모여들었다. 기숙사 패들은 물 론, 신촌역의 기차를 놓칠세라 부리나케 귀가하던 학생들도 공연 히 이곳저곳 서성이며 교정의 봄을 즐기고 있었다. 늘 그렇듯 먼 저 자리 잡고 앉은 것은 동주와 몽규와 처중이었다. 학관 뒤 논둑 잔디밭이나 기숙사 부근 솔숲, 동상 아래 돌계단에 세 사람이 앉아 있으면, 지남철*에 쇳가루가 붙듯이 벗들이 모여들곤 했다. 오늘 도 집에 가던 엄달호와 김삼불이 오고 이순복과 심재봉, 나중에 허 웅도 와서 앉았다.

"저기 가는 게 유령 아닌가? 어이, 유령! 유령, 이리 오게!"

무슨 일에건 호기심 많고 재바른 김삼불이 소리쳤다. 갸름한 얼 굴에 약간 튀어나온 광대뼈가 재주 많아 보이게 하는 인상이었고,

---

• 지남철 | 자석.

경상도 북부의 억양은 남부와 달리 그리 억세지 않고 나긋했다.

삼불이 부르는 소리에 막 백양나무 오솔길에 들어서려던 유영이 뒤돌아보았다. 얻어 입은 교복은 후줄근했고, 새로 산 사각모는 아직 길들지 않아 뻣뻣했다. 그렇게 입고 쓰고 있으니, 옷은 더욱 낡아 보이고 모자는 더욱 튀어 우스꽝스러웠다. 하숙이나 기숙사에 있을 형편이 못 되어 수원 누님 댁에서 통학했는데, 오랫동안 기차 안에서 시달릴 생각에 하굣길 걸음이 늘 무거운 벗이었다. 이름이 외자로 '령(玲)'인데, 성을 붙여 보통 유영이라 불렀다. 하지만 삼불은 짓궂게도 늘 '유령'이라 부르곤 했다. 이름 이야기를 하자면 삼불도 할 말이 없었다. 한자로도 '삼불(三不)'이라, 벗들은 종종 이렇게 물었다.

"아니 되는 그 세 가지가 도대체 무엇인가?"

"영어, 채플,˚ 수신."

"그것뿐인가?"

"음…… 술, 담배, 여인."

삼불이 씩 웃으며 내놓는 대답은 그때그때 달랐다.

유영이 망설이며 선뜻 걸음을 돌리지 않자, 처중이 큰 소리로 말했다.

"영이, 우리 방에서 자고 가면 되지 않나!"

• 채플 | 기독교 계통의 학교에서 하는 예배 모임.

그제야 마음먹은 듯 책 보따리를 가슴에 안고 다가왔다. 유영이
와서 앉자 삼불의 장난기는 동주와 몽규에게로 향했다.
　"그런데 자네들은 정말 사촌이 맞는가? 혹 쌍둥이 아닌가? 쌍둥
이 형제가 이 집 저 집에서 자란 게 아니고?"
　"정말 누가 동주고 몽규인지 헷갈릴 때가 많아. 게다가 자네들
모두 작품을 발표한 적 있지 않나?"
　한쪽만 쌍꺼풀진 작은 눈을 반짝이며 엄달호도 거들었다. 그도
신문에 여러 편의 동요를 발표했고, 문학 지망생 벗들에게 관심이
많았다. 동주와 몽규도 용정에서부터 신문과 소년지 학생란에 시
를 발표해서 그 방면에 관심 있는 사람들에게는 서로가 낯익은 이
름이었다.
　하긴 몽규는 동주 고모의 아들로, 둘은 같은 해에 석 달 간격으
로 태어났고 어릴 때는 한집에서 자랐기에 비슷한 점이 많을 것이
다. 그러나 두 사람이 닮았다는 것은 생김새만 두고 한 말은 아니
었다. 굳이 생김생김을 살펴보자면, 동주는 크지도 작지도 않은 눈
에 항상 엷은 웃음이 어려 있었고, 약간 도도록한 아래 눈두덩이
그 웃음을 신중하게 받쳐 주었다. 따스하고 부드러우면서도 과묵
해 보이는 인상이었다. 이에 비해 몽규는 안경 너머 쌍꺼풀진 눈이
또렷했고, 꼭 다문 입술에 꼿꼿한 미간이 날카롭고 예민해 보였다.
그래도 한번 입이 열리면 거침없는 웅변이 흘러나올 것만 같았고,
실제로도 몽규는 달변가였다.

연전의 벗들이 두 사람을 구별하지 못하겠다고 하는 것은 아마 말씨 때문일 것이다. 동주와 몽규 집안은 원래 국경 끝이라 바깥세상의 변화가 더디 닿던 함경도 지방에서 살았고, 북간도로 이주한 뒤에도 그 말씨를 고스란히 지니고 살았다. 노래하듯 부드러운 조선 고유의 억양에 '찬숑가'나 '마쇼'처럼 겹모음이 살아 있는 북간도 말씨가, 남쪽의 도회 출신 벗들에게는 생경할 법도 했다. 하지만 한번 들으면 여운이 오래가는, 아름답고 부드러운 말씨였다.

"저 친구는 또 문안 나들이를 가나 보군. 하긴 바야흐로 한창인 봄날, 진정 빛나는 청춘이로세!"

방금 전 유영이 지나가던 길을 보며 삼불이 말했다. 금빛 학교 배지가 번쩍이는 사각모에 날이 서도록 주름 잡아 잘 손질한 학생복, 가죽으로 된 새 가방과 번쩍번쩍 광나게 닦은 구두가 멀리서도 눈에 띄었다. 평안도 부잣집 아들 김문웅이었다. 이쪽을 보며 크게 손 한 번 흔들고 문웅은 바삐 걸음을 옮겼다. 본정이나 황금정의 끽다점*이나 백화점 양식당에라도 가는 것이리라.

문웅이 향하는 번화가의 젊음만이 빛나고 싱그러운 것은 아니다. 오월의 교정도 마찬가지였다. 두꺼운 책을 가득 안고 학관 도서실로 향하는 선배들, 부스스한 머리로 흰 가운 주머니에 두 손을 찌른 채 이학관 실험실에서 나오는 수물과 학생들, 그리고 풀밭에

• 끽다점(喫茶店) | 찻집.

앉아 두런두런 이야기를 나누는 동주와 벗들……. 손에 지휘봉을 든 현제명 교수가 경쾌한 걸음으로 학관 4층 음악 연습실로 가는 모습이 보였다. 미국에서 공부했다는 현제명 교수의 짙은 하늘색 양복과 붉은 구두, 자줏빛 나비넥타이 차림은 멀리서도 유난히 눈에 띄었다. 그쪽을 바라보던 강처중이 무겁게 입을 열었다.

"자네들도 상과 소식은 들었을 테지?"

"이순탁 학과장님마저 당신 방에서 연행되셨다면서?"

"백남운 교수님과 노동규 교수님은 방학 때 이미 잡혀가셨다더군."

"그렇게 교수님들이 다 체포되셨으면 상과 수업은 어찌하나? 시험이 머지않았는데……."

문과 신입생 대표라 학교 일을 두루 알고 있는 강처중이 말을 꺼내자 저마다 걱정스럽게 한마디씩 했다. 상과는 문과와 수물과를 합한 크기와 비슷할 만큼 연전에서 규모가 제일 커서, 상과가 흔들리면 학교 전체가 흔들리는 것이나 마찬가지였다. 고보 시절에도 독서회다, 동맹 휴학이다 해서 선후배나 벗들이 경찰에 잡혀가는 것을 보긴 했다. 그러나 경찰이 학교 안까지 버젓이 들어와 저명한 교수님들을 연행해 간 것은 충격적인 일이었다. 특히 백남운 교수는, 문과 학생들이 최현배 교수를 보고 연전에 입학한 것처럼, 그분에게 배우기를 기대하고 찾아온 상과 학생들이 많았다. 대공황에 접어든 자본주의 체제의 모순을 지적하던 상과의 분위기를, 일본 경찰은 식민 통치를 비판하는 '불온'한 지식 청년들을 길러 내는 것으로 여겼다.

"얼마 전까지만 해도 '좌경 교수·우경 교수'라는 타이틀을 내걸고 나란히 잡지에 소개하지 않았나? 그런데 이제 와 '적색(赤色) 교수'라는 색깔을 붙이고 몰아내는 것은 무엇 때문인가? 다양한 교수님들이 함께 있는 모습이 좋아 그때부터 연전을 마음에 두고 있었는데……"

김삼불이 투덜거렸다. 유영도 근심스럽게 말했다.

"이렇게 자꾸 교수님들이 사라져 가서야 원……"

고초를 겪기는 이른바 '우경 교수'로 불리던 스승들도 마찬가지였다. 안창호 선생이 연루된 '수양 동우회' 사건과 기독교 지식인들의 친목 모임인 '흥업 구락부' 사건으로 교수들은 경찰서를 드나들어야만 했다. 최현배 교수도 이미 한 차례 경고를 받은 터였다. 한문학의 대가 정인보 교수는 조선의 학문과 얼을 가르치는 것이 더 이상 불가능하다고 여기고, 병을 핑계하며 사직하고 말았다. 수박색 두루마기에 흰 고무신을 신은 정인보 교수와 늘 사람 좋은 웃음을 띠고 있는 백남운 교수가 교정에서 담소하는 모습은 연전의 자랑거리였다. 고전적인 한문학과 현실 비판적인 사회주의 경제학, 아무런 연관이 없어 보이는 학문을 하는 두 교수가, 출간한 책의 서문에서 감사와 존경의 인사를 하는 것도 참 보기 좋았다. 하지만 두 분의 그러한 교유는 이제 연전에서 더 이상 볼 수 없는 광경이 되고 말았다.

이학관 아펜젤러 홀 모퉁이에 살구꽃, 앵두꽃이 활짝 피어 흐드러졌다. 성미 급한 꽃잎은 눈처럼 흩날리며 떨어지기도 했다. 담쟁이덩굴 잎들은 부지런히 벽을 기어오르고, 신록의 어린잎들은 초록빛을 더해 가고 있었다. 교정에 찾아온 봄은 여전하건만, 보이지 않는 스승과 동료들을 생각하니 마음이 저려 왔다. 바라던 학교에 입학하고 난 뒤 기쁨으로 가득했던 가슴에 처음으로 진한 그늘이 번져 갔다.

경성 거리를 걷다

"쓰기와 고카몬도리데스. 오리루 가타와 마에카라 오리테 구다사이. 다음은 광화문통입니다. 내리실 분은 앞으로 나와 주세요."

회색 제복을 입고 일본어와 조선어로 번갈아 가며 정거장을 안내하는 전차 차장의 목소리에 피곤이 잔뜩 실려 있었다. 광화문통이라는 소리에 젊은 학생들이 우르르 앞으로 몰려 나갔다. 무덥고 비좁은 전차 안의 승객들은 한마디 불평도 없이 선선히 길을 터 주었다. 까까머리에 여드름 숭숭 난 중학생에게도 학생 대접을 해 주었는데, 더구나 이 젊은이들은 보기만 해도 대견한 전문학생인 것이다.

검은색 교복 바지에 흰색 셔츠 소매를 팔꿈치까지 걷고, 더러 사각모도 쓴 청년들 열댓 명이 걸어가는 모습은 한눈에 띄었다. 6월 18일 토요일, 중간시험을 마치고 경성 시내로 나온 동주와 벗들이었다. 입학한 뒤 처음 치른 시험이어서 결과가 궁금하고 걱정되기도 했다. 문법과 독해, 작문과 회화로 나뉜 연전의 영어 시험은 확실히 만만치 않았다. 최현배 교수의 조선어 시험은 분량이 많고 문제가 까다로운 편이었는데도, 다들 얼마나 열의를 내어 공부했는지 답안지 뒷면까지 빽빽이 써서 제출했다. 선배들 말로는 유달리 만점자가 많이 나오는 과목이라는데, 가르치는 교수와 배우는 학생들의 열의가 함께 만들어 낸 뿌듯한 결과일 것이다. 마음먹고 나온 학생들은 동주네만이 아니어서 상급생 선배들과 이과와 상과 동기들도 있었다.

광화문통 비각 앞에서 내린 일행은 보기 싫은 총독부를 등지고 태평통으로 향했다. 스러져 간 왕조에 대한 절개가 그다지 남아 있지 않은 청년들이건만, 왕궁을 가로막고 둔중하게 서 있는 조선 총독부 건물은 볼 때마다 숨이 막혔다. 광화문통에는 광화문도 없었다. 총독부를 짓느라 경복궁 동쪽으로 쫓겨 간 뒤로 지붕 한끝만 아스라이 보일 따름이었다.

광화문통에는 총독부를 비롯해 관청이 많아 그런지 신문사 사옥도 모여 있었다. 비각 건너편에 동아일보가 있고 태평통 쪽으로 좀 더 걸어 내려가면 총독부 기관지 매일신보와 경성일보가 나왔다. 그 맞은편에 조선일보가 있고, 옆에 7층 높이의 시계탑이 우뚝 솟아 있는 경성 부민관*이 보였다. 부민관 앞에는 일본인 관광객이 많았다. 경성 시내를 저희 집 안방으로 여기는지 유카타** 차림에 게다를 신은 이들이 웅성대었다. 양장 차림의 젊은 아가씨들도 그쪽으로 걸어가고 있었는데 이화 여선 학생들의 음악 공연이 있는 모양이었다. 전차에서 함께 내린 선배들은 그 공연을 본다며 부민관 앞에서 길을 건넜다.

문안에 들어와 경성 시가지를 걸을 때마다 동주와 벗들은 사실 마음이 편치 않았다. 학교 주변에 흔히 보이는 나지막하게 엎드린 초가, 아현동 전차 정거장 부근의 비좁은 골목, 그 안에 다닥다닥 붙어 있는 판잣집들, 정류장 승객에게 구걸하는 아이들……. 방금 전까지 본 문밖 모습이었다. 하지만 길 한가운데로 전차와 자동차가 달리는 넓고 곧게 뻗은 거리, 번듯하게 올려 세운 고층 건물들, 양복 위로 셔츠 깃을 내어놓고 파나마모자를 쓴 신사들, 내리닫이*** 양장에 고운 빛깔의 양산을 쓴 여인들……. 이 모두가 같은 경성 모습이라는 게 좀처럼 실감 나지 않는 것이다.

• 부민관 | 일제 강점기에 경성 부민의 공회당, 즉 모임 공간으로 사용한 건물. 오늘날에는 서울시 의회 의사당으로 쓰이고 있다.
•• 유카타 | 일본 전통 의상 중 하나로 주로 목욕 후나 여름에 입는다. 게다는 일본 사람들이 신는 나막신.
••• 내리닫이 | 바지와 저고리가 한데 붙어 있는 옷. 요즈음의 원피스와 비슷하다.

젊은이들은 경성 부청 앞에서 장곡천 길로 접어들었다. 왕의 둘째 딸이 살고 있어 작은 공주 골, 혹은 소공동(小公洞)이라 불리던 동네 이름을 총독부가 바꾸어 버렸다. 러일 전쟁의 사령관이자 2대 조선 총독인 하세가와(長谷川)를 기리는 거리로 만들어 버린 것이다. 아스팔트 깔린 은행나무 가로수 길은 광화문통이나 태평통처럼 드넓은 대로는 아니었지만, 경성 최고의 번화가인 본정, 즉 혼마치로 가는 지름길이었다.

길이 끝나는 곳에, 조선 총독부처럼 육중한 화강암에 돔 지붕을 올린 조선은행 건물이 있었다. 은행을 끼고 모퉁이를 도니 남대문통과 만나는 드넓은 교차로가 나왔다. 선로가 복선이어서 오가는 전차들이 끊이지 않았고, 자동차에다 사람도 많아 무척 복잡한 곳이었다. 건너편 미쓰코시 백화점 앞에는, 여름이면 시원스러운 물줄기를 뿜어내는 분수대가 있었다. 총독부 당국이 엽서에도 박아 자랑하는 '선은(鮮銀) 앞 광장'이었다.

동주 일행은 잠시 허둥거렸다. 경성 나들이가 처음이 아닌데도 사거리, 아니 오거리가 교차하는 이 광장에서는 번번이 당황스러웠던 것이다. 이럴 땐 늘 앞장서고 보는 삼불이 기세 좋게 말했다.

"자, 이왕 마음먹고 나선 길이니 우리도 부라부라 혼부라 가세. 전광판이 서 있는 저쪽이 혼마치 길이로군. 저리로 가면 되겠군그래."

그 말이 못마땅한 몽규가 미간을 찌푸리며 말했다.

"혼부라는 무슨……. 대판옥이건 마루젠이건 작정한 대로 얼른 서점에나 가세."

'혼부라'는 혼마치에 백화점과 카페, 최신식 일본 상가가 들어선 이래 유행하는 말로, 일본의 '긴부라'에서 온 것이다. 도쿄의 긴자 역시 첨단 유행과 소비를 이끄는 젊은이들의 거리였다. 딱히 살 것이 없는 사람들도 상가 주변을 어슬렁거리며 진기한 상품들을 눈요기했다. 그렇게 어슬렁거리는 것이 일본 말로 '부라부라(ブラブラ)'이고 긴부라란 긴자 거리를 부라부라, 즉 이리저리 하릴없이 돌아다니는 것이다. 일본 젊은이들이 도쿄의 긴자 거리를 배회하듯이 조선 젊은이들도 경성 혼마치 거리를 어슬렁거리며 돌아다녔다. 바로 혼부라였다. 몇 해 전 거리를 휩쓸고 다니던 나팔 모양의 통 넓은 바지도, 영화 속 서양인들처럼 금빛 나고 은빛 나게 옥시풀*로 표백한 젊은이들의 머리칼도, 허리를 졸라맨 짧은 치마에 살빛 스타킹과 굽 높은 구두를 신고 다니는 젊은 여인들의 차림도 다 혼부라를 통해 나온 것이다. '전발(電髮)'이라 불리는 지짐 머리도 작년부터 한창 유행하는 중이었다. 먹고 걷고 구경하고 무언가를 사기도 하고, 또 걷고 먹고 마시고……. 그렇게 우르르 몰려다니는 젊은이들을 '혼부라당'이라 불렀다. 전문학교 교복과 사각모가 아니라면 동주와 벗들도 그렇게 보일지 몰랐다. 하긴 제국 대나

• 옥시풀 | 과산화수소로 만든 소독제의 상품명.

전문학교의 부유한 학생 중에도 혼부라당이 제법 있었다.

혼마치는 원래 '진고개'라 불리던 동네였다. 비가 오면 물이 빠지지 않아 각설이패들이나 거적을 치고 모여 살던 곳이다. 불과 50여 년 전만 해도 일본은 조선의 도성 사대문 안에 마음대로 들어올 수 없었다. 그래서 공사관과 군대를 남산 기슭에 두었고, 거류민*들은 부근 진고개에 자리 잡는 게 고작이었다. 하지만 세력이 커지자 남산은 물론 아래의 욱정, 본정, 명치정, 황금정을 넘어 청계천 남쪽을 모두 자신들의 근거지로 만들어 버렸다. 청계천을 경계 삼아 경성이 둘로 갈라지게 된 것이다. 넓게 포장된 거리와 새로 정비한 상하수도, 세련된 신식 건물에 전등불이 휘황한 일본인들의 '남촌'과, 비좁고 질척거리며 우중충한 거리에 낡은 초가지붕이 엎드려 있는 조선인들의 '북촌'으로.

혼마치 길은 알려진 것에 비해 그리 넓지 않고 오히려 좁은 편이었다. 진고개라는 옛 이름이 무색하게, 아스팔트로 포장해 놓은 길은 산뜻했다. 도로 양쪽에는 상점이 즐비했는데, 전차는 물론 자동차나 마차도 못 다니게 해 사람들의 걸음이 자유롭고 장사도 더 잘되었다. 입구에 미쓰코시 백화점이 있고, 혼마치 길을 따라 히라타 백화점과 미나카이 백화점이 경쟁하듯 자리 잡았다. 길 양쪽에는 은방울꽃 모양의 가로등이 서 있었는데, 낮에 보아도 앙증맞지

• 거류민 | 남의 나라에서 지내는 사람.

만 밤에 불을 밝히면 꽃이 활짝 피어난 것처럼 더욱 어여뺐다. 일본인들은 혼마치 대신 '은방울꽃 거리'라 자랑스럽게 불렀다.

상점의 휘황한 진열장, 길가에 내어놓은 진기한 물건들, 지나다니는 신식 여성들의 옷차림에 자꾸만 눈이 가는 것은 한창의 젊은 이들이니 어쩔 수 없었다. 갈수록 뒤처지는 삼불과 벗들을 앞서가던 몽규가 꼿꼿한 눈길로 자주 뒤돌아보았다.

서점 '마루젠'은 혼마치를 지나, 동척(동양 척식 주식회사) 길과 만나는 작은 사거리 건너편에 있었다. 후쿠자와 유키치*의 제자가 세운 일본의 마루젠은, 서양 사상을 일본에 들여오는 창구 역할을 해 왔다. 사실주의니 낭만주의니 자연주의니 하는 서양의 사조도, 한때 세계 청년들의 가슴을 뛰게 한 마르크스주의도, 러시아의 혁명 소식도, 모두 마루젠과 마루젠의 책들을 통해 들어왔고 또 퍼져 나갔다. 도쿄의 마루젠은 경성의 진고개에도 서점을 내었다. 혼마치의 마루젠 서점에서는 도수 높은 안경을 쓴 제대 학생이나 동주네와 같은 전문학생들, 학교 교원들이나 조숙한 고보생들이 심각한 표정으로 책장에 얼굴을 묻고 있었다. 일본 청년들의 가슴을 두근거리게 하던 마루젠의 책과 새로운 사상은, 조선 청년들의 가슴도 두근거리게 했다. 총독부가 알면 질색할 내용도 많았다.

• 후쿠자와 유키치(福澤諭吉) | 일본의 계몽가이자 교육가. 일본의 근대화를 이끈 대표적인 사상가로 꼽힌다.

동주와 벗들은 책 냄새가 흠뻑 밴 서점에 시간 가는 줄 모르고 앉아 있었다. 몽규와 처중은 세계와 일본의 정세를 객관적인 시선으로 알려 주는 시사 잡지 『개조』를 보느라 정신없었다. 동주와 유영은 『문예 춘추』에 발표된 최근 문학 작품들과, 조선 문인들의 신간을 펼쳐 보았다. 영어 도사 한혁동은 두툼한 양장본 표지에 제목이 금박으로 멋지게 박힌 원서에 파묻혀 있었고, 조선의 민속에 관심 많은 삼불은 일본 학자 야나기 무네요시*가 쓴 책에 빠져 있었다.

빼곡히 들어찬 책장 탓에 서점 안은 빨리 어둑해졌다. 점원이 전등불을 켜자 그제야 젊은이들은 책장에서 고개를 들었다. 눈이 뻑뻑하고 목도 뻐근했다. 훑어보다 마음에 둔 것을 사기도 한 뒤 밖으로 나왔다. 처중은 『개조』 최근 호를 샀고, 동주는 이용악의 시집 『분수령』을 골랐다. 함경도 태생인 용악의 시에는, 백석과는 또 다른 북국의 서늘한 기운이 있어 동주가 눈여겨보고 있었다. 형편이 빠듯한 몽규나 삼불은 책 살 엄두를 내지 못했다. 어차피 벗들과는 내 책 네 책 구분이 없으니 아쉬운 것도 없는 눈치였다.

초여름 더위도 한풀 꺾였고 거리에는 선선한 바람이 불었다. 다들 출출했지만, 혼마치의 번화한 식당이나 재즈 음악이 흐르는 침

• 야나기 무네요시(柳宗悅) | 일본의 근대 민예 연구가이자 수집가. 1924년에 경성에 조선 민족 미술관을, 1936년에는 도쿄에 일본 민예관을 설립했으며 조선의 민속 예술에 깊은 관심을 나타냈다.

침한 그릴*에는 들어가고 싶지 않았다. 시장기가 짙을수록 얼큰한 조선 음식 생각이 더했다. 노점에서 중국 호떡으로 간단히 요기하고 북촌, 종로로 올라가기로 했다. 마침 종로 거리의 야시장이 하나둘 불을 밝혀 갈 시간이었다.

동척 길로 들어서서 황금정 쪽으로 걸어갔다. 일본 생명과 제국 생명, 제일 은행과 식산 은행 등을 한데 모아 놓고 붙인 거리 이름이 황금정이었다. 조선 취인소** 앞에는 업무가 끝나 문이 닫혔는데도 눈이 퀭한 사람들이 여전히 서성대었다. 고개를 떨어뜨린 사람이 많은 것을 보니 이번엔 폭락인 모양이었다. 만주 사변 뒤로, 경기가 활성화되리라는 기대감과 실망감이 번번이 오가면서 주식 시장은 연일 폭등과 폭락을 거듭했다. 주식꾼들의 표정은 황금처럼 빛나기는커녕 스산하고 그늘이 많았다.

황금정 지나 광교 가까이 오니 조선 옷 입은 사람들이 많이 보였다. 이제야 제대로 된 조선 거리에 온 것 같은 기분이 들었다. 상점 문밖에 내어놓은 확성기에서 흘러나오는 노래도, 간드러지는 일본 가요나 알아들을 수 없는 끈끈한 외국 노래가 아닌 조선의 노래였다.

"운다고 옛사랑이 오리오마는

* 그릴 | 호텔이나 클럽에 있는 간이식당.
** 조선 취인소 | 1932년에 설립된 증권 거래소.

46

눈물로 달래 보는 구슬픈 이 밤."

지난해 말에 나와 지금까지도 유행하고 있는 「애수의 소야곡」
이었다. 계절에 관계없이, 마음을 뜯는 기타 전주가 들려오면 순식
간에 가을 저녁의 쓸쓸함에 젖어 들게 되는 노래였다. 삼불이 말
했다.

"아니, 이게 누구의 노래인가. 백 년에 한 번 나올까 말까 한다는
목소리의 주인공, 바로 그 남인수가 아닌가!"

삼불은 노래를 따라 불렀고, 동주와 벗들도 함께 흥얼거렸다. 유
성기 소리는 멀어졌지만, 동주와 벗들의 노래는 광교 거리에서 계
속되었다. 젊은이들이 끝까지 부르는 3절 노랫말은 더욱 애틋했다.

"무엇이 사랑이고 청춘이던고.

모두 다 흘러가면 덧없건마는

외로이 느끼면서 우는 이 밤은

바람도 문풍지에 애달프구나."

장마가 오기 전이라 청계천 물은 바짝 말라 있었다. 주변을 두리
번거리며 유영이 말했다.

"이 부근에 구보, 아니 소설가 박태원의 집이 있지 않나?"

그 말에 동주와 벗들은 새삼 주변을 둘러보았다. 몇 해 전 신문
에 연재되었던 박태원의 「소설가 구보 씨의 일일」을 다들 재미나
게 읽은 터였다. 작품 속의 구보는 곧 작가 박태원이었고, 실제로
그의 벗들은 작가를 구보라 부른다 했다. 과연 구보 씨가, 아버지

의 공애당 약방 문을 열고 불쑥 거리로 나설 것만 같았다. 껑충한
키에 바가지를 씌운 것처럼 둥그런 '갓빠' 머리를 한 박태원 곁에
는, 더벅머리에 턱수염이 무성한 짝패 이상이 해맑게 웃고 있을 것
이다. 그러고 보니 구보와 이상은 동주네보다 겨우 일고여덟 살 많
은 형님뻘이었다. 연배가 좀 더 위인, 쌍꺼풀진 그윽한 눈매가 인
상적인 소설가 이태준과, 동그란 로이드 안경* 뒤의 눈빛이 침착
하고 차분한 시인 정지용의 얼굴도 함께 떠올랐다.

「소설가 구보 씨의 일일」이 발표되던 때만 하더라도 조선 문단
은 활기가 있었으나, 이즈음은 예전만 못했다. 도쿄로 떠난 이상은
'불령선인'**으로 의심받아 일본 경찰에게 조사받던 중, 결핵이 도
져 지난해 봄에 세상을 떠났다 했다. 벗을 잃은 구보는 안 그래도
처진 어깨로 두 딸의 아비 노릇을 하느라 경황이 없다 하던가. 이
태준은 다니던 신문사가 문을 닫은 뒤 만주로 떠났고, 시집을 낸
지도 오래인 지용은 그저 신문과 잡지에 간간이 작품을 발표할 따
름이었다. 이상은 세상을 떠났지만, 이 경성 어딘가에는 동주 같은
문학청년들의 가슴을 뛰게 하는 또 다른 문인들이 살아가고 있으
리라. 어쩌면 오늘, 이 젊은이들처럼 어두워져 가는 여름밤 거리를
걷고 있을지도 모른다. 그들의 삶은 문학으로 인해 더욱 빛나고 있

---

* 로이드 안경 | 둥글고 굵은 셀룰로이드 테의 안경. 미국 희극 배우 로이드가 쓰고
영화에 출연하면서 유명해졌다.
** 불령선인(不逞鮮人) | 불온하고 불량한 조선 사람.

을까. 아니면 더욱 남루해져 가고 있을까.

　하늘이 남빛으로 짙게 변해 가고 있었다. 화신 백화점을 등에 진 종루 지붕의 윤곽이 묵묵하게 다가왔다. 오랜 세월 동안 도성 백성들의 하루를 열고 닫게 해 준 종각의 종소리였다. 그러나 이제 사람들은 집집마다 있는 벽시계와 손목시계를 보며 시간을 쪼개 바삐 움직이고 있었다. 종루와 종의 존재를 잊은 지 오래였다. 반공일 저녁, 한몫 단단히 보려는 종로 야시장 상인들은 벌써 카바이드˙ 불빛을 푸르고 환하게 밝혀 놓았다. 동주와 벗들은 그 불빛을 향해 드넓은 종로 길을 건넜다.

• 카바이드 | 물과 반응하면 아세틸렌가스를 발생시키는 물질. 예전에 전깃불 대신 많이 사용했다.

2. 첫 여름 방학

북간도 고향 집으로

끼이익— 철커덩.

제동 걸린 열차 바퀴가 레일과 맞닿으며 길게 토해 내는 비명에 동주는 눈을 떴다. 언제 잠들었던 것일까. 원산에서 처중의 배웅을 받으며 기차에 오르자마자 눈이 감긴 듯했다. 옆에 앉은 몽규는 여전히 깊은 잠에 빠져 있었다. 민틋한 역사 지붕 너머로 보이는 하늘에 옅은 주황빛 노을이 드리워져 있고 흥남이라는 팻말이 보였다. 함흥도 지난 모양이었다.

1938년 7월 15일, 여름 방학을 맞아 동주와 몽규는 북간도 고향 집에 가는 길이었다. 처중이 원산 제집에 잠깐이라도 들렀다 가라고 간곡히 권하기에, 전날 경성역에서 밤 11시 기차를 함께 탔다. 원산에서 이름난 한의사인 처중 아버님이 시가지 구경이며 요리 대접을 잘해 주셨고, 급행열차 표까지 끊어 주셨다. 오후 3시 16분 발, 국경 도시 상삼봉을 거쳐 만주로 가는 목단강행 열차였다. 전날 밤, 철원 지나 검불랑, 신고산으로 이어지는 험준한 추가령 구조곡을 넘어가느라 기차가 내내 용트림을 하는 통에 사람 몸도 기진맥진한 터였다. 그렇게 밤잠을 못 잔 데다가 한낮의 식곤증까지 몰려왔으니 정신없이 잠들 수밖에.

흥남부터 열차는 오른편에 바다를 낀 채 해안선을 따라 달려갔다. 간혹 낮은 구릉과 솔숲이 바다를 멀어져 가게도 했지만 이내 희고 푸른 거품을 토해 내며 바다는 모습을 드러내었다. 기차는 해안을 따라 북쪽으로 올라가면서, 보이지 않는 시간의 레일을 따라 밤으로도 들어가고 있었다. 하늘에 붉은 기운이 짙어 갈수록 바다는 점점 검푸르러져만 갔고, 간혹 성미 급한 저녁 별이 하나둘 찾아와 장난꾸러기처럼 가물거렸다. 이제부터 이원과 단천을 지나 성진까지, 해안선을 따라 길게 이어질 동해가 참으로 볼만할 텐데……. 동주는 아쉬운 눈으로 거뭇거뭇 어둠이 밀려드는 바다를 바라보았다.

"아아, 기차 안에서 이틀 밤을 연달아 보내는 건 정말 못할 일이로군."

신북청역에 다다랐을 때, 몽규가 깍지 낀 손을 길게 앞으로 내뻗어 기지개를 켜며 말했다. 손목시계를 보니 어느새 밤 9시가 다 되어가고 있었다. 피곤이 가시지 않은 눈에 안 그래도 진한 쌍꺼풀이 더욱 짙게 패어 있었다. 동주도 지친 표정으로 고개를 끄덕였다. 상삼봉까지 가려면 오늘 밤을 또 열차 안에서 지새워야 하는 것이다.

천장에 매달린 전등 빛은 어스레하게나마 보이던 창밖 풍경을 완전히 지워 버렸고, 차창은 거울이 되어 객실 안의 모습을 되비추고 있었다. 급행인 데다 이제부터 밤을 지새우고 가야 해서 그런지, 사람들로 빼곡했던 낮보다 여유 있었으나 빈자리는 없었다. 의자에 기대어 혹은 통로 바닥에 주저앉아 가는 사람들도 있었다.

북부 조선의 주요 도시를 달리는 급행열차다 보니 객실 안에는 양복이나 군복을 입고 단출한 여행 가방을 짐칸에 올려놓은 일본인들이 많았다. 중화학 공장에 다니는 사무원이거나, 인접한 군부대 장교일 것이다. 짐 보따리를 잔뜩 든 채 신산스러운 표정을 한 사람들은 여지없이 조선 사람이었다. 어쩌면 챙 있는 모자로 서늘한 눈빛을 가린 채 국경을 넘어가는, 큰 뜻 품은 지사들도 있으리라.

오륙 년 전만 해도 살길을 찾아 떠나는 가난한 조선 농민들로 만주행 열차는 발 디딜 틈 없었다. 일본이 만주를 침략하고 그 전쟁이 여러 물자를 필요로 하자, 일본과 조선에서 한몫 챙기려 찾아온 사람들로 더욱 붐볐다. 가히 '만주 붐'이라 할 만했다. 그러나 전쟁이 중국 대륙까지 확대되고 생각보다 길어지니, 일본군의 사기뿐 아니라 만주의 경기도 예전만 못하게 되었다. 그 대신 일본은 북부 조선의 동해 항만을 개발하여 일본 본토와 만주, 나아가서는 중국 대륙을 잇는 기지로 삼으려 했다. 그리하여 가난한 고깃배와 시름 많은 유배객들이나 드나들던 조용하고 외딴 북녘 어촌의 모습이 그때부터 달라져 갔다. 방사상으로 죽죽 뻗은 대로와 굴뚝 높은 공장이 들어선 중화학 공업 단지에 군사 도시로 변모해 간 것이다. 생산된 물자들을 일본과 만주로 편하게 실어 내도록 철로도 놓였다. 아름다운 조선 해안을 따라가고 있는 이 열차도, 결국은 침략과 수탈의 거점 도시가 되어 버린 흥남, 이원, 성진, 청진, 나진을 잇는 철로 위를 달리는 것이다. 헐벗고 굶주린 조선 사람의 생활은 조금도 달라질 게 없는 개발과 공업 단지에, 도로와 철도였다.

덜컹덜컹, 덜커덩덜커덩. 완만한 평야와 해안선을 따라가는 야간열차는 진동도 소음도 규칙적이었다. 일정한 소리와 움직임으로 기차가 레일 위를 묵묵히 달려가듯, 파도도 밀려왔다 밀려갔다 하면서 밤새 흰 거품을 토해 내고 거두어 갔다.

청진을 지나자 기차는 해안과 멀어져 내륙으로 접어들기 시작했다. 왕조 시대의 외딴 유배지 부령을 지나고 무산 탄광을 거쳐 회령까지, 함경산맥 끝자락을 넘으며 열차는 심하게 몸을 뒤틀었다. 나라 땅끝을 향해 가는 사람들의 마음도 덩달아 부대끼며 심란해졌다.

회령에서 열차는 오래 정차했다. 정거장에는 일본군이 가득했다. 중국 본토에서 한창 전쟁을 벌이고 있는 관동군 부대였다. 얼마 전에는 소련군과도 장고봉에서 충돌하여 신경이 잔뜩 날카로워져 있었다. 그런 신경증은 예정보다 늦게 출발한 열차 안에도 전염되었다. 국경이 가까워질수록 검문과 검색이 삼엄했다. 동주와 몽규를 비롯해 학생복 차림이나 허름한 노동복 차림의 청년들에게는 더했다. 매서운 눈빛의 일본 형사들이 역마다 새로 올라 출발지와 목적지를 캐물었고, 국경 넘어 용정에 정말 집이 있는지, 다른 목적으로 가는 것은 아닌지 꼬치꼬치 캐었다. 학생복과 가방, 들고 있는 책까지 샅샅이 뒤져 보았다.

피로보다 더한 굴욕에 젖어 삭막한 고원 지역을 한 시간쯤 달렸을까. 왼편 차창으로 초록이 무성한 풀숲이 보이더니 작은 물줄기와 이내 좀 더 큰 폭으로 흐르는 강이 보였다. 두만강이었다. 이제 부모님이 계신 고향 땅도 멀지 않았다. 동주는 오랜만에 가족을 만난다는 설렘보다도, 나고 자란 고향 땅이 국경 너머에 있다는 서글픔이 더 컸다. 그 옛날, 고국을 떠나 낯선 나라로 향하며 물살 센 강에 발을 담갔던 할아버지들의 심정이 이러했을까. 좁아졌다 넓어졌다 하며 흐르는 강물은 휘어진 실버들 잎과 장난질했고, 물거품 이는 곳에서는 금빛 은빛 붕어들이 솟구쳐 올랐다. 천진하고 수다스러운 것은 강물이었고, 묵묵한 것은 강바닥보다 깊은 사연들을 지니고 있는 열차 안의 동포들이었다.

동주와 몽규가 타고 온 급행열차는 조선의 마지막 정거장인 상삼봉역에서 잠시 멈춘 뒤, 그대로 만주 대륙을 향해 달려 나갔다. 열차에서 내린 사람들은 거의 조선 사람이었고, 이들은 이곳에서 용정행 기차로 다시 갈아타야만 했다. 일본인들이 자주 드나드는 만주의 대도시가 아닌 바에야, 조선 사람들이 주로 가는 작은 도시들에 급행열차가 군이 에둘러 정거할 필요는 없었던 것이다.

조선이건 만주건 남의 땅을 일본이 모두 제 나라 삼아 놓았으니 딱히 국경이라 할 것도 없건만 검문이 또 남아 있었다. 줄줄이 '해관 검사실'로 가서 다시 한 번 주소와 직업, 행선지와 여행 목적 등을 캐묻는 질문에 대답해야 했다. 철저한 짐 뒤짐에 몸수색까지 당했다. 이 몸수색이라는 게 환장할 노릇이었다. 자꾸 당하다 보면, 행여 자신도 알지 못하는 수상한 무언가가 나올까 봐 얼굴이 하얘지고 목소리가 저절로 기어들어 갔다. 그러면 형사나 검사원은 부릅뜬 눈으로 더욱 닦달했고, 저들의 의심처럼 자신의 행적이 불온하다고 스스로가 여길 지경이 되었다.

해관 검사실에서 놓여나 정거장에 오니, 이제까지 타고 온 열차에 비하면 장난감 같은 협궤 열차가 기다리고 있었다. 매달린 차량도 얼마 되지 않았고, 궤도의 폭도 훨씬 좁았다. 그래도 북부 함경도 사투리로 가득한 작은 열차에 오르니, 비로소 고향에 다가가고 있다는 실감이 났다. 경성에서 세련된 경기 말씨에만 둘러싸여 있다가, 두런두런 들려오는 함경도의 아바이 어마이 소리가 얼마나 반가운지.

국경을 가르는 두만강이라 해도 폭이 좁은 곳은 개울과 다를 바 없었다. 보이는 풍경도 강 이쪽저쪽이 마찬가지였다. 강변을 벗어나 본격적으로 벌판이 펼쳐지니, 비로소 조선을 떠나왔다는 실감이 들었다. 봉우리 봉우리로 이어지며 산세의 변화가 아름다운 조선에 비해, 끝없이 막막한 벌판에 산인지 둔덕인지 뭉툭뭉툭 누워 있는 모습이 퉁명스러웠다. 어릴 때부터 보아 온 만주 들판이건만 동주에게는 그새 낯선 땅이 되어 버렸다. 불과 한 학기를 보내고 왔을 따름인데도 자신이 막 떠나온 곳이 고국이요, 몇 대를 이어 부모 형제가 살아가고 있다 해도 만주는 고향이 아닌 것이다.

고향인가 타향인가, 오락가락하는 상념에 젖어 있는데 사람들의 움직임이 분주해졌다. 용정역에 도착한 것이다. 역 주변에 줄지어 펄럭이는 오색기는 여전했으나 색이 많이 바랬다. 오색기는 일본이 청나라의 마지막 황제 푸이를 내세워 새로 만든 만주국의 깃발이었다. 청, 홍, 흑, 백, 황의 다섯 색깔은 한족, 일본족, 만주족, 러시아족, 몽고족을 뜻하며 이들의 화합을 상징한다고 했다. 그러나 팽창하는 일본 제국주의의 기세에 나머지 민족들은 빛을 잃은 지 오래였다. 오로지 일본 민족을 뜻하는 붉은 빛깔만 선명했다. 그 옆에 따로 내걸린 일장기의 붉은빛도 한여름의 태양 아래 더욱 찬란했다. 하늘 위에는 태양, 땅 위에도 오직 일본의 저 붉은 태양기뿐인 듯했다. 처음 고국에 도착하던 날, 경성역에서도 그러했듯이.

"형님!"

열차에서 내려 짐을 정리하고 있는데, 여름 햇살보다 더 쨍한 목소리가 들려왔다. 구르듯 뛰어온 것은 동주의 열두 살 난 동생 일주였다. 형이 온다는 전보를 받은 그날부터 일주는 하루도 빠짐없이 역으로 나와 보았다. 생글거리며 웃는 일주의 콧잔등에는 송골송골 땀방울이 맺혔다. 역 광장의 뜨거운 햇볕 아래 얼마나 기다린 것인지 머리칼도 온통 땀에 젖어 달라붙어 있었다. 동주는 와락 일주를 얼싸안았다.

"일주, 잘 지냈나? 그새 많이 컸구나!"

셋이서 반갑게 이야기하고 있는데, 송창희 선생이 성큼성큼 다가왔다. 몽규의 아버지이자 동주에게는 고모부이다. 동주의 여동생 혜원도 옆에서 수줍게 웃고 있었다. 열다섯 살인 혜원은 용정 명신 여학교 학생인데, 학교가 파하자마자 역 광장에 나와 본 모양이었다.

"아버님!"

"고모부님!"

"그간 별고 없으셨습니까?"

송창희 선생은 몽규와 동주의 스승이기도 했다. 고국의 전문학교에 유학 중인 제자들을 바라보는 송창희 선생의 얼굴에 대견한 웃음이 어렸다. 동주와 몽규의 손을 맞잡으며 말했다.

"그래, 오느라 고단하겠구나. 어른들이 기다리고 계실 거다. 얼른 집으로 가자!"

일행은 역 광장을 가로질러 거리로 나왔다. 이불 보따리며 책 보따리가 제법 되어 짐은 마차에 실어 따로 보냈다. 형과 고종형의 손을 하나씩 잡고, 일주는 걷는다기보다 경중거리며 뛰었다. 그 모습에 동주와 몽규, 송창희 선생도 웃었고, 뒤따라오는 혜원도 손으로 입을 가리며 배시시 웃었다. 바람이 잦아들어 광장의 깃발들은 후줄근하게 내려뜨려졌고, 일주의 쨍한 웃음소리만 하늘 높이 오르고 있었다.

용정 식구들

"할아버지, 형님 왔어요! 어머니, 나와 보셔요. 형님이 왔어요!"

동주의 초가집 마당에 일주의 목소리가 먼저 도착했다. 타다다다, 골목 입구에서부터 달려오는 뜀박질 소리도 함께 들려왔다. 부엌문을 열고 앞치마를 두른 동주의 고모가 나왔다. 몽규의 어머니이기도 했다.

"이제들 왔나 보네. 아니, 오라버닌 여태껏 마당에서 기다리시다 아이들이 온다니 광으로 가시는 건 또 뭡니까?"

막 광문 손잡이를 잡으려는 동주의 아버지에게 핀잔주듯 말했다. 신식 아버지 슬하에서 자라 그런지 동주의 고모 윤신영 여사는 구김살 없이 밝은 성격이었다. 몽규 밑으로도 열여섯 살 난 딸 한복과 갓 소학교에 들어간 아들 우규가 있고, 마흔이 넘은 나이인데도 여학생처럼 맵시가 날래고 늘 쾌활했다. 여동생의 짓궂은 소리에 무안해진 동주의 아버지 윤영석은 공연히 헛기침했다.

"아버지, 어머니! 형님이 왔어요. 고모! 몽규 형도 같이 와요."

"형님들! 얼른 얼른 오셔요!"

마당에 들어선 일주는 안에 대고 어른들께 고하랴, 골목에 대고 형들을 채근하랴 턱 밑까지 차오른 숨을 고를 틈이 없었다. 이어 동주와 몽규, 송창희 선생과 혜원까지 들어서자 넓지는 않으나 비좁지도 않은 마당이 그득해졌다. 아들과 조카를 맞는 신영 고모의 수다가 이어지고 동생들도 둘러싸 왁자해지자 동주의 아버지가 말했다.

"할아버님께 인사부터 올려야지!"

동주와 몽규가 마루로 올라서려는데 할아버지 윤하현 장로가 방문을 열고 나왔다. 그러고는 먼저 손을 내밀며 말했다.

"그래, 너희들 왔느냐? 멀리서 공부하느라 애썼다."

"아니, 아버님! 절부터 받지 않으시고는……."

방 안에서 좌정하고 계셔야 할 집안의 어른이 문을 열고 나와 인사를 건네자, 동주 아버지는 질색했다. 엉거주춤하긴 동주와 몽규도 마찬가지였다.

"절은 무슨……. 그건 나 죽은 뒤에도 말라 하지 않았니? 이렇게 우리 손자들 얼굴 보고 손잡으면 되었지."

윤하현 노인은 손자들과 신식으로 악수를 나누며 힘차게 손을 흔들었다. 손등이 까슬까슬해지셨다 싶었지만 건장한 체격답게 손아귀의 힘은 여전히 억세었다. 눈가에 퍼지는 주름도, 맞잡은 손도 따스했다. 할아버지가 이만하시니 집안도 여전하리라. 식구들의 안부를 자세히 묻기 전이었지만 동주는 안심되었다.

할아버지가 절을 받지 않으시니 할머니도 손사래를 쳤고, 날이 더워 모두 마루에 둘러앉았다. 시골 마을 명동의 기와집에 비해 용정으로 나오면서 급히 구한 초가집은 훨씬 작을뿐더러 식구가 많아 옹색했다.

혜원과 몽규의 여동생 한복이 수박을 내왔다. 검은 줄무늬가 선명한 초록색 껍질에 칼을 대자마자 수박이 쩍 갈라지며 단물과 함께 붉은 속을 드러내었다. 아침부터 찬 우물에 담가 둔 것이었다. 오랜만에 형들을 만난 어린 동생들은 신이 났고, 할머니의 치맛자락만 붙들고 서먹해하던 막냇동생 광주도 무릎걸음으로 다가와 큰형 동주의 얼굴을 자꾸만 들여다보았다. 비어 있던 자리를 채우고 앉은 두 청년을 보는 식구들의 표정이 환했다. 한집안에 한 명도 나오기 어렵다는, 용정을 통틀어도 몇 안 되는 전문학생이 아닌가. 바라만 보아도 저절로 벙글 웃음이 나오며 대견했다.

뒤늦게 물 묻은 손을 닦으면서 부엌에서 나온 동주 어머니는, 배고프지 않으냐 하고 가만 물으셨다. 동주는 고개를 저었다. 핏기 없이 창백한 어머니 얼굴은 여전했고 눈가 주름은 그새 더욱 깊어진 것 같았다. 병약한 몸으로 어른들을 모시고 대식구의 수발을 들어야 하는 어머니가 동주는 늘 걱정스러웠다. 어머니 김용 여사는 체구가 가느다랬고, 가르맛자리처럼 얼굴도 희고 갸름했다. 보기 좋게 가지런히 뻗은 콧대와 깊고 그윽한 눈매를 보면, 동주는 형제 중 어머니를 가장 많이 닮은 듯했다. 생김뿐 아니라 조용하고 침착한 성품 또한 그러했다. 아버지는 작고 다부진 체격에 눈빛이 부리부리했고 이마에는 깊은 주름이 가로로 길게 패어 강한 인상을 주었다. 열렬하고도 격정적인 성미였다.

"헛허허, 그것참, 나라도 그럴 뻔했겠다. 허허허……."

윤하현 노인의 얼굴에서는 웃음이 떠나지 않았다. 몽규가 막, 물어물어 찾아간 서울 남대문 앞에서, 도대체 숭례문은 있는데 남대문은 어디 있느냐고 되물었다던 시골 노인 이야기를 한 참이었다. 절반쯤 알아들은 큰 아이들도 웃었고, 남대문이고 숭례문이고 도무지 이해 가지 않는 어린 동생들도 덩달아 까르르 웃어 댔다.

동주네 집안이 오랫동안 자리 잡고 살던 명동을 떠나 용정으로 나온 지도 어느새 7년이 되어 갔다. 돌이켜 보면 동주 집안에나 윤하현 노인에게나 그때가 한 시절이었다. 지금은 뿔뿔이 흩어진 명동의 조선 사람들도 마찬가지일 것이다.

조선 땅 함경도 종성에서 살던 윤씨 집안이 북간도로 건너간 것은, 윤하현 노인이 열두 살 소년 때였다. 그때만 해도 북간도는 청나라 조정의 통치도 미치지 않아 비어 있는 땅이나 마찬가지였다.

이들이 처음 정착한 곳은 두만강 바로 건너 자동이라는 작은 마을이었다. 그런데 10년쯤 뒤에 함경도의 남평 문씨와 전주 김씨 등네 가문의 식솔 백여 명이 북간도 용정 부근의 작은 마을로 이주했다는 소식이 들려왔다. 윤씨 집안은 기반이 잡혀 있던 자동 생활을 미련 없이 접고, 동포들이 새로 모여든 곳으로 옮겼다. 동주가 태어나기도 훨씬 전, 동주 아버지가 겨우 다섯 살 때인 1900년의 일이었다.

비둘기가 모여드는 바위가 있다 해서 중국어로 '부걸라재(鳧鴿磖子)'라 불리던 북간도의 작은 황무지 땅은, 조선 사람들이 오면서 '명동(明東)'이라는 새로운 이름을 갖게 되었다. 동쪽 나라, 즉 조선을 환하게 밝힌다는 뜻이었다. 교회도 '명동 교회', 학교도 '명동 학교'였다. 명동 사람들은 조선 왕조가 무너지는 것을 보면서 미련 없이 신학문을 받아들였고, 독립의 길을 찾다가 기독교도 받아들였다. 고향을 떠나오긴 했으나, 한시도 고국을 잊은 적 없는 이들의 절절한 모색이었다. 교회당 옆 너른 기와집에 살던 동주네 식구들도 모두 돈독한 신앙을 지니게 되었다. 집안뿐 아니라 마을에서도 큰 어른인 동주의 할아버지는 장로로 선출되어 '윤 장로님'이라 불리며 존경받았다.

빼앗긴 나라 조선에서 지낼 수 없었던 뜻있는 지사들은 국경 너머 동포들이 모여 사는 북간도 명동 마을로 모여들거나, 이곳을 거쳐 갔다. 이토 히로부미를 쏘아 죽인 안중근 의사가 한때 명동 마을에서 육혈포˙ 연습을 했다는 이야기는, 어린 동주와 벗들의 가슴을 두고두고 두근거리게 했다.

그러나 만주의 봉오동과 청산리에서 조선 독립군에 호되게 당한 일본군은 북간도 조선인 마을을 잔혹하게 짓밟았다. 동주가 아직 어렸을 때의 일로, 이른바 '간도 대토벌'이다. 조선 독립군에는 명동 학교 출신이 유달리 많았기에 학교도 깡그리 불태워 버렸다. 그 뒤에도 조선 사람들을 못살게 구니 마을을 떠나는 사람들이 늘어만 갔다. 결국 동주네 집안도 도회지 용정으로 이사하기로 했다. 동주와 몽규가 중학생이 될 무렵이었다.

용정 생활은 예전만 못했다. 명동의 너른 벌을 말을 타고 둘러볼 정도로 풍채 좋고 강건했던 동주 할아버지도, 어깨가 힘없이 내려앉은 노인이 되어 갔다. 일찍부터 아들 윤영석을 중국과 일본으로 보내 공부하게 했지만, 나라를 빼앗긴 젊은이의 앞선 배움은 쓰일 데가 없었다. 인쇄소를 한다, 포목점을 한다, 애는 써 보았지만 동주 아버지의 사업은 늘 신통치 않았다.

윤하현 노인이 기대를 걸고 있는 것은 동주와 몽규, 특히 윤씨 집안의 장손 동주였다. 전문학교를 졸업하고 나면 못해도 관공서의 관리는 될 수 있을 테고, 그러면 제 밥벌이를 하고 제 식솔을 거느릴 수 있을 것이다. 가장의 오랜 책임감을 이제는 나누고도 싶은

• 육혈포 | 탄알을 넣는 구멍이 여섯 개 있는 권총.

할아버지는, 애틋하고도 미더운 눈길로 손자들을 바라보았다.

동주와 몽규는 어린 동생들에게 둘러싸여 있었다. 낯설어하던 광주는 언제 그랬냐는 듯 맏형의 무릎에 앉아 있고, 일주는 『소년』에 실린 김내성의 연재 추리 소설 「백가면」에 빠져 정신없었다. 동주가 매달 경성에서 동생들에게 보내 주던 잡지인데, 이번 달에는 아예 들고 온 것이다. 몽규의 동생 우규도 옆에서 차례를 기다리는 눈치였다. 고모와 누이동생들은 백화점이며 극장, 경성 이야기를 묻고 듣느라 바빴다. 할아버지가 말했다.

"아이들 고단하겠다. 그만 놓아주고 좀 쉬게 하여라."

"에그, 내 정신 좀 보아. 여태 이러고 있었으니…… 너희 어머니 혼자 또 고생하고 있겠구나. 몽규야, 동주야! 너희도 방에 들어가 좀 쉬어라."

동주의 고모가 자리에서 일어나며 둘의 어깨를 두드렸다. 혜원과 한복도 따라 일어섰다. 집으로 돌아왔다는 기분 좋은 피로감이 동주와 몽규에게 이제야 서서히 몰려왔다.

소학교 때 사총사가 모여

엊그제 입추가 지났는데도 더위는 여전했다. 겨울 추위가 그처럼 매섭다면 여름 햇살은 좀 누그러들어도 좋으련만 그게 아니었

다. 굴곡져 가로막는 산이 많지 않으니 너른 벌과 도회지 마당에
햇살은 더욱 거침없이 내리꽂혔다. 더구나 올해는 말복이 늦어 더
위가 한층 드세고 길 모양이었다.

소학교 동무들을 만나려고, 동주가 어른들께 인사하고 막 대문
을 나서려는 참이었다. 아버지가 소리쳤다.

"모자 쓰고 가거라!"

뒤쫓아 나온 혜원이 웃으며 사각모를 내밀었다. 동주가 외출할
때마다 되풀이되는 일이다. 난처한 얼굴로 모자를 받아 든 동주는
그대로 뒷주머니에 찔러 넣어 버렸다.

지난겨울에만 해도 진학 문제로 동주와 아버지의 갈등이 굉장
했다. 동주는 연희 전문 문과에 가겠다 했고 아버지는 극구 반대했
다. 한때 문학도였던 아버지는, 바로 그랬기에 문과 공부는 도무지
쓸모없는 일이라 여겼다. 마흔이 넘어가도록 아버지 윤하현 노인
에게 기대어 사는 자신의 삶이 잘 말해 주고 있지 않은가. 괜히 문
학이니 역사니 철학이니 하는 것들에 취해 아들 동주마저 자신처
럼 살게 할 수는 없었다. 그렇다고 관리가 되어 일본인들에게 굽실
거리거나, 법관이 되어 동포들에게 못 할 일을 하라는 것도 아니
었다. 아버지가 권한 것은 의학 전문학교였다. 의전 공부를 마치고
의사가 되면 세간의 존경을 얻고 생활의 방편도 될 터이니, 이 어
수선한 세상에 그만한 직업이 없을 것이다. 그러나 문과 공부를 하
겠다는 동주의 결심도 확고했다. 좀처럼 어른들을 거스른 적 없던

동주가 얼굴을 붉히며 제 뜻을 세울 때마다, 아버지의 성난 고함도 터져 나왔다. 때로 밥상이 엎어지거나 물그릇이 바닥에 내동댕이 쳐지기도 했다.

몇 달이나 계속되던 부자간의 팽팽한 대립을 중재한 것은 할아버지였다. 윤하현 노인은 내심 아들 편으로, 동주가 안정적인 생활을 하기 바랐다. 하지만 공부해야 할 당사자는 동주 아비가 아니라 손자 동주인 것을……. 저만한 나이가 된 자식의 고집을 꺾어 놓기란 참으로 부질없는 일이라는 것을, 한번 아비가 되어 본 노인은 알고 있었다. 할아버지는 동주 편을 들어 주었다. 몽규의 뜻을 순순히 허락한 송창희 선생도, 부모 생각대로 자식을 살게 하기는 어렵다며 동주를 거들었다.

혜원이 오빠에게 사각모를 건네며 웃는 것은 이러한 사연이 있기 때문이다. 그때 아버지 기세로는 연전의 교복도 모자도 보기 싫어할 것만 같았다. 그런데 번번이 사각모를 쓰고 나가라는 것을 보면, 아버지도 연희 전문학교 문과에 다니는 아들이 자랑스러운 걸까.

동주는 시내의 중앙 교회에 먼저 들렀다. 소학교 동무 익환의 아버지가 목사로 계신 곳이다. 돌로 된 아치 모양의 입구와 검은색 벽돌로 된 교회 건물이 이색적이었다. 몇 해 전 캐나다에서 공부하고 돌아온 문재린 목사는, 내세나 영생만 강조하기보다 북간도 조선 사람들의 생활과 정신에 실제적인 도움이 되는 목회로 신망이

높았다.

"어머니, 저 왔습니다. 익환이 집에 있습니까?"

"동주 왔구나. 익환이는 교회에 있을 텐데……. 그래, 집안 어른들은 다 편안하시고?"

신식으로 번듯한 교회 건물에 비해 북쪽 뒷마당에 지은 사택은 작고 초라했다. 익환의 어머니 김신묵 여사는 명동에서부터 가까이 지내던 동주네 식구들의 안부를 살갑게 물으셨다. 비좁은 사택의 한더위에도 바느질을 하고 계셨던지 머리에는 실밥이 가득했다. 언제나 갓난쟁이를 등에서 내려놓을 틈이 없으셨는데, 지금도 갓 돌 지난 영환이가 업혀 있었다.

"동주, 왔나!"

익환이 들어오며 반갑게 말했다. 어릴 때부터 또래 중 인물이 제일이라는 소리를 듣던 대로, 헌칠하게 큰 키와 주변까지 훤하게 하는 낯빛은 여전했다. 도쿄에서 신학 공부를 하고 있는데 방학이라 집에 와 교회 일을 거들었다.

"형님! 저도 같이 왔습니다."

익환 뒤에 있던 덕순이 인사했다. 동주와 익환의 중학교 친구 장요한의 동생이었다. 길림에 나가 있는 요한보다 덕순이 형의 친구들과 더 친하게 지냈다. 문학에 대한 관심과 성격도 비슷해 동주를 유달리 따랐다.

어머니께 인사드리고 덕순과도 헤어져, 동주와 익환은 명동 마

을로 향했다. 동주와 익환, 몽규, 그리고 정우. 소학교 때의 사총사
가 오랜만에 만나기로 한 곳은 어릴 때 살던 명동 마을 입구에 있
는 '선바위'였다. 원래는 비둘기 바위라 했으나, 바위 벽이 땅에서
우뚝 솟아 있어 조선 사람들은 선바위라 불렀다. 바위 뒤편으로 언
제 쌓았는지 모를 산성의 흔적이 남아 있고 화살촉이며 돌칼 같은
유물이 나오는 것을 보면, 이곳은 한때 우리 민족이 살아가던 터전
인 듯했다. 그래서인지 중국 사람보다 조선 사람들이 유독 바위를
아끼고 대견해했다. 선바위 일대는 소학교는 물론 용정의 중학교
에서도 자주 소풍 가던 곳이다. 북간도 학생이라면 누구나 선바위
를 배경으로 박은 단체 사진 한 장쯤 갖고 있을 것이다.

　용정 시가지를 벗어나자마자 단조로운 길이 끝없이 이어졌다.
팔월 한더위에 찾아들 그늘은 보이지 않고 흙먼지만 풀풀 날렸다.
먼지잼이라도 내려 주었으면 했지만 야속하게도 파란 하늘에는
구름 한 점 없었다. 더위에 지쳐 얼마나 걸었을까, 손으로 옷깃을
잡고 연신 바람을 일으키던 익환이 반가운 목소리로 말했다.

　"저기 보이는군!"

　명동 마을은 장백산맥을 이어 내려온 산세가 그래도 조금은 남
아 있는 편인데, 완만한 기울기로 내려가던 산자락 끝을 차고 솟아
오른 바위가 보였다. 칼로 벤 시루떡 한 조각을 하늘에서 내리꽂아
놓은 것 같았다. 바위 밑 나무 그늘에서 손을 흔들며 이쪽으로 다
가오는 이가 있었다. 정우였다. 까맣게 탄 얼굴에 흙 묻은 잠방이

를 입은 영락없는 농군이었지만, 유달리 불거진 목울대와 커다란 눈망울은 여전했다.

"동주! 익환이! 이게 얼마 만이냐?"

정우가 내민 손을 동주와 익환은 마주 잡았다. 소학교를 졸업한 뒤 멀리 국자가로 이사 간 정우는, 명동 친지 집에 일을 거들러 와 있다 했다. 함께 시를 쓰고 책을 읽고 문학을 이야기하던 벗이건만, 흙내 가시지 않은 거친 손을 보니 동주는 자꾸 마음이 쓰였다.

정우는 동주보다 한 살 아래 외사촌이다. 동주의 외삼촌이자 정우의 큰아버지인 김약연은 명동뿐 아니라 북간도 조선 사람들에게 '동만의 대통령'이라 불리며 존경받는 분이었다. 동포들 일에 나서느라 집안을 돌볼 겨를이 없어 일가의 살림이 모두 어려웠다. 그랬기에 정우는 상급 학교에 진학할 엄두를 내지 못했다. 동주는 할아버지께 말씀드려 정우와 함께 공부하고 싶어 했지만 어머니가 한숨을 내쉬며 말렸다. 몽규의 학비도 할아버지가 많이 대었고, 용정으로 나온 뒤 동주네 형편이 예전 같지 않았다. 사돈댁의 정우까지 공부시키기는 무리였다. 그저 추수철에 곡식 말이나 보낼 따름이었다.

정우는 고학이라도 해 볼 생각으로 경성과 도쿄에서 공부하고 있는 벗들을 만나 의견을 들어 보려 한 것이다. 익환이 단호하게 말했다.

"이왕 고생할 각오를 했다면 차라리 도쿄로 오는 게 낫겠다. 경

성보다 큰 도시라 일자리도 더 많을 테고……. 고학하는 조선 유학
생들의 모임도 있어 서로 의지가 될 거야. 정우야, 도쿄로 오도록
해라."

동주도 같은 생각이었다. 경성에서 일자리를 구하기는 쉽지 않
았다. 막노동이나 가정 교사를 한다 해도 숙식이나 해결하면 다행
이었고, 그나마도 자리를 얻기 어려웠다. 정우도 어느 정도 결심이
선 듯했다. 국자가의 일본 상점에서 점원을 구한다는 이야기를 들
었는데, 일본 말도 익히고 여비도 모을 겸 우선 일해야겠다고 했
다. 그리고 어느 정도 준비되면 도쿄로 가겠노라고 말했다. 낯선
땅에서 차별받는 조선인의 처지가 얼마나 어려울지 짐작되기에
동주는 한편으로 마음 아팠다.

어느새 몽규가 곁에 와 서 있었다. 이야기에 열중해 있기도 했
고, 대랍자는 반대 방향이라 못 본 듯했다. 대랍자는 명동에서도
동쪽으로 십여 리 더 들어간 곳인데 교직에 있던 송창희 선생이
대랍자 촌장이 되면서 가족도 이사했다.

"이 형님만 빼고 셋이서 도원결의*라도 하고 있었나? 멀리서 보
니 제법 감격스럽던걸?"

몽규는 오자마자 형님 행세부터 했다. 익환과 정우는 한 살 아래

• 도원결의(桃園結義) | 중국 역사 소설 『삼국지연의』에 나오는 말로, 의형제를 맺
  음을 이르는 말.

인 1918년생이었고 같은 해에 태어났다지만 동주의 생일은 12월 30일이었다. 불과 이틀 동갑은 인정할 수 없다며 몽규는 제가 맏형 님이라 우기곤 했다. 소학교 졸업한 뒤로 들어 본 지도 오래인 소리였다.

손에 무언가 들고 다니기 싫어하는 몽규지만, 웬일로 들고 온 보따리가 제법 컸다. 어머니 윤신영 여사가 이것저것 꾸려 주신 것이다. 된장을 박아 놓은 호박잎 쌈밥에 감칠맛 나게 무쳐 놓은 무장아찌, 찐 감자와 옥수수, 노랗게 잘 익은 참외도 있었다. 안 그래도 시장하던 참이라 다들 맛나게 먹었다. 이따금 소학교 때 장난치던 이야기며 누구는 시집가 아들 낳았다는 소식, 그리운 선생님들의 근황도 주고받았다.

"너희, 아직도 갖고 있어? 졸업할 때 학교에서 받은 김동환의 『국경의 밤』 말이야."

"난 처음에 이게 무슨 시인가 했어. 책 한 권이 모조리 한 편의 시였으니……."

"그래도 그 긴 시를, 겁도 없이 경쟁하듯 다 외웠지 않아? 나는 아직도 기억나는걸."

이야기는 꼬리에 꼬리를 물며 이어졌다. 시구가 생생하다는 동주의 말을 익환이 받아 첫 구절을 읊었다. 울림이 좋은 목소리였다.

"아하, 무사히 건넜을까,

이 한밤에 남편은

두만강을 탈 없이 건넜을까?"

"아하, 밤이 점점 어두워 간다,

국경의 밤이 저 혼자 시름없이 어두워 간다."

"아지*부러지는 소리조차

이 처녀의 마음을 핫! 핫! 놀래 놓으면서—."

정우와 동주도 뒤를 이었다. "핫! 핫! 놀래 놓으면서—."를 소학
교 때처럼 추임새를 넣어 가며 합창했다.

"그런데 말이야……."

한바탕 번갈아 시를 외우고 난 다음이었다. 뜸을 들이던 동주가
입을 열었다.

"난 솔직히 조선의 동무들을 만나 보고 놀랐어. 그래도 여태 고
국에서 살았으니 간도의 우리보다 훨씬 나을 텐데, 다들 뭐랄까,
잔뜩 위축되어 있는 것 같았어."

"그러게 말이야. 우리는 까짓 일본 말쯤, 아니 일본이라고도 하
지 않고 '왈본(日本) 말'이라며 무시하지 않았어? 그런데 조선에
서는 한다하는 명문 고보에서도 교과서는 물론 수업도, 시험도 다
일본어로 했다더군. 쓰는 건 차라리 일본어가 더 편하다는 얘기도
아무렇지 않게 하더라고……."

"조회 시간마다 일본 천황에게 충성하겠다는 '서사(誓詞)'를 줄

• 아지(兒枝) | 어린 줄기.

줄이 외워야만 했대."

동주와 몽규가 주고받는 이야기에 정우도 끼어들었다.

"그건 여기도 이제 마찬가지야. 황국 신민의 맹세에, 체조에…….
중국과 전쟁을 벌인 뒤로 간도의 조선인들을 더욱 닦달하는 것
같아."

익환도 침울하게 말했다.

"도쿄도 심상치 않아. 서양에서는 독일과 이태리가 전쟁도 마다
않겠다며 막 나가고 있다는데, 일본도 한패가 되려고 협정까지 맺
었다더군. 어쩌면 전쟁이 만주를 넘어서 더 크게 번져 갈지도 몰
라. 오월에 고노에 내각이 '국가 총동원령'을 발표했는데 경제 통
제, 물자 동원에 조만간 징병령까지 내릴 모양이야. 그 이야기에
학교가 온통 뒤숭숭해."

익환의 이야기에 다들 가슴이 답답해졌다.

북간도 용정에서 조선의 경성과 일본의 도쿄로……. 작은 고장
에서 지내다 드넓은 대도시에서 보고 들은 것이 놀라워서가 아니
었다. 세상은 정신을 차릴 수 없을 정도로 휘몰아쳐 돌아가고 있었
다. 일본이 조선을 식민지로 만들어 버린 지도 30년, 무장한 일본
군대는 날마다 조선을 거쳐 만주로 나아갔다. 익환의 말을 듣자니
그 이상도 꿈꾸고 있나 보았다. 식민지 조선은 말할 것도 없고 일
본인들조차 전쟁 준비에 생활을 위협받고 있었다. 이러한 때 일개
젊은이가, 더구나 식민의 땅에서 태어나 노예와 다를 바 없는 처

지로 앞날을 그려 보고 계획해 보는 것이 무슨 소용 있을까. 무사히 공부를 마치고 세상에 나아가, 가족을 거느리고 살아갈 꿈을 꾸어도 되는 걸까. 어느 순간 자신들의 삶이 거대한 삽으로 송두리째 떠져, 다른 곳으로 휙 던져지거나 파묻히는 것은 아닐까. 불현듯 떠오르는 불길함에 다들 몸서리쳤다. 서쪽으로 가는 해가 길게 비끼며 나무 아래로 들어와 젊은이들의 가슴을 도려내듯 예리하게 파고들었다.

나의 습작기의 시 아닌 시

팔월도 중순이 지나자 아침저녁으로는 제법 선선해졌다. 방학이 끝나 학교로 돌아갈 날도 얼마 남지 않았다. 들들들들, 어머니 방에서는 밤 깊도록 재봉틀 돌아가는 소리가 들렸다. 곧 경성으로 떠날 동주의 교복과 긴 옷들을 손질하고 계셨다. 동주는 방에서 책 정리를 하고 있었다. 조만간 일주도 소학교 졸업반이 되기에 책상을 내어 주고 책꽂이 칸도 많이 비워 줄 작정이었다.

묵은 책장 정리를 하다 보면 뒤적이고 들춰 보느라 시간이 다 가기 마련이다. 주일 오전 예배를 마치고 와 바로 시작했는데도 쌓아 놓고 펼쳐 놓은 책과 노트가 그대로였다. 신문을 오려 둔 스크랩북부터 중학 시절부터 사서 모은 시집과 책들, 책 속에 그어 놓은 붉은 밑줄과 메모들……. 낡은 습작 노트와 일기장도 여러 권이었다. 100부 한정판으로 출간되어 구하지 못한 백석 시집 『사슴』은 도서관에서 빌려 전부 손으로 베껴 놓았다.

동주는 이쪽저쪽으로 밀어만 놓던 노트를 마침내 집어 들었다. 200자 세로 원고용지로 된 노트였다. 표지에 양팔 없는 상반신의 비너스 조각상 그림이 있고 '나의 습작기의 시 아닌 시'라는 제목이 잔뜩 멋을 부린 글씨체로 쓰여 있었다. 그 무렵 대단한 감명을 받았던지 "예술은 길고 인생은 짧다."는 글귀도 보였다. 나의 습작기의 시 아닌 시라니……. 동주는 쓴웃음을 지었다. 아직은 시라 할 수 없다는 겸손이겠지만 그조차 열여덟 살 소년의 치기인 듯했다.

처음 이 노트를 만들던 날의 기억이 아직도 생생했다. 1934년 성탄절 밤, 동주와 몽규는 용정 은진 중학교 3학년이었다. 그날 교회 사람들과 집안 어른들, 학교 선생님과 동무들이 모두 들떴던 것은 성탄절 때문만은 아니었다. 북간도 용정의 열여덟 살 소년 송몽규가 경성 『동아일보』 신춘문예에 콩트 「숟가락」으로 당당히 당선했다는 소식이 들려온 것이다.

그때 동주의 마음은 사실 복잡했다. 동갑내기 사촌으로 한집에서 지내다시피 하니 동주와 몽규는 자주 비교되었다. 동주는 사람들 앞에 서면 말문이 자주 막히고 그럴 때마다 눈물부터 핑 돌았다. 하지만 몽규는 언제 어디서건 누구 앞에서건 당황하는 법이 없었다. 연설도 논리적으로 명쾌하게 잘했고 사람을 휘어잡는 매력도 있었다. 어린 동생들이나 누이들은 부드럽고 잔정이 많은 동주를 좋아했지만, 선배와 후배들은 찬탄의 눈길로 몽규를 바라보며 뒤를 따랐다. 동주는 문학에 관심을 두고 꾸준히 습작해 왔으나, 몽규는 정치와 사회 문제에 관심이 많아 학교 안팎으로 분주히 돌아다녔다. 누가 봐도 문학을 하려니 여긴 것은 동주였다. 그런데 몽규는 언제 그렇게, 소년지도 아닌 중앙 일간지 신춘문예에 응모하여 보기 좋게 당선했을까.

하긴 그게 몽규였다. 머리가 비상해 한번 본 것은 잊지 않았고, 진득이 공부한 적도 없건만 성적은 늘 최우등이었다. 소학교 때 사총사 모두 우등생이었어도 몽규를 따라가지는 못했다. 작문 과제를 제출할 때도 동주는 오래 고심했는데, 몽규는 마감이 임박해 써내고도 칭찬받았다. 이번에도 그랬으리라. 한번 응모해 볼 마음으로 투고하니 눈에 확 띄었고, 대번에 당선작으로 뽑힌 것이리라. 콩트 「숟가락」은 시집올 때 아내가 해 온 은수저마저 전당 잡힌 채 살아가는 가난한 부부 이야기를 그린 것으로, 군더더기 없이 깔끔한 문장과 날렵한 구성이 딱 몽규다운 글이었다.

몽규에게 축하 인사를 건네면서도 동주는 여러 생각이 오갔다. 몽규가 부럽기도 하고, 자신에게는 재능이 없는 것만 같아 좌절하기도 했다. 그렇게 부대끼고 있는 스스로가 한심했고, 그 같은 복잡한 심사가 드러날까 부끄러웠다. 이렇듯 못난 자신을 참회하는 기도도 드렸다. 그러다 마음을 다잡고 이 노트를 마련한 것이다.

해 오던 대로 꾸준히 쓰고 또 쓴다면 언젠가는 보람이 있으리라 여기며……. 그때 노트에 맨 처음으로 쓴 시가 「초 한 대」였다.

초 한 대

초 한 대 ―
내 방에 풍긴 향내를 맡는다.

광명의 제단이 무너지기 전
나는 깨끗한 제물을 보았다.

염소의 갈비뼈 같은 그의 몸,
그리고도 그의 생명인 심지(心志)까지
백옥 같은 눈물과 피를 흘려,
불살라 버린다.

그리고도 책머리에 아롱거리며
선녀처럼 촛불은 춤을 춘다.

매를 본 꿩이 도망가듯이
암흑이 창구멍으로 도망간

나의 방에 풍긴

제물의 위대한 향내를 맛보노라.

_1934. 12. 24.

「삶과 죽음」과 「내일은 없다」 두 편의 시를 더 마무리해 옮겨 놓
고, 날짜도 써 두었다. 1934년 12월 24일.

그러나 습작 노트는 몇 장 넘어가지 못했다. 이듬해에도, 그다음
해에도 동주는 참으로 힘든 시간을 보내야만 했다. 몽규는 더했으
리라.

동주는 그즈음의 일기장을 펼쳐 보았다. 1935년의 노트는 새것
처럼 깨끗했다. 중학교 4학년 새 학기가 시작되던 날, 노트에는 이
렇게만 쓰여 있었다.

"1935년 4월 1일. 몽규가 가고 없다 ──."

3학년을 마치고 4학년이 될 무렵 몽규는 은밀한 제안을 받았다.
중국에 있는 임시 정부 군관 학교에서 훈련을 받지 않겠느냐는 것
이었다. 그러한 제안을 한 사람은 은진 중학교의 역사 교사 명희조
선생이었다. 백범 김구 선생과 의열단*의 김원봉 선생과도 친분이
깊고, 북간도의 조선 학생들에게 독립 의식을 길러 주려 애쓰는 스

• 의열단(義烈團) | 1919년 중국 만주에서 조직한 항일 무장 독립운동 단체.

승이었다. 임시 정부는 조선과 간도에서 유망한 청년들을 뽑아 조선 독립군 간부를 길러 낼 계획을 세우고 있었다. 비밀스럽고도 엄중한 절차를 거쳐 대상자들이 선발되었다. 그 길은 조선의 청년으로서 조국의 독립운동에 자신의 모든 것, 어쩌면 목숨까지 바쳐야 하는 길이었다. 몽규는 기꺼이 받아들였다. 신춘문예 당선으로, 소년 문인으로 보장된 앞날도 그의 결심을 막지는 못했다. 함께 제안을 받은 라사행 선배도 마찬가지였다.

은밀하고도 위태로운 일이니만큼 주변에 곧이곧대로 말할 수는 없었다. 집안 어른들도 자세한 내막을 몰랐고 아이들은 더욱 그랬다. 갑자기 기회가 생겨 중국으로 공부하러 갔거니 여겼다. 하지만 동주와 벗들은 왠지 짐작되는 바가 있었다. 어린 시절, 밤새 명동 마을에 다녀간 조선 독립군의 소식을 쉬쉬하면서 주고받을 때와 같은 느낌이었다.

몽규가 그렇게 떠나 버린 것은 신춘문예 당선 소식보다도 더 충격이었다. 동주는 자신에게 물었다. 그러한 제안을 받았을 때 나라면 어떻게 했을까. 민족의 처지에 분개하는 마음과 조선 독립에 대한 뜨거운 의지는 자신에게도 있었다. 하지만 가족과 벗들과 헤어져, 문학도 배움도 포기하고, 삶마저 내려놓아야 할 그 길을 갈 수 있을까. 선뜻 결심이 서지 않았다. 그런 자신이 부끄러웠고 그럴수록 몽규 생각이 간절했다. 동주는 몽규를 생각하고, 몽규에게 감탄하고, 몽규를 그리워하며 잠들지 못하고 오래 뒤척였다.

떠난 사람은 몽규만이 아니었다. 익환도 3학년을 마치고 평양 숭실 중학교로 전학 갔다. 몽규는 소식을 알 수 없고, 익환은 평양에 있고, 정우는 국자가로 이사 가 버리고……. 북간도 용정에 남은 것은 동주 혼자였다. 동무들도 없이, 시도 쓰지 않고, 일기도 쓰지 않은 채 동주는 쓸쓸히 한 학기를 보냈다. 그러다 어른들께 말씀드려 익환이 있는 평양 숭실 중학교로 전학 갔으나 오래 다니지는 못했다. 신사(神社) 참배 거부로 숭실 중학의 조지 매퀸 교장이 파면되자 학생들도 동맹 자퇴로 학교를 떠나 버린 것이다.

동주와 익환은 다시 북간도로 돌아왔다. 상급 학교 진학을 위해서는 용정에서 유일한 5년제 중학인 광명 중학교로 갈 수밖에 없었다. 캐나다 선교부가 운영하며 조선인 교사와 학생의 수업을 존중해 주던 은진 중학과 달리, 광명 중학교는 일본 문부성이 관할하는 일본 학교였다.

동주가 용정에 돌아와 있을 때, 몽규가 중국에서 체포되어 본적지인 함경도 웅기 경찰서에 갇혀 있다는 소식이 들려왔다. 집안이 발칵 뒤집혔고, 신영 고모는 시퍼런 멍이 들도록 가슴을 치며 울부짖었다. 독립운동 관련으로 들어가면 어른도 반죽음이 되어 나온다는 유치장에서 몽규는 어찌 견디고 있을까. 동주의 속도 타들어 갔다.

그 무렵 동주가 쓴 시는 울적했다. 일본어로 써내는 작문 시간에는 흥미를 잃었고, 습작 노트를 보이고 격려받을 벗도, 스승도 없

었다. 그저 방 안에서 혼자 원고 노트에 끼적일 따름이었다. 오래
된 노트를 뒤적이고 있자니, 혹독하게 앓던 그때의 외로움이 생각
나 콧등이 시큰거렸다. 동주의 눈은 이 시에 오래 머물렀다.

이런 날

사이좋은 정문의 두 돌기둥 끝에서
오색기(伍色旗)와 태양기(太陽旗)가 춤을 추는 날,
금을 그은 지역의 아이들이 즐거워하다.

아이들에게 하루의 건조한 학과로,
해말간 권태가 깃들고,
'모순(矛盾)' 두 자를 이해치 못하도록
머리가 단순하였구나.

이런 날에는
잃어버린 완고하던 형을
부르고 싶다.

_1936. 6. 10.

광명 중학에서 동주는 처음으로 마음속에 있는 생각을 누구와도 나누지 못하는 외로움을 겪었다. 학교 정문에는 일본의 태양기와, 일본의 꼭두각시 나라 만주국의 오색기가 사이좋게 펄럭였다. 볼 때마다 동주는 가슴이 철렁했건만 다들 아무렇지 않게 교문을 드나들었다. 일본 학생은 물론 조선과 만주 학생들도 마찬가지였다.

북간도 사람들은 만주 사변도, 지금 벌이고 있는 중일 전쟁도 일본이 먼저 도발한 억지 전쟁이라는 것을 누구나 잘 알았다. 멀쩡한 철로를 폭파하고는 중국군 짓으로 몰아간 것이 만주 사변이었고, 북경 근처 노구교의 야간 훈련으로 중국군을 자극해 일으킨 것이 중일 전쟁이었다. 이처럼 뻔뻔한 침략들을 학교에서는 미화해서 가르쳤고, 학생들은 그저 외우기에 바빴다. 진실이야 어떠하건 학교 시험에서 좋은 점수만 받으면 그만이었던 것이다. 우수한 성적으로 졸업해, 만주의 일본 군관 학교로 가거나 영사관과 경찰의 관료로 나가는 것이 학생들의 목표였다. 그러한 졸업생을 많이 길러 내는 것이 학교와 교사의 목표이자 긍지이기도 했다. 동주가 따옴표로도 강조한 '모순'이라는 두 자를 느끼는 사람은 찾아보기 어려웠다. 동주는 옛 스승과 벗들이, 특히 경찰서 유치장에서 모진 고초를 겪고 있을 몽규가 사무치게 그리웠다.

몽규가 용정 집에 돌아온 것은 2학기가 시작되던 구월이었다. 반년 가까이 웅기 경찰서 유치장에 갇혀 있던 몽규는 청진 검사국에 송치되었다가, 거주지를 이탈하지 않는다는 조건으로 석방되었다. 하지만 만으로 스무 살도 안 된 몽규에게는 그때부터 일본 경찰의 '요시찰인'●이라는 꼬리표가 평생 따라다녔다.

용정 집 마당에 들어서는 몽규를 처음 보았을 때, 할머니와 어머니는 비명을 지르며 울음을 터뜨렸다. 동주와 누이들도 눈물 흘렸다. 오랫동안 햇빛을 보지 못한 몽규의 얼굴은 귀신처럼 창백했고, 온몸은 뼈가 드러날 만큼 야위어 있었다. 몽규는 서 있는 것도 힘겨워했다. 한창 싱그러웠던 스무 살 젊은이에게 일본 경찰은 도대체 무슨 짓을 저지른 것일까. 가슴을 얼마나 맞았던지 가슴이 제대로 펴지지 않고 자꾸 안으로만 구부러든다며 몽규는 여태껏 고통스러워했다.

지금은 몽규에 대해 예전같이 못난 마음은 없었다. 비틀걸음으로 돌아오던 몽규의 모습이 떠오를 때마다, 동주는 심장부터 시작해 온몸이 찌르르해졌다. 몽규에게 도움이 되는 일이라면 무엇이건 챙겨 주고 싶었다. 그러한 마음은 연전에 와서도 마찬가지였다.

동주의 마음에는 몽규에 대한 부러움이나 찬탄 대신 염려와 안쓰러움이 깃들었다. 몽규가 기별 없이 늦거나 피로하고 침울한 기색이라도 띠면 동주는 가슴이 내려앉았다. 벗들과 세상 이야기를 할 때 몽규의 어조가 조금만 격해져도, 동주는 불안해 주위를 둘러

● 요시찰인 | 사상이나 보안 문제 등과 관련해 행정 당국이나 경찰이 감시해야 하는 사람.

보았다. 몽규의 곧은 소리에 선배나 벗들의 마음이 상하기라도 하면, 뒤늦게라도 찾아가 어루만져 주었다. 할아버지의 보조로 학비 걱정은 덜었다지만 고모부의 형편이 넉넉지 않아 몽규의 생활은 늘 빠듯했다. 동주가 더 여유 있는 편이어서 책이건 돈이건 빌려주고 나누어 썼다. 그런 나눔은 다른 벗들에게도 마찬가지였다. 몽규는 연전에서도 늘 우등생이었다. 함께 쏘다니던 벗들은 도대체 언제 공부할 틈이 있었느냐며 놀라워했는데 그럴 때마다 동주가 더 흐뭇했다.

"동주야! 잠들었나?"

마당에서 몽규의 목소리가 들려왔다. 이 밤에 웬일일까. 문 열고 내다보니 몽규가 짐 보따리를 잔뜩 들고 서 있었다.

"개학이 얼마 안 남았으니 조만간 떠나야 하지 않아? 그래서 아예 짐도 다 꾸려 갖고 왔다. 용정에 볼일도 있고……."

"벌써 간다고 고모가 뭐라 하시지 않던? 순순히 보내 주시지 않았을 텐데……."

몽규는 대답 없이 씨익 웃기만 했다.

"아무튼 잘 왔다. 나도 이것저것 정리하던 중이야. 배고프지는 않니?"

"뭐 먹을 게 있나?"

가슴이 또 결리는지 몸을 뒤로 한껏 젖히며 몽규가 말했다. 대랍자에서 여기까지 오자면 배도 고프고 꽤 피곤할 것이다. 혜원을 부

를까 하다 그만두고 동주는 문을 열고 나섰다. 밤바람이 선선하다 못해 제법 쌀쌀했다. 여기 북간도 용정에, 그리고 또 경성에, 몽규가 함께 있다는 게 동주는 참 좋았다.

"일주야, 잠깐 나와 볼래?"

저녁 먹은 뒤 방학 숙제를 하고 있던 일주는 마당에서 형이 부르는 소리에 책장도 덮지 않고 벌떡 일어섰다. 열 살 터울이라 어려울 법한데도 일주는 그저 동주 형이 좋았고, 형과 함께하는 일이면 무조건 따라나섰다. 낮에는 해란강가로 산보도 다녀왔다.

"오늘따라 별이 정말 많구나. 한번 올려다보렴."

그믐을 앞둔 밤하늘에 별이 총총했다. 달빛에 가리어지지 않은 별들은, 한꺼번에 교문을 나선 아이들처럼 생기 있고 영롱했다. 마구 쏟아져 내리다 금방이라도 서로 부딪혀 쟁강거리는 소리가 날 것만 같았다.

"와! 진짜 별이 많다. 형님, 나 북두칠성 찾을 수 있어요."

일주는 자신 있게 하나, 둘, 셋…… 여섯, 일곱까지 세며 됫박 같기도 하고 국자 같기도 한 별자리를 찾아냈다.

"그래, 잘했다. 그럼 북극성도 찾을 수 있겠니?"

이번에는 좀 망설였다. 손가락이 북쪽 하늘 이곳저곳을 향하자 동주가 일주의 손을 잡고 별들을 가리키며 차근차근 설명했다.

"저 북두칠성에서, 손잡이 반대쪽 끝에 있는 별 두 개를 잇고, 거기서 다섯 배쯤 가 보자. 하나, 둘……."

"아, 저기!"

다섯까지 세지 않아도 이내 영롱한 별이 보였다. 오래전부터 먼 길 떠나온 나그네들이 위치를 가늠할 때 찾아보곤 했던 별이었다.

동주의 별 이야기는 계속되었다. 일주의 등 뒤에서 오른손을 겹쳐 잡고 동쪽 밤하늘을 가리켰다. 은하가 세로로 길게 누워 강물처럼 흘렀고 위쪽에 유달리 반짝이는 별들이 보였다. 새가 날개를 펼친 모양을 하고 있는 백조자리 별인데 여름철 별자리를 알려주는 길잡이별이라 했다. 그 아래, 은하수를 사이에 두고 양쪽으로 갈라져 있는 직녀 별과 견우별도 찾아 주었다. 일 년에 한 번씩 칠석날에나 은하수 건너 서로 만날 수 있다는 애틋한 사연을 간직한 별이었다. 계절별로 보이는 별자리가 다르다는 이야기며, 길잡이별만 찾으면 나머지 별들은 쉽게 찾아볼 수 있다는 것도 알려 주었다.

일주는 형에게 안기다시피 기대어 서 있었다. 머리는 형의 가슴에 닿았고, 이마에는 서늘한 바람이, 등에서는 따스한 체온이 느껴졌다. 나지막하지만 부드러운 형의 목소리가 들려왔고, 조용히 뛰는 형의 심장 따라 일주의 가슴도 함께 고동쳤다. 이처럼 자상하고 멋진 이가 형이라는 사실을 큰 소리로 자랑하고 싶을 만큼 가슴이 벅찼다. 그러다가도 조만간 동주 형이 경성으로 떠나리라는 생각이 들면 금세 눈물이 떨어질 것처럼 슬펐다. 용정 집 마당에서 형과 밤하늘의 별을 올려다보고 있는 것이 아니라, 저 하늘 위에서 누군가 자신들을 내려다보고 있는 것 같은 아득한 느낌도 들었다.

1938년 8월 23일 밤. 처서는 귀뚜라미 등에 업혀 온다더니 고요한 밤을 뚫고 귀뚜라미 울음소리가 들려왔다. 지금은 가느다란 독창이거나 중창이지만, 다른 풀벌레들과 목청껏 합창할 날도 머지않은 듯했다. 동주와 몽규가 경성으로 떠날 날은 더더욱 머지않았다.

2부

밤이면 밤마다 나의 거울을

3. 기숙사를 나와 문안 거리로

종점이 시점이 되고

2학년 새 학기가 시작한 지 얼마 되지 않았다. 신입생 주간의 반 공일이라 느지막이 등교해도 되건만, 동주는 일찍 하숙집을 나섰다. 사월도 중순에 접어들었는데 새벽 공기는 아직 차가웠다.

새벽은 먼저 소리로 밤을 깨웠다. 타타다다, 신문 배달하는 아이의 달음질 소리, 쿨룩쿨룩, 병든 노인의 오랜 기침 소리, 달그락달그락, 어느 집 부엌에서 그릇 부딪치는 소리, 쏴아, 물장수가 항아리에 물 붓는 소리. 이어 새벽은 희붐한 보자기로 세상을 휘휘 둘렀다. 차츰 옅은 보랏빛을 띠어 가는 세상은 때로는 푸른 기운이,

때로는 붉은 기운이 더 감돌았다. 그렇게 날마다 조금씩 다른 빛깔로 자그마한 여공의 옹송그린 어깨, 품 팔러 나선 가장의 무거운 걸음, 새벽 기도 가는 노부인의 종종걸음을 감싸 주었다. 귀와 눈뿐 아니라 냄새와 촉각, 쌉싸래한 맛의 미각까지 모두 깨어나게 하는 이른 새벽이었다.

학교 밖에서 하숙 생활을 한 지 얼마 안 되는 동주에게는 설레는 풍경이지만, 거리에 나선 사람들은 모두 지치고 어두운 표정이었다. 산책 삼아 경성의 새벽 거리에 처음 나갔을 때, 동주는 하루를 일찍 시작하는 사람들이 그처럼 많은 것에 놀랐다. 저마다 무거운 보따리를 든 채 묵묵히 걸어가는 뒷모습들은 왜 그리 애잔한지. 그저 새벽 등굣길에 나섰을 뿐인 자신의 가벼운 발걸음이 부끄러웠다.

북아현정 비탈길을 내려와 큰길에 이르니 전차 정거장은 첫차를 기다리는 사람들로 몹시 붐볐다. 늘어선 줄로 보자면 몇 대라도 그냥 보낼 법한데, 전차가 오자 긴 창자에 음식 들어가듯 사람들이 꾸역꾸역 올라탔다. 발 디딜 틈 없는 전차 안은 아마 비명과 고함 소리로 가득할 것이다. 문안의 전차는 선로가 복선이라 그래도 좀 나은 편인데, 문밖 교외선은 언제나 사람들로 넘쳐 났다. 거리에 비례해 요금은 갑절이었는데 변두리의 조선 사람들은 비싼 요금을 내고도 짐짝 취급을 받았다. 전찻삯도 없는 사람들은 아예 깜깜한 길을 걸어 문안 일터로 들어갔다. 간밤에는 종점이었을 전차 정거장은, 다시 시점이 되어 수많은 사람들을 싣고 문안으로 들어

갈 차비를 하고 있었다.

동주도 학교로 발걸음을 돌렸다. 벗들과 함께라면 이화 여전을 거쳐 가는 게 빠르지만, 이른 새벽이 아니어도 혼자 여전 부근을 지날 배짱은 없었다. 동주는 이화 여전을 에돌아 봉원동 계곡 길로 접어들었다. 청송대 솔숲을 거쳐 노천극장 쪽으로 내려갈 참이었다.

동주가 기숙사를 나와 하숙 생활을 하리라 작정한 것은, 1학년 겨울 방학을 며칠 앞둔 때였다. 눈이 몹시도 내리던 날, 문안까지 들어가는 차 시간이 많이 남았다며 처중의 상과 친구가 찾아왔다. 그러고는 다짜고짜 말했다.

"자네는 이 솔숲에, 장정들만 우글거리는 이 집의 귀신이 되려는가?"

"어째서 그런가? 조용하니 공부하기에 얼마나 좋은가?"

처중이 웃으며 말했다. 어딘가 비딱한 벗의 어투에 이미 익숙한 듯했다.

"공부? 그래, 책장이나 뒤적뒤적하는 게 공부인 줄 아나? 전차 칸에서 내다보는 광경, 정거장에서 사람들과 부딪치며 느끼는 감정, 기차 속에서 보고 듣는 모든 이야기가 바로 생활이요, 진정한 공부라네! 책장만 뒤지며 인생이 어떠하니 사회가 어떠하니 떠들어 봐야 고리타분한 소리일 뿐, 과연 무엇을 똑바로 알겠는가? 문안으로 나오게! 사람들 속에서, 사람들이 살아가는 생생한 모습을 보며 제대로 된 공부를 하게."

벗의 장황한 이야기에 처중은 그저 웃었다.

그 말에 귓문이 살포시 열린 것은 오히려 동주였다. 학교 기숙사에 있으면 편한 것도 있지만 아쉬운 점도 많았다. 학교에서 대부분 생활하니 고국의 동포들이 살아가는 모습을 잘 알지 못했다. 머나먼 북간도에서 여기까지 와, 도로 우물 안에 갇혀 있는 셈이었다. 동주는 그날, 다음 학기에는 학교를 벗어나 하숙을 하리라고 단단히 마음먹었다. 문안까지 들어가지 못하고 북아현정 꼭대기에 하숙을 정했지만, 오며 가며 사람들의 생활을 생생히 접할 수 있었다. 북아현정 비탈 동네는 연전뿐 아니라 감리교 신학교, 고보 학생들도 많은 하숙촌이었다. 경성에 온 사촌 형 웅규와 함께 지내게 된 몽규의 하숙도 가까웠다. 아랫동네 가정집에는 주로 이화 여전 학생들이 하숙했다.

노천극장 계단을 내려와 학관 앞 잔디밭에 이르니, 둘러앉아 있는 학생들이 제법 많았다. 반듯한 자세로 귀 기울여 듣고 있는 학생들은 입학한 지 얼마 안 되는 신입생들이었고, 교복 단추를 한두 개 끌러 놓은 채 열변을 토하는 이는 선배들이었다. 학업과 진로 문제로 한창 고민이 많은 3, 4학년들은 여유가 없을 테고, 선배 노릇에 재미 붙이기 시작한 동주 또래 2학년들이 저렇게 후배들을 붙들고 있었다.

"동주, 이제 오나?"

손짓을 섞어 가며 열변을 토하던 삼불이 손을 흔들었다. 옆에 있던 신입생들도 전깃줄에 나란히 앉은 참새들처럼 꾸벅 인사했다. 동주도 웃으며 답례하고는 가방 안의 무거운 책들부터 반납하러 도서관으로 향했다.

도서관은 학관 3층에 있었다. 동주는 열람실 한쪽 끝, 서고 바로 옆자리로 눈을 돌렸다. 책상 한쪽에 고서를 잔뜩 쌓아 놓고 또 다른 쪽에는 영어와 일어로 된 책과 사전을 펼쳐 놓은 채, 무언가 열심히 적고 있는 최현배 교수가 보였다. 동주는 그쪽을 보며 깊이 고개 숙였다. 도서관을 찾은 학생들 누구나 마찬가지였다. 시험 기간에 빈 책상이 없어도 학생들은 그 자리만큼은 비워 두었다. 강의실도 연구실도 잃어버린, 존경하는 교수에 대한 배려였다.

일본에 이어 식민지 조선도 전쟁을 위한 '국가 총동원' 체제로 본격적으로 내몰리고 있었다. 강압적인 사회 분위기를 조성하려 본국 정부가 그랬듯이, 조선 총독부는 말 많은 지식인 사회부터 길들이려 했다. 그리하여 기독교계 교수와 학자, 사업가들의 모임인 '흥업 구락부'를 불온 단체로 규정하고 회원들을 잡아들였다. 그전에도 집적거렸지만 본격적으로 탄압하기 시작한 것이다. 흥업 구락부는 '클럽'을 일본식으로 옮긴 구락부라는 이름답게 단순한 친목 단체였고, 만들어진 지 오래라 모임도 지지부진했건만, 상관없었다. 그들에게 필요한 것은 사건을 만들 꼬투리였으므로. 2학기를 앞두고 강의를 준비하던 연전 교수도 여럿 체포되었는데 최현배 교수도 거기에 들어 있었다. 그 전해에는 상과 스승들이 혹독한 탄압을 겪더니 이제는 학교 본부와 문과 스승들 차례였다. 교수들이 체포된 서대문 경찰서를 찾아가 항의하던 연전 학생들도 '치안 유린죄'로 유치장에 갇혔다. 1학년 김삼불과 이순복, 송몽규도 붙들렸는데, 행여 몽규의 지난 일이 불거질까 동주는 몹시 애를 태웠다. 다행히 연전 학생들의 단순 시위로 여겨져 큰 문제가 되지는 않았다.

교수들은 몇 달 뒤 풀려났으나 다시 학생들을 가르칠 수는 없었다. 연희 전문은 궁리 끝에 최현배 교수를 도서관 직원으로 고용하여 계속 연구할 수 있게 했다. 도서관에서 학생들 틈에 섞여 최현배 교수가 몰두한 것은 훈민정음, 곧 우리글에 대한 연구였다. 밤 늦도록 불편한 열람실 자리를 지키고 있는 스승을 보며 학생들은 울분과 존경심이 함께 들었다.

최현배 교수의 우리말 강의를 들을 수 없다니! 동주가 신입생이었을 때, 선배들은 학교에서 정인보 교수와 백남운 교수를 볼 수 없게 되었다며 안타까워했다. 그런데 이제 동주와 벗들은, 후배들이 최현배 교수에게 배울 수 없는 것을 안타까워했다.

학관 식당에서 문과 동기들과 새내기 후배들과 어울려 점심을 먹은 뒤, 동주는 교문을 나섰다. 문안에 들어가 서점을 둘러볼 참이었다. 주말이라 수원 누님 집에 간다는 유영과 같이 나왔기에, 신촌역에서 기차를 타고 경성역으로 갈 작정이었다.

경성은 도시 전체가 거대한 공사판이었다. 중일 전쟁이 길어지면서 조선의 역할은 더욱 커져만 갔다. 전쟁터로 실어 보낼 물자도 많아졌고, 조선에 드나드는 일본군과 일본인도 많아졌다. 기차와 전차 노선이 더 필요해져 선로의 복선 공사도 한창이었다. 일본이 길을 내는 방식은, 산과 강의 흐름을 존중하던 조선 사람들과는 달랐다. 산이고, 강이고, 사람이고 거치적거리는 것은 다 걷어 버리고 치워 버렸다. 개천은 메우고 길가 살림집들은 밀어 버렸다. 작은 산은 무너뜨리고 큰 산은 허리를 뚫어 터널을 만들었다. 신촌역에서 경성역까지, 얼마 안 되는 거리에 긴 터널만 두 개였다.

가난하고 헐벗은 조선인 노동자들은 새벽부터 밤늦게까지 공사 현장에서 일했다. 끊임없이 흙을 퍼다 나르고 그 위에 또 자갈돌을 부으며, 정작 자신들은 가 보지도 못할 길을 내었다. 공사장에서 손으로 밀고 다니는 궤도차의 널판장에는 '신경행'이니 '북경행'이니 하는 글자가 비뚤고 서툰 솜씨로 쓰여 있었다. 신경이나 북경은커녕 기차를 타고 경성역에조차 들어가 볼 일 없는 사람들이 써 놓은 판장이었다.

경성역 대합실에 들어와 벽시계 바늘을 보니 오후 4시가 조금 못 되었다. 반공일 느지막한 오후인데, 역에는 유달리 신사복 입은 사람들이 많았다. 순찰 나온 헌병의 수도 곱절이었고 일장기를 들고 환송 나온 사람들도 있었다.

"가만, 저이는 이태준 선생이 아닌가?"

유영이 동주의 교복 소매를 잡으며 신사복 일행 중 한 사람을 가리켰다. 과연 신문과 잡지에서 얼굴을 익힌 작가 이태준이었다. 크지 않은 체격에 단정히 가르마를 타 빗은 머리, 쌍꺼풀진 눈에 조용한 눈빛이 사진 그대로였다. 그 옆에 숱 많은 고수머리를 뒤로 쓸어 넘기는 이는 시인이자 비평가 임화였다. 한때 영화에도 출연했다는데, 흰 얼굴에 선명한 이목구비가 멀리서도 한눈에 띄는 미남이었다. 그러고 보니 경성역 대합실에는 알 만한 문인들이 꽤 모여 있었다. 중절모에 안경을 쓰고, 신경질적으로 얼굴을 찌푸린 이는 김동인이었다. 일찍부터 이광수와 쌍벽을 이루고 있는 조선 문단의 대가이다.

"아하!"

유영이 알겠다는 듯 외마디 소리를 내고는, 한숨 쉬었다. 동주도 짚이는 게 있었다. 일본 문단은 이미 중국 전선에 작가들을 보내 병사들을 위문하고 사기를 북돋우는 작품을 쓰게 했다. 조선 총독부도 '검열'과 '허가'를 무기로 조선 문인들을 압박했다. 출판사를 운영하거나, 잡지를 발간하거나, 혹은 발간하려 하는 임화나 이태준, 최재서 같은 문인들은 협조할 수밖에 없었다.

비단 총독부의 강압 때문만은 아니었다. 일본의 식민 통치도 어느새 30년이 되어 가고 있었다. 어린아이가 자라 어른이 되고 또 그의 아이가 자라나는 시간이었다. 지식인들 사이에는, 조선이 일본의 지배에서 벗어나는 것은 불가능하다는 생각이 널리 퍼지고 있었다. 중일 전쟁 뒤로는 더했다. 일본군이 연이어 중국의 주요 도시를 점령하고 장개석의 국민당 정부가 쫓겨 가는 것을 보면서, 일본 제국주의에 대한 두려움과 조선 민족 운동에 대한 패배감이 함께 생겨났다. 조선이 어찌해 볼 도리 없이 일본의 식민 통치는 영구하고도 견고해 보였다. 그러니 현실을 인정하고 그 아래서 살 길을 찾아야 한다는 생각이 고개를 든 것이다. 예리한 눈으로 식민 사회를 바라보던 시인과 비평가도, 간결하고도 서정적인 문장으로 문학청년들의 가슴을 두근거리게 하던 소설가도, 서구 문단의 동향을 소개하던 자유롭고 낭만적인 영문학자도, 문단의 원로도 예외는 아니었다. 결국 조선 문단은 총독부의 요구대로 '황군 위문 작가단'을 꾸렸다. 김동인과 소설가이자 평론가 박영희, 시인 임학수가 이른바 '위문사'로 뽑혀, 지금 경성역에서 저렇게 길 떠날 차비를 하고 있는 것이다.

연전의 문과 학생들은 누구나 문단 상황에 각별한 관심을 지니고 있었다. 올봄에 작가단이 꾸려지리라는 소식이 들려오자 다들 분개했고, 동주와 몽규는 더했다. 선배 문인들이 위문하러 간다는 저 일본군이 어떤 자들인지 똑똑히 알고 있었다. 간도 대토벌과 만주 사변 당시 일본군이 저지른 잔인한 만행을 북간도의 조선 사람들은 지금도 잊지 못했다. 중국 대륙에서도 마찬가지일 것이다. 저들이 연전연승하고 있다고 떠벌리는 남경과 서주, 광동과 무한 등 천황의 군대가 가는 곳마다 무자비한 학살이 벌어졌다. 그러한 황군을 위문하러 조선의 문인들이 떠난다는 것이다. 동주와 유영은 못 볼 것을 본 것처럼 얼굴이 벌겋게 달아올랐다. 함께 기차에서 내린 고보 학생들은 말로만 듣던 유명한 문인들을 직접 보게 되었다며, 신이 나서 몰려갔다. 동주와 유영은 쓴웃음 지으며 일행이 어서 사라지기만을 기다렸다.

　동주와 유영이 내린 열차의 종점, 경성역. 언제나 그렇듯 종점은 또 다른 시점이 되고 있었다. 하나 1939년 4월 15일, 두 청년은 길 잃은 조선 문단의 기이한 시점을 본 듯해 입맛이 쓸 따름이었다.

순수란 무엇인가

　"이보게들! 드디어 나왔네. 『문장』 8월 호가 나왔어! 이번엔 김 동리가 반격했군그래!"

　학관 강의실 문을 벌컥 열고 삼불이 말했다. 높이 든 손에는 잡지 『문장』 최근 호가 쥐여 있었다. 빈 강의실 안, 이리저리 흩어져 있던 벗들의 눈이 한꺼번에 그리로 쏠렸다. 열어 놓은 창틀에 기대 앉아 바깥을 내다보던 몽규도, 신문에 난 엄달호의 동시를 보며 그와 이야기하던 동주와 유영도, 명치좌*나 황금좌에 가 봐도 요즘

---

* 명치좌 | 1936년에 서울 명동의 한복판에 세워진 극장. 황금좌는 서울 을지로에 있던 극장.

은 볼 만한 영화가 없다며 투덜거리던 김문응도 고개를 돌렸다. 다들 우르르 나와 삼불 주위에 둘러섰다.

"「순수 이의(純粹異議)」라! 제목부터 세게 나오네."

"부제도 붙어 있군. '유 씨의 왜곡된 견해에 대하야', 이거 너무 노골적인걸?"

"새해 벽두부터 시작된 논쟁을 아직도 하고 있다니, 조선 문단도 참 대단들 하네……."

고개를 길게 빼고, 펼쳐 놓은 페이지를 들여다보며 한마디씩 했다.

여름 방학을 한 지 일주일도 더 된 칠월 하순이었다. 방학하자마자 부리나케 고향 집으로 내려가던 신입생 때와 달리, 동주와 벗들은 귀향을 미루적거리고 있었다. 이제 1년 남짓 경성 생활을 해 왔건만 경성은 20여 년 살아 온 고향보다 더 익숙하고 우선시하는 곳이 되어 버렸다. 지금 자신에게 무엇보다 중요한 학교가 있고, 선후배와 벗들이 있고, 식민지이긴 해도 정치와 문화의 중심이 되는 수도의 한복판에 있어서 그런가 보았다.

"지난 달, 아니 6월 호였던가? 현민 유진오가 정색을 하고 신세대 문인들을 나무란 게. 공연히 날선 주장으로 문단 안팎의 눈길을 끌 생각은 하지 말고 신인답게 '순수'에의 지향을 지니라 했지. 하긴 이쪽에서 뭐라 답할지 궁금하더군."

"따지고 들자면 『조광』에서 김동리가 먼저 선배 문인들을 공격

했지. 선배들은 구라파와 일본 작가들을 조금씩 '야키마시' 하고 있다 했던가? 하하!"

"야키마시, 사진 인화하듯 그대로 베껴 낸단 말이지. 그러니 골나게도 생겼지, 흐흐."

여름날 오후, 나른한 강의실 안에 갑자기 활기가 돌았다. 방금 전까지만 해도 귀청을 찢는 듯한 매미 울음소리가 몹시 거슬렸는데, 이야기에 빠져 있다 보니 저만치 물러간 듯 아련했다.

연초에 월간지 『조광』은 '신진 작가 좌담회'를 연 뒤 그때 오간 이야기를 신년 호에 실었다. 대개 문단에 나온 지 4, 5년 안팎인 이들을 신인, 10년 넘은 이들을 기성 문인이라 일컫고 있었다. 패기 만만한 신인들은 자신의 작품과 선배 작가들에 대한 생각을 거리낌 없이 토로했다. 좌담회에서 후배 문인들은 조선 문단에서 영향 받은 작가도, 사숙[•]할 만한 선배도 없다고 잘라 말했다. 이러한 도전에 선배들도 가만있지는 않았다. 논쟁이 거듭됨에 따라 서로 감정도 상해 갔다.

지금 주로 삼십 대인 선배 문인들이 돌이켜 볼 때 자신들의 이십 대는 여러 주의와 주장이 난무하던 뜨거운 시대였다. 조선뿐 아니라 서구와 일본에서도, 세계적으로 거듭되는 대공황으로 현 사

• 사숙(私淑) | 직접 가르침을 받지는 않았으나 마음속으로 그 사람을 본받아서 도나 학문을 닦음.

회 체제를 비판적으로 바라보는 생각이 널리 퍼져 있었다. 특히 이웃한 러시아에서 황제와 귀족들이 쫓겨나고 노동자와 농민 등 일하는 사람들의 나라가 새로 세워지는 것을 보면서, 조선 청년들의 가슴도 뜨겁게 끓어올랐다. 앞날이 없고 가진 게 없기로는 식민지의 지식 청년들도 이른바 '무산자(無産者)' 대중과 마찬가지이기에, 기꺼이 그들과 연대했다. 당시의 젊은이들치고 '주의자'가 아닌 이가 없다는 말이 나올 정도였다. 청년 문인들은 '조선 프롤레타리아 예술가 동맹(KAPF, 카프)'이라는 단체를 만들어, 가진 것 없고 억압받는 이들 편에 서서 활동했다. 그로부터 10여 년 만에 수많은 카프 작가들이 투옥되고 내부의 갈등과 분열까지 겹쳐 결국 흩어지고 말았지만, 그때의 열정이 완전히 사라진 것은 아니었다. 그러니 한창나이에 인간 내면의 심연을 탐구한다며 자기 안으로만 움츠러드는 후배 문인들이 못마땅했던 것이다.

신진 작가들은 그들대로, 삼십 대 선배 문인과 그들의 작품을 높이 평가하지 않았다. 거리의 생경한 구호나 신문 기사를 옮겨 놓은 듯한 글을 어찌 문학이라 하랴 싶었다. 이즈음의 작품도 볼 만한 게 없었다. 무능한 가장의 쓸쓸한 소회나, 지난날 자신들의 뜨거운 헌신을 모멸하고 조롱하는 세태에 대한 한탄이 대부분이었다. 아예 '후일담 문학'이라는 말이 생겨날 정도였다.

"그런데 지난번 유진오의 '언어불통(言語不通)'은 좀 지나친 말이 아닌가? 후배 작가들과는 말이 통하지 않는다니……. 이삼십 대 젊은 문인들끼리 공연히 선배니 후배니 하며 편 가름을 하는 것 같아."

엄달호가 꺼낸 이야기를 몽규가 받았다.

"말이 안 통한다는 이야기가 나오게도 생겼지. 양쪽 다 문학을 이야기하고 인간을 이야기해도 내용이 다르거든."

"어떻게?"

"한쪽에서는 지금 거리에서 갈팡질팡하고 있는 사람들의 '생활'에서 인간을 제대로 보라 하고, 다른 쪽에서는 자기 '내면'의 깊은 동굴을 들여다보며 인간을 제대로 알라 하네."

"그것참, 둘 다 틀린 이야기가 아니지 않나? 사람들의 생활도 보아야 하고, 인간의 내면도 그려야 하고……."

"자네 말처럼 그 두 가지가 함께 어우러지면 오죽 좋겠나? 하지만 신진 작가들은 사람 내부에서 소용돌이치는 감정을 분석하는 데만 힘을 기울이고, 정작 그 인물을 고통스럽게 하는 사회 현실은 외면하고 있네."

"그렇지만 거리의 구호나 현실의 모사가 그대로 문학이 될 수는 없지 않겠나? 그런 작품들에서 나는 그리 감동을 받지 못했네."

"문학적 성취로 보자면 물론 아쉬움이 있지. 하지만 어렵고 고통받는 사람들을 바라보며 그 가운데 문학의 역할을 고민했던 것만큼은 인정해 주어야 할 것이야."

몽규와 달호의 이야기가 길게 이어졌다. 삼불이 갑자기 점잔을 빼며 말했다.

"거, 언어불통이라 했던가…… 하긴 나도 실감하고 있네. 신입생들을 보면 도무지 말이 안 통한다는 생각이 들 때가 많아."

"뭐? 하하하."

"하하, 그건 나도 마찬가지네. 선배들도 우리를 보며 그랬을 테지?"

"하하!"

다들 한바탕 웃었다. 창가에서 머뭇대던 바람도, 한번 웃음이 터지니 그 기세에 휩쓸려 빈 강의실 안을 한 바퀴 휘돌고 나갔다. 한결 숨통이 트였다.

"그런데 말이야, 요즘 신인 작가들의 작품을 보면 대단하다 싶기도 한데, 다 읽고 나면 뭔가 허전해. 그런 걸 못 느꼈나?"

벗들의 이야기를 듣고만 있던 이순복이 말했다. 평소에는 조용하고 차분했지만, 분노해야 할 때는 거침없이 분노하고 행동하는 벗이었다. 지난해 연전 스승들이 구속되었을 때는 앞장서 항의하다 서대문 경찰서에 붙잡혀 가기도 했다. 순복이 말을 이었다.

"지금 김동리와 함께 선배들에 맞서 한창 논쟁하고 있는 정비석의 「성황당」을 보았나? 인물의 감정 변화와 정염의 묘사는 실감나지만, 감동은 덜해. 동리의 「무녀도」도 빼어난 작품이지만 아쉽기는 마찬가지야. 신인들이 문학적 표현을 내세운다 했던가? 그건 정말 탁월하네! 인물의 내면을 집요하게 파고들어 가는 것도 읽는 맛이 새롭고……. 하지만 그뿐이네. 작품에 나오는 산천은 내 고향 마을을 그린 듯 실감 나는데, 그 속의 괴로워하는 인물들은 내가 만난 사람들 같지 않아. 도대체 무슨 이유로 그렇게까지 갈등하고 괴로워하는지……."

김문웅도 끼어들었다.

"아니, 젊은 작가들의 작품이 대체 어떻단 말인가? 나는 정비석의 소설을 보며 전율을 느꼈네. 인간의 욕망을 그처럼 솔직하고 대담하게 그린 작품이 있던가? 동리의 작품은 또 어떻고. 눈에 불꽃이 이는 모화*의 모습이 생생하게 다가오지 않던가? 예술이란 이렇게 사람의 가슴을 찌르르 건드리는 맛이 있어야지."

학기 중에도 보기 힘든 평안도의 풍류객 김문웅이, 방학인데도 학교에 나와 있는 것은 좀 뜻밖이었다. 귀향을 주저하기는 그도 마찬가지인가 보았다. 조선 소리 듣는 것을 좋아해 장안의 유명한 기생집과 요릿집을 자주 드나들더니, 얼마 전부터는 서양 가극인 오페라에 빠져 있었다. 처중이 다시 말했다. 언짢았는지 목소리가 좀 높았다.

"인물의 내면을 치열하게 그리는 것은 좋네. 그런데 현실을 살아가는 인간의 감정이 그것밖에 없다던가? 인물을 휘장처럼 둘러싸고 있어야 할 현실이 빠져 있으니, 고민이고 갈등이고 실감 나지

---

* 모화 | 김동리의 단편 「무녀도」에서 주인공인 무당으로 나오는 인물.

않을 수밖에.”

“현실……. 이 불유쾌한 현실을 작품에 상세히 그려 놓으면 발표나 할 수 있겠는가? 게다가 문학적으로 ‘순수’한 작품이 아니라는 소리도 듣게 되고…….”

“순수? 순수라 ……. 도대체 순수는 무엇인가?”

순복에 이어 한혁동이 중얼거렸다. 달호가 시큰둥한 표정으로 말했다.

“내 장담하네. 다음 호에는 그 제목으로 또 새로운 논쟁이 벌어질 거야.”

“이러다 연말까지 가겠구먼. 허허!”

조선 문단 전반에 대한 동주와 벗들의 평가는 거리낌 없고 신랄했다. 대부분 문단에 등단하기를 갈망하는 작가 지망생이었다. 이들처럼 어떤 지위도 없고, 어디에 소속되지도 않은 것이 때로는 더 홀가분하고 자유로운 법이다. 한다하는 문인들의 이름을 존칭 없이 마구 부르고 그들의 작품을 난도질해도 뭐라 할 이 없었다. 고심해 작품을 쓴 작가들은 툭툭 던지는 평가가 서운하고 억울하기도 할 것이나, 보고 느끼는 대로 마음껏 이야기하는 것은 독자의 자리에서 누릴 수 있는 특권이었다. 동주도 입을 열었다.

“그런데 순수하다는 게 과연 무얼까? 순수다, 순수가 아니다 하는 게 선언한다고 되는 걸까? 순수를 염두에 두고 쓰면 순수한 작품이 나오고, 현실을 그리겠다고 마음먹으면 순수하지 않은 작품이 되고 마는 걸까?"

"……."

혼잣말 같은 동주의 이야기는 계속되었다.

"어떤 것을 쓰건 혼신의 힘을 다해 진실하게 그리면, 그리고 그 진심이 읽는 이에게 전해지면 순정하다, 순수하다 할 수 있지 않을까? 사람의 내면에 치중하건, 그를 둘러싼 아픈 현실을 그려 내건……. 순수는 작가가 먼저 정해 놓은 작품의 성격이 아니라, 읽는 이의 가슴에서 비로소 느껴지는 것 아닐까?"

처중도 고개를 끄덕였다.

"하긴 순수한 작품이라 말해도 순수하게 다가오지 않는 것도 있고, 흔히 말하는 순수의 세계는 아닌데 가슴이 뻐근하고 왈칵 눈물이 나는 작품도 있지."

"거참, 점점 복잡해지는군그래. 그런 논쟁일랑, 기왕 해 오던 문인들에게 맡기고 우리 청년 학도들은 밥이나 먹으러 가세. 방학이라 식당 문도 일찍 닫을 거야. 문학이니 세대니 순수니 해 봐도 끼니를 놓치고서야 눈에건 귀에건 들어오겠나?"

삼불이 들어올 때처럼 요란하게 벗들의 등을 떠밀었다. 점심때도 훌쩍 지나 다들 시장하긴 했다. 기숙사 옆 식당으로 걸음을 재촉하면서도 삼불의 너스레는 계속되었다.

"그런데 듣고 있자니 좀 이상하더군. 나이로 보건 취향으로 보건 우리는 신진 작가들과 더 가까운 것 아닌가? 그런데 다들 윗세

대 문인들에게 더 공감하는 것 같더군. 우리 이거, 너무 늙어 버린 것 아닌가?"

그 말에 문웅이 손을 내저었다.

"아닐세, 나는 아니야. 나는 젊은 신세대 문인들의 작품에 감탄하고, 그들의 예술혼에 공감하네. 그들도 나도 한창인 이십 대 청춘이라고!"

"흐흐, 청춘이라……."

"하긴 우리가 어디 청춘이라 할 수 있겠나? 열렬한 '주의자'가 되어 본 적도, 무엇에 미쳐 몸 바쳐 본 적도 없지 않은가? 좌절했느니 어쨌느니 해도 한때 청춘을 누려 본 선배들이 부럽네."

"아, 가엾은 조국아! 가엾은 이내 청춘아! 한번 불타오르지도 못하고 다 사라져 버렸구나!"

어지러운 팔자걸음들이 본관 옆 솔숲 샛길을 지나 식당으로 향했다. 2학년도 절반이 지나 동주와 벗들의 옷차림은 많이 흐트러져 있었다. 다림질 선이 선명한 교복에, 모자와 허리띠에서 배지와 버클이 번쩍이던 신입생 때의 모습은 찾아볼 수 없었다. 학생복 셔츠 소매는 마구 걷어 올린 채였고, 모자는 뒷주머니에 쑤셔 박혀 있었다. 구두 뒤축을 되는대로 꺾어 신었나 하면, 아예 운동화 뒤축을 잘라 발끝만 꿰고 다니기도 했다. 동주와 벗들의 청춘의 비틀걸음은 또 한 차례의 여름을 가로질러 가고 있었다. 장마라 할 것도 없던 빗줄기가 잠시 다녀간 지도 오래였고, 가뭄이 유달리 심할 것만 같은 1939년 여름이었다.

투르게네프의 언덕

큰 가뭄이었다. 나라를 빼앗긴 뒤 이렇다 할 풍년도 없었지만, 이처럼 모진 흉년도 드물었다. 작물은 물론 고랑의 잡풀마저 다 타 들어 간 밭과, 거북이 등처럼 쩍쩍 갈라진 논바닥을 보노라면 올 가을걷이가 어떨지 한눈에 알 수 있었다. 메마른 더위는 구월에도 계속되었다. 초가을 태풍조차 소식이 없었다. 개구리와 맹꽁이 울음소리도 끊겼고, 깃들 풀숲 없는 가을 풀벌레의 울음소리는 가느다랬다. 왜정 이전, 조선 왕조에서 수십 년간 살아 본 노인들도 기묘년(1939년) 올해와 같은 가뭄은 처음이라 했다. 세간에는 중일 전쟁에서 일본군이 사람을 너무 모지락스럽게 많이 죽여 그렇다는 말이 떠돌았다. 이제 일본의 운이 다했으니 조선의 독립이 머지않았다고도 했다. 그 같은 유언비어를 색출한다며 고등계 형사들이 눈을 번득이고 돌아다니니, 메마른 인심은 더욱 흉흉해져만 갔다.

여름 방학이 끝나고 개학을 한 지도 얼마 안 되었다. 수업이 끝나자마자 동주는 일찍 교문을 나섰다.

"다테쓰쓰!"(세워총!)

"기오쓰케!"(바로!)

"마에에스스메!"(앞으로가!)

농구대와 정구 코트가 치워져 버린 운동장에서는 교련 수업이 한창이었다. 이번 학기부터 군사 훈련이 정식 교과목에 포함되어, 일본군 장교가 교관으로 배속되어 왔다. 중일 전쟁에 부족한 병력을 보충하고자 조선에도 지원병 제도를 실시한다는 발표도 했다. 어린 중학생부터 전문학생들까지 군사 훈련을 시키는 것을 보면, '지원'이 언제 '징집'이 될지 모를 일이었다.

안 그래도 물기 없는 운동장에, 잔뜩 긴장한 학생들이 이리저리 대열을 지어 움직이니 풀썩풀썩 날리는 흙먼지가 대단했다. 군복이나 다름없는 국민복을 입고 다리에는 군인처럼 각반을 차고 있었다. 머지않아 정식으로 집총 훈련도 받는다고 했다. 학년별로, 학과별로 날마다 되풀이되는 저 모습이 보기 싫고 저 구령 소리가 듣기 싫어, 동주는 늦게까지 학교에 남아 있고 싶지 않았다.

학교 앞 굴다리를 지나 신촌역으로 향했다. 기차를 타고 문안에 나가 볼까 했으나 왠지 이대로 내처 걷고 싶었다. 동주는 역 앞을 지나 고갯길로 나갔다. 문안 쪽은 가파르게 경사진 오르막길이고, 반대편은 서강과 잔다리로 이어지는 완만한 내리막길이었다. 역전 거리에서 바라보는 고개는 까마득했다. 그야말로 큰 고개(大峴)였다.

동주는 천천히 고갯마루를 올라갔다. 보통 때는 짐을 실은 우마차와 오가는 사람이 많은 곳이었다. 그러나 긴 가뭄 뒤끝이라 그런지 사람도 마차도 없이 고개는 한산했다. 그때 남루한 차림의 아이들이 동주 옆을 지나쳐 갔다. 요즘 들어 부쩍 늘어난 거지 아이들이었다.

고향의 땅도, 소작하던 땅도 모두 동양 척식 주식회사와 지주에게 빼앗긴 조선 농민들은 살길을 찾아 도시로 몰려들었다. 변두리 산비탈의 판잣집 문간방에 세 들거나, 그조차 얻을 형편이 안 되면 산자락을 더 올라가 토막(土幕)을 짓고 살았다. 채소 따위나 저장하기 위해 땅을 파고 거적을 덮어 놓은 움집이 사람 사는 집이 되고 만 것이다. 고향을 떠나 도시로 와 봐야 일자리 구하기는 어려웠고, 구한다 해도 다른 사람들이 꺼리는 궂은일이나 위험한 일들이었다. 일하다 목숨을 잃거나, 다치고 병들어 세상을 떠나는 가난한 이들이 많았다. 그렇게 남겨진 아이들과, 고향을 떠나올 때부터 잃어버리거나 버려진 아이들로 경성에는 유달리 고아들이 많았다. 때로는 부모가 거리로 내보내 구걸하거나 고물과 넝마를 줍게 했다. 부모도 나라도 거두어 주지 못한 퀭한 눈의 아이들을 볼 때마다 동주는 늘 마음 아팠다. 대기근을 피할 수 없을 올해, 저 아이들은 어떻게 살아갈까.

낡은 바구니에 노끈이나 새끼줄을 얼기설기 이어 잔등에 둘러 멘 채, 아이들은 고개를 넘고 있었다. 바구니 속에는 사이다 병, 간즈메(통조림) 통, 그러모은 쇳조각, 헌 양말짝과 옷가지들이 들어 있었다. 쓰레기 더미나 고물을 뒤져 얻은 모양이었다. 언제 감고 빗어 보았는지 머리칼이 텁수룩했다. 첫째 아이도, 둘째 아이도, 셋째 아이도 그러했다. 시커먼 얼굴에 벌겋게 충혈된 눈, 붉은 기라고는 없이 원래부터 그런 양 푸르스름한 입술, 꿰매 볼 수도 없이 온통 너덜너덜한 옷에, 여기저기 부르트고 딱지 앉은 맨발에는 피도 흘렀다. 동주는 문득 러시아 작가 투르게네프의 시 「거지」의 한 구절이 생각났다.

거리를 걷고 있노라니…… 늙어 빠진 거지 하나가 나의 발길을 멈추게 한다.
눈물 어린 충혈된 눈, 파리한 입술, 다 해어진 누더기 옷, 더러운 상처…… 오오, 가난은 어쩌면 이다지도 처참히 이 불행한 인간을 갉아먹는 것일까!

동냥을 하는 거지를 보며 작가는 호주머니를 뒤진다. 그날따라 지갑도, 시계도 없고 손수건마저 없다. 당황한 그는 거지의 손을 덥석 움켜잡고 이야기한다. "용서하시오, 형제. 아무것도 가진 게 없구려." 거지는 파리한 얼굴에 웃음을 띠고 말한다. "괜찮습니다, 형제여. 그것도 적선입니다." 노작가 투르게네프는 깨닫는다. 자신도 그에게 적선을 받았음을.
큰 고갯길에서 거지 아이들을 만났을 때, 무서운 가난이 삼켜 버린 소년들의 모습을 보며 동주도 측은한 마음이 생겼다. 호주머니

를 뒤져 보았다. 반백여 년 전 러시아 작가와는 달리 지갑도, 시계도, 손수건도 다 있었다. 그러나 무턱대고 내어 주게 되지는 않았다. 동주는 주머니에 손을 넣은 채 그저 아이들을 바라만 보았다.

무기력감. 손가락 하나 까닥일 힘조차 없는 무기력감이 다시금 밀려왔다. 이즈음 동주가 자주 젖어 드는 기분이었다. 발끝에서부터 서서히 힘을 빼더니 소용돌이 모양으로 위로 올라와 머릿속까지 저릿저릿하게 했다.

주머니에 있는 것을 모두 꺼내 저 아이들에게 준다고 한들 도대체 무엇이 달라질까. 지갑에 든 돈과 시계, 아니 겉옷과 구두까지 벗어 준다고 한들 그것이 날마다 구걸하고 넝마를 줍는 남루한 생활에 얼마나 보탬이 될까. 이 손수건으로 시커먼 얼굴에 어린 눈물 자국을 사라지게 할 수 있을까. 자신이 내민 손길을 허락이나 할까……. 아무것도 건네지 못했어도 마음만으로도 고맙다는 거지의 인사를 받은 작가나, 그러한 대화를 주고받던 러시아의 현실은 차라리 더 나았던 것인지도 모른다.

그래도 무언가 해야겠다 싶어 동주는 "얘들아!" 하고 아이들을 가만 불러 보았다.

첫째 아이가 충혈된 눈으로 흘끔 돌아다볼 뿐이었다.
둘째 아이도 그러할 뿐이었다.
셋째 아이도 그러할 뿐이었다.

그러고는 너는 상관없다는 듯이 자기네끼리 소곤소곤 이야기하면서 고개로 넘어갔다.

(「투르게네프의 언덕」 중에서)

지난해 이맘때, 동주는 「슬픈 족속」이라는 짧은 시를 썼다. 북간도에서 그리던 조국과, 막상 경성에 와서 본 모습은 달랐다. 아침부터 저녁까지 쉼 없이 일하는 동포들의 삶은 처참하면서, 슬프고도 안쓰러웠다. 동주는 사무치는 마음으로 조선을 그렸다.

슬픈 족속

흰 수건이 검은 머리를 두르고
흰 고무신이 거친 발에 걸리우다.

흰 저고리 치마가 슬픈 몸집을 가리고
흰 띠가 가는 허리를 질끈 동이다.

_1938. 9.

그런데 오늘, 동주는 저 아이들에게서 조선의 모습을 또 보았다.

흰옷 입은 애잔한 모습으로 멀리 서 있는 게 아니라, 덥수룩한 머리칼에 시커먼 얼굴을 한 아이들의 모습으로 가까이 다가와 있었다. 흰옷조차 입을 수 없어 해진 넝마를 걸치게 된 것일까. 그새 조선은 더 남루해졌고, 흘끔 돌아보는 모습에서는 서먹한 거리감도 들었다. 제 생활에 허덕이고 제 고민에만 빠져, 이방인에게 학대받고 모욕당하는 조국을 외면하고 내버려 두어 생긴 서먹함이고 거리감인지도 몰랐다. 저 퀭한 눈에 어린 무표정은 그간의 외면과 무관심이 만들어 놓은 것이리라. 주머니에 있는 물건들을 그저 만지작거리고만 있는 것처럼, 동주는 지금 무엇을 해야 할지, 무엇을 할 수 있는지 알지 못했다. 헐벗고 초라한 거지 아이의 얼굴을 한 조선은 그런 자신을 물끄러미 바라볼 따름이었다. 그러더니 이내 아득한 고개 저 너머로 멀어져 갔다.

뒤늦게 정신을 차린 동주는 아이들을 따라 고갯길을 올라갔다. 하나 언덕 위에는 아무도 없었다. 산비탈의 판자촌과 토막집 위에 짙은 황혼이 밀려들고 있었다. 긴 가뭄으로 물기를 머금어 본 지 오래인 황혼은 타는 듯 붉기만 했다.

시 쓰기를 멈추다

1939년 10월 29일 일요일. 아침부터 동주는 머리가 무겁고 찌뿌

드드했다. 새 학기 교재 준비를 한다는 핑계로 날마다 문안 서점에 드나들었더니, 그예 몸살이 난 모양이다. 조선도 일본 학제를 본떠 사월에 새 학년이 시작되었고, 시월 중에 학기말 시험을 치른 뒤 하순부터 또 2학기가 시작되었다.

하숙방 앉은뱅이책상 위에는 요 며칠 사 모은 책들이 쌓여 있었다. 고향에서 하숙비에 새 학기 교재비까지 넉넉히 부쳐 주시는 이맘때가 동주의 장서 목록이 가장 풍부해질 때였다. 동주는 책마다, 서점에 앉아 한번 보고 말지, 도서관에서 빌려 볼지, 사서 소장할지, 선물할지 꼼꼼히 따져 보았다. 그처럼 깐깐한 과정을 거쳐 지니게 된 책들에는, '동주 장서' 혹은 '동주'란 이름과 함께 구입한 날짜를 써 두었다. 자신의 책을 갖게 된 중학생 때부터 그래 왔는데, 장서의 번호를 매겨 두기도 했다.

아침을 먹는 둥 마는 둥 했더니 점심 무렵에는 몹시 시장했다. 하숙은 아침과 저녁을 주기로 되어 있지만, 공일 점심때 방에 있으면 인심 좋은 아주머니가 밥 먹으라 부르기도 했다. 하나 요즘에는 그런 일이 일절 없었고 밥상은 날로 거칠어져 갔다. 긴 가뭄 뒤의 흉년이라 하숙집 주인도 어쩔 수 없을 것이다. 점심 먹으러 나가야 하나 미적거리고 있는데 유영이 찾아왔다.

"마침 잘되었네. 자네도 점심 전이지? 나도 막 나가려는 참인데 같이 가세."

동주의 말에 손사래를 치며 유영은 물부터 청했다. 바깥 날씨가 쌀쌀해 따뜻한 엽차 한잔이 생각날 법한데도, 유영은 차가운 물을 벌컥벌컥 마셨다. 변변한 겉옷 하나 없는 단벌 신사로, 구겨진 학생복 옷깃 위에 비죽 솟은 목이 앙상했다.

"부립 도서관에 다녀오는 길인데, 오다 보니 부민관 마당에 사진기 든 기자와 사람들이 잔뜩 나와 있더군. 앞에는 자동차도 줄지어 있고……. 알고 보니 '조선 문인 협회' 발족식이 열렸다 하네."

"문인 협회? 하긴 뭐 연맹이다, 협회다, 위원회다…… 자고 나면 새로운 단체가 생겨나니 문인들도 뭔가 만들려 하겠지."

동주가 심상하게 대꾸했다.

"이 성명서라는 걸 보게. 오늘 발족식에서 채택된 것이라 하네. 이광수의 회장 취임사는 또 어떻고?"

유영이 유인물을 내밀었다. 등사된 인쇄물에 굵고 진하게 박힌 '문필보국(文筆報國)'이란 글자가 먼저 눈에 들어왔다. 비상시국에 문필로 나라의 은혜를 갚고 충성을 다하겠다는 맹세였다. 비상시국이란 나날이 확대되어 가고 있는 전쟁 국면이었고, 문필로 보국하겠다는 나라는 조선이 아닌 일본이었다. 총독부가 만든 '국민정신 총동원 조선 연맹'에 문인 협회도 기꺼이 가입하겠다고 했다. 그 아래에는 모모 문인들의 이름이 죽 적혀 있었다. 문인 협회 명예 총재는, 황민화 정책 책임자로 미나미 총독의 전폭적 신임을 받고 있는 총독부 학무국장 시오바라였다. 회장에는 이광수가 선출되었다.

조선에서 이광수만큼 유명한 작가도 드물 것이다. 신문학* 시절부터 민족의 울분과 시름을, 말하듯 쉬운 어투로 쓴 이야기로 달래주었고, 작품마다 주제를 담아 그 나름대로 동포들을 계몽했다. 그러나 언제부터인가 민족에게 받은 사랑과 명성을 엉뚱한 데 쓰고 있었다. 총독부의 시책을 적극적으로 홍보하고, 이를 따르는 것이 조선 민족을 위한 길이라며 동포들을 설득하고 다녔다. 몸담고 있는 단체와 쓰고 있는 감투는 이루 헤아릴 수 없이 많았고 총독 관저를 거리낌 없이 자주 드나들었다. 초창기 조선 문단에서 이광수와 쌍벽을 이루던 최남선은 지금, 일본이 세운 만주 건국 대학의 교수로 가 있다고 하던가. 오늘 조선 문인 협회 회장 취임사에서 이광수는 "반도 문학의 새로운 건설은 내선일체(內鮮一體)로부터 출발되어야 한다."고 선언했다.

"그때, 황군 위문 작가단을 만들 때부터 알아봤어야 했어. 황군을 위문하러 가더니 이젠 내선일체까지 발 벗고 나서는 건가? 조선 문학의 출발이 내선일체부터라고?"

차분하고 조용한 유영답지 않게 몹시 흥분했다. 올봄에 동주와 경성역에서 본 위문 작가단 환송식 생각도 나는 모양이었다. 부민관 마당, 즐비하게 늘어선 총독부 관리들의 승용차 앞에서 일본인

---

* 신문학 | 갑오개혁 이후에 일어난 문학. 개화사상에 따라 서구의 문예 사조를 받아들여, 문학의 형식과 내용이 새로워졌다.

들과 악수하며 웃고 있던 조선 문인들의 모습은 생각할수록 불쾌했다. 그러려니 제쳐 놓을 사람도 있었지만 연전의 벗들이 좋아하고 인정하는 문인들도 많았다.

"정인섭 교수도 나왔더군. 이번에 문인 협회 간사로 뽑혔다네."

"······."

할 말이 없었다. 정인섭 교수는 영문학에 대한 해박한 지식과 명쾌한 강의, 소탈한 말투와 격의 없는 행동으로 연전 학생들에게 인기 있는 젊은 교수였다. 그에게 습작을 보여 주며 평가와 지도를 받는 학생도 많았다.

비단 정인섭 교수만이 아니었다. 동주가 신문에 난 작품이나 비평들을 오려 스크랩해 둔 문인들도 많았다. 심미적이고 예술적인 비평으로 눈길을 끌던 김문집은 총독부가 만든 '국민정신 총동원 연맹'의 간사가 되어 이미 충격을 주었기에, 이번에 문인 협회 간사를 맡았다 해도 새삼스러울 것은 없었다. 하지만 총독부 관리의 축사에 김용제가 답사한 것은 충격이었다. 전향 성명서를 제출하라는 요구를 거부하고 일본 감옥에서 꼬박 5년을 갇혀 있다가 조선으로 추방된 작가였다. 그의 꿋꿋한 지조와 기개를 흠모하는 조선 청년들이 많았는데, 믿기지 않는 일이었다. 얼마 전까지 세대가 어떠니, 순수가 무엇이니 하며 논쟁하던 선후배 문인들도 이번만큼은 나란히 이름을 올렸다.

'사실 수리'라고 했던가. 프랑스 시인 발레리는, 제1차 세계 대전 후의 혼란을 바라보면서 20세기는 '사실의 세기'라 말했다. 인간 이성의 힘이 작용해 오던 유럽 사회가, 이성으로는 해명할 길 없이 혼란과 갈등으로 가득한 새로운 '사실'들을 마주하게 되었다는 우울한 진단이었다. 또다시 전쟁의 광기가 지배하게 될 야만의 시대를 예감하는 유럽 지성인의 통렬한 비판이기도 했다. 하지만 조선에 전해진 이 말은 엉뚱하게 쓰였다. 젊은 평론가 백철은 '사실 수리론'을 들고 나오면서, 눈앞에 드러나고 있는 '사실'들을 '수리(受理)'해야, 즉 받아들여야 한다고 했다. 서구의 세련된 개념으로 치장하여 얼핏 보면 객관적이고 냉철한 소리처럼 들리지만, 결국은 조선이 일본의 식민지라는 현재의 사실을 이제는 받아들이고 인정하자는 것이었다. 공연히 독립이니 저항이니 하는 비현실적이고 허황된 것에 눈을 돌리지 말자는 소리이기도 했다. 문인 협회에 참여한 작가뿐 아니라 조선의 지식인들에게도 스며들고 있는 논리였다.

벌렁거리는 가슴으로 찾아와 한바탕 쏟아붓고 나니 좀 진정되었는지 아니면 더욱 참담해졌는지, 유영은 벽에 등을 기대고 지그시 눈을 감았다. 피로가 한꺼번에 몰려오는 듯했다. 정신의 허기가 육체의 허기를 압도해 버린 것인지, 동주도 조금 전까지의 시장기를 전혀 느끼지 못했다.

조선에 신문학이 들어오면서, 아니 그보다 더 오래전부터도 문학에 관한 다양한 사색과 논의는 이어져 왔다. 문학이란 무엇인가,

문학은 어디에서 비롯되었는가, 문학과 삶은 어떠한 관계에 있는가. 문단의 대가는 물론 갓 문학에 눈을 뜬 사춘기 소년도 제 나름대로 고심하는 문제였다. 동주와 벗들도 마찬가지였다. 그처럼 진지하고도 열정적이며 오랜 사색의 역사가 담겨 있는 문학이, 어째서 내선일체로부터 출발해야 하며, 전쟁광 일본에 충성을 다하는 것으로 귀결되어야 한단 말인가. 문학과 현실이 어떻고, 문학 정신과 문학적 표현이 어떠하며, 문학에서 순수가 무엇이니 하는 그 열띤 논쟁들은 어디로 가 버렸나. 문단의 쟁쟁한 중진들이 한데 모여 내놓은, "조선 문학의 출발은 내선일체에 있다."고 한 오늘의 선언에 대해서는 왜 침묵하는가.

유영이 돌아간 뒤에도 동주는 그대로 방 안에 있었다. 늦가을 해가 짧아 일찍 어둠이 밀려왔다. 총독부가 '전력 소비 조정령'으로 전등 켜는 시간을 정해 단속해서가 아니어도, 불을 밝히고 싶지는 않았다.

앉은뱅이책상 위, 펜과 잉크 옆에 단정히 놓인 습작 노트를 새삼 펼쳐 보았다. 동주의 시작(詩作) 첫 번째 과정은, 떠오르는 시상을 오랫동안 마음속에서 구상한 뒤 먼저 습작 노트에 펜으로 써 보는 것이었다. 그런 다음 생각날 때마다 펼쳐 보고 조금씩 고치다가 이만하면 되었다 싶을 때 정식으로 원고 노트에 옮겨 썼다. 중학 시절 '나의 습작기의 시 아닌 시'에 이어, 두 번째 원고 노트의 제목은 '창(窓)'이었다. 동주는 책꽂이 한 칸에 따로 정리되어 있는 몇 권의 습작 노트와 두 권의 원고 노트를 마저 꺼냈다. 그러고는 방 한쪽에 놓인, 잘 쓰지 않는 잡동사니가 담긴 사과 궤짝에 넣고 뚜껑을 덮었다.

동주는 결심했다. 잘못된 전쟁을 지지하고 동포들의 고달픈 삶을 외면하는 것이 문학의 길이라면, 가지 않으리라. 감투와 명성을 탐하고 궤변으로 자신의 행동을 미화하는 자들이 문인이라면, 되지 않으리라. 하나의 시어를 찾기 위해 수없이 버리고 취하는 연마의 과정이 저렇게 쓰이는 것이라면, 더 이상 쓰지 않으리라.

중학 시절부터 시 없이 살아 본 적 없던 동주였다. 길을 걸을 때도 멈추어 설 때도, 학교에서나 집에서나, 벗들과 함께이건 홀로이건, 동주에게서 시가 떠난 적은 없었다. 눈에 보이는 것, 가슴에 떠오르는 것, 소리 내 말하는 것, 어느 하나 시가 아닌 것도 없었다. 체온 같은, 맥박 같은, 피돌기 같고 숨쉬기 같은, 그 시 쓰기를 동주는 이제 멈추려는 것이다.

하숙생들이 돌아왔는지 방마다 하나둘 전등불이 켜졌다. 저녁 식사 시간이었다. 불 꺼진 채 오래도록 기척 없는 동주의 방을, 하숙집 아주머니는 한번 두드려 보지도 않고 건너뛰었다. 캄캄한 방 안에, 깍지 낀 손을 머리에 괸 채 동주 홀로 모로 누워 있었다.

4. 전쟁의 광기

지리산 자락에서 온 벗

똑똑. 기숙사 3층 방문을 두드리는 소리가 났다. 동주 때와 마찬가지로 1940년의 새 학기에도 천장이 울퉁불퉁한 다락방은 신입생들 차지였다. 신입생 티에, 시골티와 어린 티도 아울러 나는 한 남학생이 문을 열었다. 부스스한 머리칼에 꼭 다문 입술, 깊이 팬 인중에 수줍음이 담겨 있었다. 문밖에는 그날 자 『조선일보』를 손에 든 동주가 서 있었다.

"여기 혹시 정병욱 형이라고 있습니까? 이 방이라고 하던데……."

"예. 제가 정병욱입니다……."

대답하는 얼굴이 불그레했다. 경상도 하동에서 온 신입생 정병욱은 이미 윤동주 선배를 잘 알고 있었다. 개정된 조선 교육령으로 이제는 동래 중학이라 불리는 동래 고보 시절부터, 신문 학생란에 실린 연전 선배들의 글을 읽어 왔다. 지면에서만 대하던 이들을 같은 학교에서 만나게 되어 얼마나 좋던지. 윤동주 선배, 송몽규 선배, 강처중 선배, 엄달호 선배, 유영 선배……. 선배들이야 아직 신입생 얼굴을 일일이 기억하지 못하겠지만, 병욱은 선배들을 눈여겨보고 인사해 기억하고 있었다. 환한 표정으로 동주가 병욱의 손을 잡고 말했다.

"아, 형이었군요. 오늘 신문에 난 글 잘 보았습니다. 한번 만나 보고 싶어 이렇게 왔습니다."

"……."

병욱은 목덜미까지 빨개졌다.

1940년도 신입생들이 입학한 지 얼마 안 되는 사월이었다. 『조선일보』학생란에 병욱이 기고한 「뻐꾸기의 전설」이 실렸는데, 글을 읽자마자 동주가 찾아온 것이다. 먼 옛날, 전쟁터에 끌려가 목숨을 잃은 시골 청년의 넋이 뻐꾸기가 되어 찾아왔다는 이야기였다. 뻐꾸기를 '포곡조(布穀鳥)'라고도 한다는데 "포곡!" 하는 울음소리로 곡식의 씨앗을 뿌릴 때가 된 것을 알려 준다고 여겼기 때문이다. 죽어서도 늙으신 아버지와 농사일이 걱정되어 "아버지, 못자리!" 하고 우는 젊은 농군의 애타는 마음이 담긴 소리였다. 옛 이야기를 빌려 쓴 것이지만, 지금 조선의 처지를 자연스럽게 떠올려 보게도 되었다. '국민 징용령'으로 농촌 젊은이들부터 전쟁에 동원되어 끌려가고 있었던 것이다.

"별다른 일 없으면 같이 산보라도 나가실까요?"

동주는 정중히 물었다. 병욱은 여전히 붉어진 얼굴로 따라나섰다. 동주 선배와 나란히 걸어가는데 가슴이 자꾸만 두근거렸다.

병욱은 동주보다 두 학년 밑이지만, 나이는 다섯 살 아래로 이제 열아홉 살 난 소년이었다. 신입생 중에서도 어린 편이었다. 지리산 자락 하동에서 나고 자랐고 동래에서 학교를 다녔으니, 남쪽 지방을 벗어나 본 적 없었다. 북간도 출신 동주와는 정반대였다. 벗들이 억센 경상도 사투리를 못 알아듣고 되묻기라도 하면 금세 얼굴이 붉어질 만큼 부끄러움도 많았다. 투박한 외모에 수줍음 많은 성격이, 하동과 광양 등 지리산과 섬진강 일대에서 큰 사업을 하는 집안의 장남 같지 않았다. 아버지는 맏아들 병욱이 사업을 물려받길 원했고, 대학도 상과 계열로 진학하기를 바랐다. 그러나 일찍부터 문학 공부를 하겠다고 작정한 병욱은, 기어이 연전 문과에 입학하고 말았다. 화가 난 아버지는 학비도 보내지 않았고, 아버지의 눈을 피해 어머니가 몰래 보내주시는 돈으로 학교에 다니고 있었다. 병욱의 사연을 듣노라니, 동주도 진학 문제로 용정에서 아버지와 다투던 때가 생각났다. 순박하고 앳된 병욱의 얼굴 어디에 그러한 고집이 어려 있는 것인지. 하긴 지난날 동주도 많이 듣던 소리였다. 그날부터 동주와 병욱은 단짝이 되어 붙어 다녔다.

3학년이 된 동주는 하숙 생활을 접고 다시 기숙사에 들어와 있었다. 처중과 몽규는 학교 안팎의 일로 늘 바빴고, 유영은 집안 형편이 더 어려워져 휴학하고 수원군 농회에서 일했다. 병욱의 동래고보 선배이기도 한 허웅은 건강이 좋지 않은 데다 최현배 교수의 강의를 듣지 못하게 되자, 1학년을 마치고 고향 집에 내려가 버렸다. 동주의 용정 후배 덕순도 연전 문과에 입학했으나 학교 밖에서 하숙하고 있었다. 덕순은 나중에 처중과 같은 방을 썼다.

그러나 동주가 병욱과 가까이 지내는 것은 동기들을 자주 보지 못해서가 아니었다. 동주는 병욱과 있으면 마음이 편했다. 글에서도 알 수 있듯, 병욱은 생각이 깊고 읽은 책들도 꽤 되었다. 아직 어린데도 조선의 옛 문학에 관심이 많았고 남도의 풍류와 선비의 몸가짐이 은연중 배어 있어, 볼수록 진중하고 멋스러운 후배였다. 동주도, 병욱도 꼭 필요한 때가 아니면 별로 이야기하지 않는 성미였다. 서로의 침묵을 존중할 줄도 알아, 공연히 이야깃거리를 찾는다고 애쓸 필요가 없었다. 남에게 신세 지기 싫어하고, 방이나 주위가 정돈되어야 비로소 마음이 차분해지는 깔끔한 성미도 비슷했다. 동주는 오랜만에 여러모로 마음이 꼭 맞는 벗을 만난 듯했다.

병욱도 동주에게 한눈에 반해 버렸다. 병욱은 맏이라 형이 없고 동생들과는 터울이 컸다. 또래보다 학교에 일찍 들어갔기에 급우들 사이에 끼지 못해 학년 초에는 특히 외로울 때가 많았다. 대도

시 경성에 올라와서도 왠지 주눅 들었는데, 동주 형이 먼저 다가와 자상하게 살펴 주었다. 병욱은 동주 형이 권하는 책들을 따라 읽고, 동주 형이 가는 곳이면 어디나 갔다. 산골에서 자라 예배당 구경을 해 보지도 못했으나 동주 형 따라 교회도 가고, 영어로 성서 공부를 하는 바이블 클래스에도 들어갔다. 문안의 서점 나들이도, 영화 구경도 함께했다. 고향 집에 있는 어린 동생들에게 보낼 선물도 동주 형이 골라 주었다. 기숙사 복도를 사이에 두고 방들을 남료와 북료로 나누어 축구 시합도 했는데, 이때도 동주 형의 활약은 눈부셨다. 평소에는 조용하고 침착하더니 축구공 앞에서는 어찌 그렇게 비호처럼 빠른지. 식사 시간이 되면 으레 동주는 병욱 방에 들러 함께 갔는데, 시간이 한참 지나 배가 고파도 병욱은 방에서 동주 형을 기다리곤 했다.

"정 형, 지금 뭐 하고 있어요? 이렇게 달이 밝은데…….."

초여름 보름달이 환한 밤이었다. 안 그래도 동주 형이 찾아오지 않을까 싶었는데, 문 두드리는 소리가 나더니 싱긋 웃는 얼굴이 보였다. 병욱의 얼굴도 환해졌다.

동주의 산책은 유명했다. 산보라기에는 꽤 먼 길이었고, 족히 두어 시간 걸릴 때도 많아 원족(遠足)이라 할 만했다. 별말 없이 걷는 길이라 무거운 침묵을 갑갑하게 여기는 벗들도 있었다. 하지만 병욱은 산보건 원족이건 동주 형과 함께 걷는 것을 좋아했다. 각자 생각에 잠겨 묵묵히 걷는 것도 좋았고, 불쑥 한두 마디씩 꺼내는 이야기도 갑작스럽거나 불편하지 않았다. 이제껏 병욱은 지리산 자락의 오솔길이나, 섬진강 줄기를 따라가며 구불구불 이어진 강변을 산책했다. 그런데 대도시 경성 교외의 밤길을 걷는 기분은 색달랐다. 설핏 잠든 거인 곁을 지나는 것처럼 조심스러웠고, 변두리의 밤을 뚫고 지나가는 기차 소리에 깜짝 놀라기도 했다.

때로 학교 안을 둘러보았다. 본관과 기숙사 주변만 벗어나도 연희 교정은 이내 아름드리 숲이었다. 언더우드 동상을 가로질러 노천극장 뒤쪽으로 올라가다 보면, 맞은편에 이화 여전 건물이 보이고 쉬어 갈 만한 언덕이 나왔다. 달맞이하기도 좋고, 밤바람 쐬며 나무 의자에 앉아 이야기 나누기도 좋았다. 동주는 이 언덕에서 가끔 노래도 불렀다. 「아, 목동아!」를 좋아했는데, 동주의 부드러운 테너에 실린 서글프면서도 장중한 멜로디가 인상적이었다. 영국의 식민지가 된 아일랜드의 곡조라 조선 사람들의 가슴에 더 깊이 스며드는 것일까. "아, 목동들의 피리 소리들은 산골짝마다 울려 나오고……."로 시작하는 첫 소절부터 뭉클했다. 아메리카 흑인들의 애수가 스민 「내 고향으로 날 보내 주」나 「올드 블랙 조」 같은 노래를 휘파람으로 흥얼거리기도 했다. 그 곡조를 들으며 병욱은, 세상 어디나 힘들고 어려운 사람들이 부르는 노래는 항상 비슷한 분위기를 띠는 것 같다고 생각했다. 가끔 병욱도 남도 소리를 한 적 있는데, 동주가 무척 좋아했다.

그렇게 노래 한 자락씩 주고받던, 달빛 쏟아지는 언덕 위에서였을 것이다. 병욱이 조심스레 물었다.

"형, 이제 시는 안 쓰시나요?"

동주는 그저 빙그레 웃었다.

병욱은 잡지와 신문에 실린 동주의 시를 보고 처음 동주 형을 알았다. 어렸을 때 『가톨릭 소년』 잡지에서 보던 그 이름을 『조선일보』 학생란에서 또 보았고, 마침내 연희 전문 문과의 선배로 만나게 된 것이다. 그런데 정작 동주 형은 더 이상 시를 쓰지 않는 듯했다. 그간 동주의 부대낌을 아직 자세히 알지 못하는 병욱은 서운할 수밖에 없었다. 동주의 시 쓰기는 지난가을에 멈춘 그대로였다. 하숙을 떠나 기숙사에 온 뒤에도, 동주의 습작과 원고 노트들은 책상이 아닌 낡은 트렁크 깊숙한 안쪽에 그대로 있었다.

잠깐이나마 동주도 흔들린 적은 있었다. 또래 청년 박목월과 박두진, 조지훈이 시인 정지용의 추천으로 『문장』을 통해 등단한 것을 보았을 때였다. 박목월과 박두진은 동주보다 한 살 위였고, 조지훈은 세 살 아래였다. 시인 정지용은, 오래전부터 그의 시를 거의 외우고 있을 정도로 동주가 좋아하고 존경하는 문인이었다. 그에게 작품을 인정받고 시인으로 추천도 받아, 정식 문인으로 등단한 또래의 젊은 시인들이 솔직히 부러웠다.

간결하고 영롱한 언어로 자연을 노래하고 자신의 내면을 반추해 보는 젊은 그들의 시는, 한때 동주도 열심히 습작하고 원고 노트에 적어 나가던 세계였다. 그런데 그들의 빼어난 작품에 감탄하면서도 예전처럼 스크랩하거나 필사해 둘 생각은 나지 않았다. 가슴속에 청량하고 부드러운 바람이 일어 절로 미소 짓게 하는 시였지만, 오래 남지는 않았다. 만약 동주에게 다시 시가 찾아온다면, 예전과는 다른 모습일 것 같았다.

죽음에 이르는 병

시를 쓰지 않는 대신 동주의 독서와 사색은 점점 넓어지고 그만큼 깊어져 갔다. 용정에서 외숙부 김약연에게 배우던 동양 고전들을 뒤적여 보기도 했고, 이번 방학에는 말씀하신 『시전』˚도 공부해 보리라 마음먹었다. 서양의 현대 사상과 문학, 시와 시론들도 열심히 찾아 읽었다. 벗들에게는 좀 의외였지만 동주는 시인 이상도 좋아했는데 이상의 작품에는 슬픔이 감도는 '매운맛'이 있어서였다. 보들레르의 「악의 꽃」에서도 그 같은 전율을 느꼈다. 베를렌과 말라르메, 랭보로 이어지는 프랑스 상징주의 시에도 동주는 빠져들었다. 3학년이 되어 제2외국어 과목을 신청할 때는, 독일어를 택한 몽규와 달리 프랑스어를 선택했다.

동서양의 고전들과 현대의 철학 사상, 여러 나라의 문학 작품들

• 『시전(詩傳)』| 유학 오경의 하나인 『시경』의 내용을 알기 쉽게 풀이한 책.

을 탐독하면서 동주는 새삼 깨달았다. 고풍스러운 옷을 입은 동양의 옛 성현이나, 금발에 푸른 눈의 서양인이나, 지금 식민지 조선 땅에서 살아가는 젊은이들이나, 인간과 세상에 대해 끊임없이 탐구하며 진실한 가치를 추구하는 사람들의 정신은 통한다는 것을. 그럴 때는 보지 못한 옛 어른들이나, 멀리 다른 대륙에서 살아가고 있는 서양 지성인들에게도 친근한 마음이 생겨났다. 파시스트* 독재 정권에 반대하는 전쟁이 한창 벌어지고 있는 스페인에, 50여 개국의 젊은이들이 '국제 여단'을 꾸려 달려갔다고 하던가. 이런 소식을 담은 잡지를 만들다 감옥에 갇힌 양심적인 일본인들에게도 같은 마음이 들었다.

동주는 일본의 비판적 지식인 다카오키 요조의 『예술학』을 밑줄까지 그으며 열심히 보았다. 다카오키 요조는 전쟁을 반대하고 사상의 자유를 주장하다 여러 번 투옥된 문필가였다. 예술에 대해 그간 막연히 지니고 있던 생각이, 다카오키의 과학적이고 논리적인 사고를 따라가다 보니 한결 명확한 개념으로 정리되었다. 도서관에서 다카오키가 정기적으로 기고하던 잡지 『세계 문화』도 찾아보았다. 파시스트 전쟁에 반대하는 양심적인 세계 지식인들의 연대가 가슴 뭉클했다. 파리에서 열린 '반전-반파시즘 대회'에 참

• 파시스트 | 파시즘을 신봉하는 사람. 파시즘은 제1차 세계 대전 후에 나타난 극단적인 전체주의적 정치 이념. 자유주의를 부정하고 폭력적인 방법에 의한 일당 독재를 주장한다.

가한 작가들 중에는 동주도 알고 있는 이들이 많았다. 얼마 전에 읽은 『좁은 문』의 작가 앙드레 지드는 더욱 반가웠고, 루이 아라공과 로맹 롤랑의 이름도 익숙했다.

한동안 들고 다녀 손때 묻은 『예술학』 양장본 케이스에, 동주는 『맹자』의 「이루편」 한 구절을 적어 두었다. 돌이켜 보는 것이야말로 동서양을 막론하고 사상과 예술, 어쩌면 문학의 본성일 것이다.

"孟子曰, 愛人不親反其仁, 治人不治反其智, 禮人不答反其敬. 行有不得者皆反求諸己, 其身正而天下歸之. 詩云, 永言配命自求多福.

(맹자 왈, 애인불친이어든 반기인하고, 치인불치어든 반기지하고, 예인부답이어든 반기경이니라. 행유부득자어든 개반구제기니, 기신정이천하귀지니라. 시운, 영언배명이 자구다복이라 하니라.)"

"맹자께서 말씀하셨다. 사람을 사랑하였는데도 친해지지 않거든 그 인을 돌이켜 보고, 사람을 다스렸는데도 다스려지지 않거든 그 지혜를 돌이켜 보고, 사람에게 예를 표했는데도 답하지 않거든 그 공경을 돌이켜 보아라. 행하고도 얻지 못하는 게 있거든 모두 자기를 돌이켜 보며 찾아야 하리니, 그 몸이 바르면 천하는 그에 돌아올 것이다. 『시경』에 이르기를 '길이길이 천명을 지켜 스스로 많은 복을 구하리라.' 하였느니라."

프랑스 피레네 산간 지방의 시인 프랑시스 잠의 시집도 자주 펼쳐 보았다. 프랑스 시인이 쓴 시가 아니라, 동주가 좋아하는 백석의 시를 보는 듯했다. 무이징게 국* 냄새 나는 평안도 정주간**의 풍경을 고즈넉한 어투로 그려 놓은 백석처럼, 잠의 시에는 치즈와 밀랍 냄새 나는 남프랑스 시골집의 부엌 정경이 담겨 있었다. 윤이 나는 듯 마는 듯 오래된 장롱은 시인 잠의 대고모들과 할아버지와 아버지의 목소리를 들었으리라 했는데, 어린 백석이 들은 '엄매 아배 삼춘 고무'의 목소리와 다르지 않을 것이다.

독일 시인 릴케에게도 동주는 꽤 깊이 빠져들었다. 장미꽃 가시에 찔려 숨을 거두었다는 시인의 사연은 사춘기 문학 소년 소녀들의 가슴을 저리게 했지만, 그처럼 감성적으로만 이해할 것은 아니었다. 릴케는 자연과 사물의 깊숙한 곳을 응시하고 그곳과 교감하는, 자신만의 눈과 영혼을 지닌 시인이었다. 시의 한 구절 한 구절마다, 마치 수공예 작품을 빚듯 형상화해 나가는 과정은 단순한 창작이 아니라 경건한 구도에 가까웠다. 그 같은 엄숙한 아름다움은 릴케의 산문에도 담겨 있었다. 병욱이 지난번에 빌려 본 『젊은 시인에게 보내는 편지』에 이어, 지금 한창 보고 있는 『말테의 수기』에는 이런 구절이 나온다.

"나는 보는 법을 새로 배우고 있다. 왜 그런지 모르겠으나 모든 게 지금보다 더 내면 깊숙이 파고들어 가, 과거에는 항상 끝이 났던 곳에 그대로 머무르려 하지 않는다. 옛날에는 알지 못했던 깊은

• 무이징게 국 | 민물 새우에 무를 넣고 끓인 국으로 북쪽 지방의 음식이다.
•• 정주간 | 부엌과 안방 사이에 벽이 없이 부뚜막에 방바닥을 잇달아 만든 부엌.

내면이 새로 생겼다. 모든 게 그곳으로 간다. 거기에서 무슨 일이 일어나는지 나는 모르겠다."

『말테의 수기』는 릴케의 고백이자 동주의 이야기이기도 했다. 동주는 자신의 마음속에 예전보다 더 깊은 내면이 새로 생겨나고 있음을 어렴풋이 느끼고 있었다. 점점 깊어져 가던 그곳에서 무언가 서서히 일렁이며 차츰 솟아 나오려 하는 것도 조금씩 느껴졌다.

지난겨울 이래 동주가 여태껏 붙들고 있는 책은 키르케고르의 『죽음에 이르는 병』이었다. 제목에 끌려 센티멘털한 젊은이들이 유행처럼 들고 다니기는 했으나, 끝까지 읽어 낸 이는 아마 드물 것이다. 원래 책을 정독하는 편이기는 하지만, 동주는 이 책만큼은 유달리 오래 들고 다녔다. 다른 책을 보다가도 다시 꺼내 보곤 했다. 그야말로 종이 뒤가 뚫어지도록 보았다. 그럴 때면 꼭 다문 입술이 팽팽히 조여지고 눈에서는 불꽃이 튀는 듯했다.

동주는 지금 몹시 앓고 있었다. 태어날 때부터 당연하게 여겼던 신의 존재에 대해 근본적인 의문이 들어서였다. 일본 제국주의의 광폭한 성장과 식민지 조선의 비참한 현실……. 젊은이들은 날마다 의미 없는 전쟁터에서 쓰러져 가고, 동포들은 열심히 일해도 헐벗고 굶주리는 삶이 계속되었다. 이를 보고도 눈감고 입 닫는 교회를 보노라면, 그간의 신앙에 회의가 들 수밖에 없었다. 조선 총독부는 신앙과 애국은 별개라며 신사 참배를 강요했고, 조선 교회는 이러한 논리를 그대로 받아들여 천황을 공경하고 일본 신사도 참배했다. 설교 때마다 가난한 조선 사람들을 나무라며, 조선이 식민지가 된 것은 무능하고 게으른 민족의 원죄라고도 했다. 이 모든 것을 신이 과연 내버려 두고 있단 말인가.

덴마크의 철학자 키르케고르는, 이제까지 신학자들이 힘겹게 쌓아 놓은 관념적이고 사변적인 체계를 신앙에서 걷어 버렸다. 오로지 신과 인간이라는 두 실존만을 바라보았다. 한 실존적 존재인 인간은 산업 혁명 이후 대량 생산 체제로 접어들면서 큰 변화를 겪게 되었다. 자신이 생산한 물질로부터, 자신이 속한 집단 속에서, 나아가 자기 자신에게조차 '소외'된 것이다. 소외는 '불안'을 낳고, 불안은 다시 '절망'으로 치달았다. 그런데 사람들이 찾고자 하는 '본질'은, 눈으로 보고 몸으로 느끼는 '현상'의 깊숙한 끝까지 가 닿았을 때 비로소 드러나는 법이다. 죽음에 이르는 병과도 같은 절망의 끝까지 가 봄으로써, 인간은 비로소 자기 자신의 본질과 마주할 수 있게 된다. 그리하여 마침내 애초부터 본질적 존재이며, 또 다른 실존적 존재인 신과 마주 대할 수 있다고 했다.

절망을 통해 신을 만나고자 했던, 그리고 만났다고 여겼던 키르케고르와 달리, 반세기 뒤의 사람들은 여전히 헤어날 길 없는 절망적인 현실 속에 허우적대었다. 첫 번째 세계 대전을 겪은 서구의 청년들이나, 국가 총동원 체제 아래 또 다른 전쟁으로 내몰리고 있는 일본 청년들이나, 가혹한 처지에 놓인 식민지 조선의 청년들이나 마찬가지였다. 절망의 밑바닥까지 가 본 동주 역시 그곳에서 벗어났다고는 아직 말할 수 없었다.

저녁놀이 아름답던 여름날, 동주와 병욱은 서강으로 나갔다. 개울 따라 걷다 보니 해가 뉘엿뉘엿 저물고 있었다. 들일을 마친 아낙네가 식구들 저녁을 지어 놓고 다시 또 급히 나왔는지, 송장내 빨래터에는 투덕거리는 방망이질 소리가 요란했다. 흐르는 냇물처럼 잠시도 쉴 틈 없는 조선 여인의 생활이리라. 저 여인의 옷을 적시고 있는 냇물도 절망의 강으로 힘겹게 흘러가고 있는지도 몰랐다.

서강 못 미쳐 잔다리 연못에 이르렀을 때, 동주와 병욱은 다리쉼을 하였다. 신입생 병욱의 학교생활에 대해 묻던 동주의 말이 드문드문해지더니, 끊겼다. 동주는 연못 위에 저녁 바람이 만들어 놓은 물무늬만 뚫어지게 바라보았다. 오뚝한 콧대에 꼭 다문 입술, 저녁놀에 비낀 동주의 옆모습이 오늘따라 서러워 보였다. 조금 떨어진 자리에는 병욱이 묵묵히 앉아 있었다. 병욱만 동주 선배에게 기대고 있는 것은 아니었다. 동주 역시 지리산에서 온 어린 벗 병욱에게 기대어, 시대의 절망적인 강을 건너고 있었다.

창씨개명

여름 방학이 끝나고 학교에 오니 보이는 풍경들이 해괴했다. 여

태껏 익숙한 벗들의 이름이 일본식으로 바뀐 것이다. 새 학기를 맞
는 설렘이나 그간의 안부를 나눌 사이도 없이, 학생들은 벌건 얼굴
로 손에 종잇장을 든 채 학교 본관인 스팀슨 홀의 사무실을 드나
드느라 바빴다. 학교 당국에 창씨명(創氏名)을 신고하기 위해서였
다. 사무를 보는 직원들도 정신없었다. 출석부와 학적부, 학업 성
적표와 신체 검사표 등 학교의 여러 서류에 적힌 학생들의 이름을,
두 줄을 그어 지우고 창씨한 일본 이름으로 바꾸어 써넣어야 했다.
직원들 앞에 놓인 명패 역시 일본식 네 글자 이름이었다.

조선 총독부는 지난해 말, 이른바 '조선인의 씨명에 대한 건'을
공포하고 이듬해 이월부터 실시한다고 했다. 창씨개명, 즉 조선인
일가의 성씨를 일본식으로 새로 만들고 이름도 바꾸어 신고하라
는 명령이었다. 일시동인(一視同仁)이라 하여 반도의 조선인을 내
지*의 일본인과 똑같이 대우하겠다는, 천황 폐하의 깊은 뜻이 담
긴 것이라는 생색도 빠뜨리지 않았다. 그간 일본인과 차별한다며
볼멘소리들을 해 왔으니, 이번 조치에 기꺼워할 조선인들도 많으
리라 여겼다. 하지만 총독부의 예상과 달리 창씨 신청계를 낸 사람
은 얼마 없었다. 조선인들의 뜨거운 요망에 부응해 실시한다는 미
나미 총독의 발표가 무색할 지경이었다. 몇 달이 가도 마찬가지였

• 내지(內地) | 외국이나 식민지에서 본국을 가리키는 말로, 여기에서는 일본을 가
  리킨다.

다. 아무리 나라를 빼앗긴 백성이라 해도, 조상 대대로 내려온 성까지 바꿀 수는 없었던 것이다. 정 왜놈이 되고 싶은 놈이나 그리하라는 분위기였다.

다급해진 총독부는 부·읍·면사무소 등 행정 기관과 학교까지 동원해 나섰다. 조선의 저명인사들도 부추겨 창씨개명을 적극 권장하게 했다. 그럴 때마다 빠지지 않고 앞장서는 이광수는, 이번에도 총독부 기관지 『매일신보』에 「창씨와 나」라는 기고문을 실었다. 새로 바꾼 그의 이름은 '가야마 미쓰로(香山光郎, 향산광랑)'였다. 가야마란 성은 일본의 초대 신무 천황이 즉위했다는 향구산(香久山)에서 따온 것이고 미쓰로란 이름은 내지식으로, 즉 일본식으로 지은 이름이었다. 이광수는 창씨를 할 때 성만 두 글자로 할 게 아니라, 읽는 법도 일본식으로 자연스러운 씨명을 자신처럼 아예 새로 만들라고 권했다. 조선인에게 이러한 기회를 허락한 천황에 대한 감읍도 잊지 않았다.

동주가 기숙사에서 학관 쪽으로 오다 보니 스팀슨 홀 계단에 강은서가 맥없이 앉아 있었다. 하숙과 강의실, 도서관을 오가는 조용하고 얌전한 벗이었다. 검게 그을린 얼굴에 수심이 가득했고, 자그마한 몸이 돌계단에 붙어 버린 듯 꼼짝하지 않았다. 손에 종잇장을 들고 있는 것을 보니, 학교에 창씨 통보를 하고 나온 모양이었다. 동주와 눈이 마주치자 서글픈 듯 말했다.

"동생들 학교 때문에…… 아버님이 아무래도 안되겠다고 하셔서……."

총독부는 창씨개명 실적이 낮게 나오자 비열한 술책을 부렸다. 창씨를 하지 않고서는 관공서는 물론 일반 회사에도 취업할 수 없게 만든 것이다. 다니는 직장에서 계속 일할 수도 없었다. 조선 이름으로는 관공서에서 필요한 서류를 떼거나 다른 사무를 볼 수 없었다. 심지어 우편국에서 전보를 치거나 소포를 보낼 수도 없었다. 노무 징용에는 가장 먼저 뽑혔고, 마을 단위 애국반에서 맡아 하는 식량과 물자 배급에서는 제외되었다. 창씨 하지 않은 아이들은 학교에 입학할 수 없었고, 재학 중인 아이들은 집으로 돌려보냈다. 상급 학교로 진학하는 데 필요한 서류도 만들 수 없었다. 꿋꿋이 버티던 여러 문중도 결국 자손들의 교육 때문에 두 손 들고 창씨계를 내야만 했다.

강은서의 황해도 재령 집도 마찬가지였다. 아침마다 어린 동생들은 학교에 가지 않겠다며 울음을 터뜨렸다. 하루가 멀다 하고 문중 어른들이 모여 재떨이에 장죽을 내리치며 비분하고 강개한 논의를 하곤 했다. 결국 강은서는 개학을 맞아 학교로 돌아와서, 아버님이 참담한 표정으로 일러주신 새로운 성씨를 제출할 수밖에 없었다.

원래 터전이 곡산이었던지, 강은서는 '다니야마 인스이(谷山殷瑞, 곡산은서)'란 이름을 갖게 되었다. 김문응은 '가네야마 분오(金山文應, 금산문응)'가, 임길순은 풍천 임씨 본관을 따라 '도요카와 요시아쓰(豊川吉淳, 풍천길순)'가 되어 버렸다. 동주와 몽규의 용정 고향 집에서는 아직 별다른 이야기가 없었다. 이럴 때 보면, 총독부의 행정력이 시골 마을의 한 가구 한 가구에까지 세세하게 미치는 조선 땅에서 살아가는 것이 더 낫다고만은 할 수 없었다.

서류에 적힌 이름이야 어떻건, 학교에서는 일본인 교수의 수업 시간을 제외하고는 원래 이름 그대로 부르고 대답했다. 하지만 이광수가 했듯 일본식으로 성도 이름도 바꾸어 아예 '아라카와 류지로(新川柳次郎, 신천유차랑)'가 된 김창수만은 다들 '아라카와 상'이라 불러 주었다.

현재 조선 총독 미나미 지로는 관동군 사령관 출신으로 천황에 대한 충성심과 대일본 제국에 대한 자부심이 강한 군인이었다. 1936년에 제7대 조선 총독으로 처음 임명되었을 때, 자신에게는 두 가지 목표가 있다고 했다. 조선에서 천황의 행행(行幸)을 받드는 것과, 조선인도 천황의 군인으로 전장에 나가도록 하는 것이었다.

왕이 행행, 즉 왕궁 밖으로 나가 자신의 영토와 백성을 둘러보는 것은, 왕을 정점으로 국민의 결속력을 높이는 데 큰 역할을 한다. 봉건 국가에서 중앙 집권 국가로 나아가면서, 메이지 천황을 비롯해 역대 천황들이 자주 해 온 일이다. 만약 천황이 직접 조선에 와서 두루 순방하고 조선의 신민들이 그 발아래 기꺼이 엎드린다면, 식민지 조선의 통치에 대해서 더 이상 골머리 앓지 않아도 될 것이다. 그야말로 조선은 머리에서 발끝까지, 조선인은 뼈와 창자 깊숙한 곳까지 대일본 제국의 지배를 속속들이 받아들이게 되는 것이다. 또한 조선 청년들이 천황의 군인으로 전장에 나가 용맹무쌍하게 싸워 준다면, 대일본 제국의 대본영*은 충성스러운 수많은 병력을 단번에 확보하는 셈이었다. 지금처럼 일본 청년에게만 한정된 징병으로는 턱없이 부족했다. 중국 대륙을 넘어 태평양과 동남아시아 일대까지 전선을 넓히려는 일본 군부로서는, 일본뿐 아니라 조선과 대만 등 식민지 청년들의 강제 징집이 절대적으로 필요했다.

그런데 천황의 행행에 엎드린 조선인 가운데 하나라도 불순한 종자가 있어 감히 천황 폐하를 해하려 한다면? 천황의 군대에 간 조선 병사 중 한 명이라도 무기를 거꾸로 돌려 황군 부대를 겨눈다면? 생각만 해도 끔찍한 일이다. 하나 역대 총독과 일본 관청에 총탄과 폭탄 공격을 해 온 조선인들이 아닌가. 만주의 조선 독립군 부대는 여전히 골치 아픈 존재였고, 조선 병사가 총을 거꾸로 들고 그들과 합류하지 않는다는 보장은 없었다.

미나미 총독은 자신의 열렬한 소망을 실현하기 위해서라도 조선인들을 천황의 충성스러운 신민으로 만들고자 했다. 전임 우가키 총독이 말한 '내선 융화' 정도로는 어림없었다. 조선인의 몸도 마음도 진정으로 일본과 하나 되는 것, 뼛속 깊은 곳까지 스며들

• 대본영(大本營) | 태평양 전쟁 때에 천황 직속으로 군대를 이끌던 최고 기관.

내선일체의 정신이 필요했다.

조선에 부임하자마자 총독은 심복인 시오바라 학무국장을 시켜 '황국 신민 서사'를 만들었다. 그리고 소학교 어린이부터 직장과 마을 단위의 애국반 모임을 통해 전 조선인이 암송하고 맹세하게 했다. 조선 곳곳에 일본 신사를 지어 참배하게 했고, 매월 1일을 '애국일'로 정해 다 같이 '국민의례'를 거행하게 했다. 신사 참배와 황궁 요배*부터 시작해, 기미가요**를 부르고 황국 신민 서사를 외운 다음 천황 폐하 만세 삼창으로 끝나는 순서였다. 또 일본과 조선의 역사학자들에게, 두 나라는 뿌리가 같으며 일본 민족에게서 조선 민족이 나왔다는 왜곡된 주장을 하게 했다. 이른바 '동조동근(同祖同根)'이라는 것이다. 관공서나 학교는 물론, 일상생활에서도 조선말 대신 일본 말을 쓰게 했다.

창씨개명도 장차 내려질 조선 징병령을 염두에 두고 시행한 일이었다. 쓰는 말도 다르고 부르는 이름도 다른 병사들끼리, 어떻게 같은 편이 되어 목숨을 건 전투를 치를 수 있단 말인가. 사람의 뿌리가 되는 성씨와 이름부터 같게 해 한 민족으로 동화되게 만든다면, 대동아의 성전도 함께 수행해 나갈 수 있을 것이다. 창씨개명 시행령이 내려진 초기에는 별 반응이 없었으나, 총독부가 위협적

• 요배(遙拜) | 멀리 떨어진 곳에서 일본 왕을 향해 절을 하는 것, 또는 그 절.
•• 기미가요 | 일본의 국가. 일본 왕의 시대가 영원하기를 바라는 내용이 담겼다.

인 조치들을 연이어 내놓자 조선인들은 결국 굴복하는 수밖에 없었다.

조선 총독부는 통치 30주년이 되는 올해부터 또 30년 안에, 조선인은 완전히 일본에 동화될 것이라 장담하고 선언했다. 그러나 돌아가는 정세를 보면 30년은커녕 3년도 더 기다릴 수 없었다. 속전속결로 끝내려 했던 중국과의 전쟁은 만주 사변 이래 10년째, 중국인들의 끈질긴 저항에 부딪혀 예상치 못한 장기전으로 흘렀다. 독일의 폴란드 침공으로 서유럽에서는 두 번째 세계 대전이 한창 벌어지고 있었다. 전쟁으로 영국과 프랑스가 아시아 식민지 나라들에 신경 쓸 겨를 없는 이때가, 일본이 이 지역을 장악할 수 있는 좋은 기회였다. 일본은 영국과 프랑스 등 서구와 전쟁도 각오하고 있었다.

독일과 이탈리아, 일본은 견고한 동맹도 맺었다. 이들 '삼국 동맹' 측에서 보기에 세계는 바야흐로 새롭게 재편되는 중이었다. 서구에서는 영국과 프랑스 등 구세력 대신 독일과 이탈리아의 신세력이, 그리고 동아시아에서는 중국을 대신하여 '대동아 공영권'을 새로 건설하려는 일본이 세력을 넓히고 있었다. 말하자면 '신체제' 성립의 과도기였다. 전쟁은 당연했고, 확전은 불가피했다. 더 많은 병력, 더 많은 전쟁 물자, 더 많은 군수 산업 노동력이 필요했다. 그러나 전면전을 수행하려면 일본만으로는 어림없었다. 식민지인 조선과 대만, 만주국에서도 병력과 물자를 대대적으로 동원해야 했다. 그중에서도 조선의 역할이 컸다. 조선은 인구와 물자가 풍부하고 지리적으로도 일본이 대륙으로 진출하는 데 발판 역할을 하는 곳이었다.

'신체제 수립'이라는 새로운 이념과 구호가 자리 잡기 위해서는 지식인 사회부터 길들여 나가야 했다. 총독부가 보기에 다행히도 조선 지식인들의 기세는 많이 꺾인 편이었다. 지난 유월에 프랑스 파리가 독일군에 함락된 뒤로 더했다. 학문과 지성의 근원을 서구 문명에 두었던 일본 지식인들에게도 충격이었고, 식민지 조선에서도 마찬가지였다. 독일군의 파리 점령은, 이제까지의 낡은 세계와 낡은 지성이 몰락하고 있다는 것을 확실하게 보여 주는 것이었다. 바야흐로 세계가 새로이 재편되고 있다는 것은, 일본 군부와 조선 총독부의 과장 섞인 구호가 아니라 명백한 현실로 보였다.

조선 지식인들은 몹시 혼란스럽고 피로했다. 식민지에서 총독부 당국에 비판적인 지성인으로 살아가기엔 더 이상 설 자리가 없었고, 신변도 점점 위태로워졌다. 예리함이 무기요 긍지였던 지성은 점점 무뎌지고 둔감해져 갔다. 자신의 힘으로는 어찌해 볼 수 없는 거대한 흐름이 밀려오고 있었다. 해 봐야 소용없는 비판과 저항은 이제 그만 멈추고, 새로운 체제를 인정하고 받아들여야 하지 않을까. 다른 사람의 시선뿐 아니라 자신의 양심도 설득할 수 있는 그럴듯한 논리를 찾느라, 식민지의 창백한 지식인들은 카페와 공원에서 값싼 담배 연기를 꽤나 흩날리고 있었다.

1940년 8월에는 『조선일보』와 『동아일보』가 폐간되었다. 총독부 경무국 검열관들과 아슬아슬한 줄타기를 하며 조선 사회의 현실을 알리고, 학생과 지식인들에게 읽을거리와 논쟁거리를 제공해 오던 양대 조선어 신문이었다. 신문사 사옥에 보도보국°이니 내선일체니 하는 현수막을 길게 내걸고, 총독부의 비위를 맞추어 봐도 소용없었다. 삼삼오오 신문 기사를 들여다보며 핏대를 올리던 모습은 이제 경성에서 찾아볼 수 없게 되었다. 떠들썩하게 호외를 알리던 신문팔이 소년들도 거리에서 자취를 감췄다.

조선 사람들에게서 나라뿐 아니라 말과 이름을 빼앗고, 조선어로 된 신문을 빼앗고, 조선 청년들을 강제로 전쟁터와 노역장으로 보내면서 경성은 한창 축제 중이었다. '동경성역'으로 이름이 바뀐 청량리역에서, 조선 총독부의 시정 30주년을 기념하는 조선 대박람회가 개최되고 있었던 것이다. 또한 올해 1940년은, 일본의 초대 신무 천황이 나라를 세운 지 2600주년이 되는 해라며, 경성 조지아 백화점에서 '기원 2600주년 봉찬 전람회'가 열리고 있었다. 일본과 대만, 만주에서도 기념행사가 성대하게 열렸다. 축제는 축제이되 전쟁으로 달려가는 축제였다. 경성을 비롯한 전 조선, 나아가 아시아 여러 나라들도, 일본 군부가 이끄는 '대동아 성전'의 열차에 올라 전쟁의 광기 속을 달려가고 있었다.

● 보도보국(報道報國) | 보도로 나라의 은혜를 갚고 충성을 다함.

다시 시를 쓰다

　조선 대박람회가 끝나기도 전, 본격적인 전시 체제로 들어가기 위해 좀 더 강력한 국민 조직이 만들어졌다. 1940년 10월 16일에 발족된 '국민 총력 조선 연맹'이었다.

　일본에서는 그 며칠 전에 '대정익찬회(大政翼贊會)'가 발족되었다. 일본 군부는, 서유럽 전선에서 독일군이 눈부신 전과를 올리고 있는 것은 '나치스'라는 강력한 조직이 뒷받침하고 있기 때문이라고 여겼다. 그래서 일본에서도 그 같은 조직을 만들려 했다. 민주주의를 한답시고 쓸데없이 의견이 구구하고 절차만 복잡하게 만드는 여러 정당과 단체는 모조리 해산되었다. 오직 대정익찬회뿐이었다. 조선에도 산하 조직이 있어야겠는데, 정치적 권리가 없는 식민지 조선인들에게 큰 정치를 도와 이끈다는 '대정익찬'이라는 이름은 어울리지 않았다. 총독부는 대정익찬회 발족과 때를 맞추어, 이제까지 조선의 국민운동을 이끌었던 국민정신 총동원 조선 연맹 대신 새로 '국민 총력 조선 연맹'을 만들었다. 정신의 총동원에서 나아가, 물자와 노동력 등 모든 것을 총력을 기울여 지원하겠다는 것이다. 일본의 대정익찬회나 조선의 국민 총력 조선 연맹이나 내거는 복표는 모두 전쟁 승리를 위한 '고도 국방 국가 체제의 확립'이었다.

일사불란한 총력전을 벌이려면 강력한 정신 무장이 필수였다. 조선 총독부는 먼저 쓸데없이 생각만 많은 지식인들, 특히 혈기왕성한 청년 학생들부터 대대적으로 단속했다. 학내에는 사복 차림의 고등계 형사들이 부쩍 늘어났고, 때로 기숙사까지 들어와 감시했다. 학생들이 자주 가는 다방과 서점마다, 대화를 엿듣고 살피는 감시자의 눈이 번득였다. 의심스러운 학생이 눈에 띄면 하숙방까지 쫓아가 마구 뒤졌다. 불온서적을 소지했다며 경찰서 유치장에 가두기도 했다. 병욱의 동기인 문과 신입생들도, 한 친구의 편지 내용이 문제가 되어 굴비 엮이듯 줄줄이 엮여 떼거리로 경찰서 유치장 구경을 해야 했다.

그 무렵 '독서회' 사건이 자주 일어났다. 일본의 식민 통치를 규탄하고 조선의 독립을 모색하는 비밀스러운 모임을 독서회라 한 것도 있고, 그야말로 순수한 독서 모임도 있었다. 때로는 일본 경찰이 의심스러운 학생들에게, 독서회로 위장한 불순 단체를 조직했다는 혐의를 뒤집어씌우기도 했다. 얼마 전에 드러난 경성 제대의 독서회 사건으로 고등계 형사들은 신경이 잔뜩 곤두서 있었다. 경성 제대는 일본인 교수와 학생들뿐 아니라 조선 최고의 수재들이 모여 있어 특별한 대우를 받고 있었다. 그런데 괘씸하게도 몇몇 불온한 학생들이 모임을 만들어 일본 통치의 정당성을 부정하는 이야기를 퍼뜨린 것이다. 그 여파로 사립 전문학교 학생들에 대한 감시도 대단했다.

늦가을 비가 추적추적 내리던 일요일 오후, 동주는 장곡천정 부립 도서관 근처 '헐리웃' 다방에서 처중을 기다리고 있었다. 비 오는 날 다방 안에 흐르는 첼로의 저음이 가슴을 묵직하게 두드렸다. 도서관에서 빌려 온 책들을 뒤적이고 있는데, 처중이 동주와도 안면 있는 경성 제대 학생과 같이 왔다. 국민 총력 조선 연맹이 발족한 뒤로, 학생들의 자치회는 모두 해산되어 총력 연맹 산하 지부로 들어간다고 했다. 모든 학생이 자동으로 연맹원이 되는 셈이다. 자치회 해산에 대해 학생들의 불만이 많아 여러 학교가 의견을 모으던 중이었다. 연전에서는 문우회 회장 처중이 나섰고, 동주와 벗들도 처중을 도왔다. 셋이서 이런저런 이야기를 한 시간쯤 나누었을까.

"강처중!"

다방 문이 거칠게 열리고 강파른 인상의 사내들이 처중의 이름을 부르며 들어왔다. 그러고는 처중의 팔을 세게 낚아챘다. 동주와 경성 제대 학생에게도 마찬가지였다. 그길로 세 사람은 서대문 경찰서에 끌려갔다.

1학년 신입생에게야 맛보기로 경찰서 구경을 시킨 정도지만 3학년인 동주와 처중의 경우는 달랐다. 처중의 하숙방은 발칵 뒤집혔다. 형사들은 책이며 노트, 의심스러운 편지와 소지품들을 가져와 출처를 캐며 심문했다. 동주는 학교 안 기숙사에 있어 그래도 덜했지만, 형사들이 보기에 불순한 책이 많아 동주도 곤욕을 치렀다.

함께 있던 경성 제대 학생과 어떤 관계인지 꼬치꼬치 캐물었고, 학교 밖에서 불온한 모임을 만들려 한 것은 아닌지 의심했다. 며칠째 형사들의 협박과 으름장에 시달리느라 잠도 제대로 못 자면서도, 동주는 이곳에 몽규가 와 있지 않은 것을 다행으로 여겼다.

경성 제대의 일본인 교수가 제자의 보증을 서고, 처중의 누이에게 소식을 들은 원주 고향 집에서도 손을 써서, 동주와 처중은 재판까지는 가지 않았다. 그래도 불온서적을 지녔다 하여 유치장에서 보름쯤 구류를 살긴 했다.

"언니!"

해쓱한 얼굴로 경찰서 유치장에서 풀려나오니, 병욱이 달려왔다. 얼마나 애를 태웠던지 동주와 처중보다 얼굴이 더 상한 듯했다. 병욱은 고향 집에서 하듯 때로 동주를 언니라 정답게 불렀다. 책이나 작품 이야기를 할 때, 마음이 통하거나 문득 사무치는 느낌이 있을 때 더 그랬다. 동주는 말을 잇지 못하고 울먹이는 병욱의 어깨를 가만 두드려 주었다.

"고생했다!"

삼불이 말했다. 웃음기 없는 얼굴이 그답지 않았다. 몽규는 말없이 손을 내밀었고 동주도 마주 잡았다. 처중과 같은 방을 쓰는 동주의 용정 후배 장덕순도 함께 나와 있었다. 동주와 처중은 마중 나온 벗들, 후배들과 함께 연희 교정에 돌아왔다. 유치장에 있는 동안 학교가 못 견디게 그리웠다.

그새 학관 건물에는 새로운 현수막이 걸려 있었다. 학관 3층 꼭대기, 백양나무 오솔길에서도 잘 보이는 건물 정면에는 '고도 국방 국가 체제 확립'이란 문구가 두 글자씩 세로로 쓰여 있었다. 그 아래에 '국체 명징', '내선일체', '인고 단련'이라는 총력 연맹의 구호를, 굵은 먹글씨로 써서 세로로 길게 걸어 놓았다. 저 삭막한 구호를 보니 학교 전체가 거대한 병영 같았다. 돌벽 위를 기어오르던 담쟁이덩굴도 서슬 퍼런 문구에 주눅 든 탓인지 지레 앙상하게 말라 버렸다.

1940년 12월, 달력도 마지막 한 장만 남아 있었다. 내년이면 이제 동주도 졸업반이었다. 졸업해도 뾰족한 수가 없어 동기들은 벌써부터 고민이 많았다. 자퇴하거나 휴학한 사람도 많아 학교에 남아 있는 벗들은 반도 채 되지 않았다.

동주는 빈 강의실 창턱에 기대어 교정을 내려다보았다. 짧은 겨울 해는 저물어 가고 앙상한 나무들 사이로 어깨를 잔뜩 움츠린 학생들이 지나갔다. 짧게 깎은 머리에, 양복 대신 국방색 국민복을 입은 교수들이 학관에서 나와 사택 쪽으로 천천히 걸어가고 있었다. 총력 연맹이 발족된 뒤 조선 사람들의 옷차림도 감시와 통제의 대상이 되었다. 전시 체제에 맞추어 남자들은 머리를 바싹 치고 군복과 비슷한 국민복을 입게 한 것이다. 적국(敵國)의 사람이라며 추방령을 내려, 서양인 교수들이 떠나고 없는 사택은 황량했다.

땅거미가 드리워지는 빈 교정을 가만히 보고 있자니, 동주의 가슴에 무언가 차오르는 게 있었다. 부드러운 봄바람이 웅얼거리는 듯한 소리도 들려왔다. 고향 집의 군불 땔 아랫목에서 자울자울 밀려오는 졸음결에 듣던 할머니의 성경 읽는 소리였다.

"슬퍼ᄒᆞᄂᆞᆫ ᄌᆞᄂᆞᆫ 복이 잇ᄂᆞ니 —."

할머니가 즐겨 노래하듯 읽으시던 구절은 『마태복음』의 산상 설교 대목이었다. 예수가 그를 따르는 군중에게 들려준 것인데, 가난한 자를 위한 복음이라고도 했다. 마음이 가난한 사람, 슬퍼하는 사람, 온유한 사람, 의에 주리고 목마른 사람, 자비를 베푸는 사람, 마음이 깨끗한 사람, 평화롭게 하는 사람, 의를 위하여 핍박받은 사람들을 위로하고, 그들에게 저마다 여덟 가지 복을 약속하는 구절이었다.

동주는 종이 위에 머릿속에서 맴도는 구절을 끼적였다. 슬퍼하는 자는 복이 있나니, 슬퍼하는 자는 복이 있나니…… 같은 구절이 계속 맴돌았다. '팔복(八福)'이라 제목부터 굵고 진하게 써 보았다. 그리고 거듭 내리썼다. 슬퍼하는 자는 복이 있나니, 슬퍼하는 자는 복이 있나니, 슬퍼하는 자는 복이 있나니—. 동주의 팔복은 모두 슬퍼하는 사람에게로 향했다. 가슴속 어딘가에 고인 슬픔이 걷잡을 수 없이 밖으로 밀려 나오는 것만 같았다. 여덟 번을 반복해 쓴 다음 성서에 나오는 구절로 마무리했다. "저희가 위로함을 받을 것이오." 하나 슬퍼하는 자가 지금 이 땅에서 과연 위로를 받을 수 있을까? 동주는 금을 그어 지운 다음 그 위에 썼다. "저희가 슬플 것이오." 그래도 마음에 차지 않았다. 다시 지웠다. 마지막 행을 한 줄 띄어 써 보았다. "저희가 오래 슬플 것이오." '오래'를 '영원히'로 또 바꾸었다. "저희가 영원히 슬플 것이오." 그런 뒤 펜을 놓았다.

팔복(八福)
-『마태복음』 5장 3~12

슬퍼하는 자는 복이 있나니
슬퍼하는 자는 복이 있나니
슬퍼하는 자는 복이 있나니
슬퍼하는 자는 복이 있나니
슬퍼하는 자는 복이 있나니
슬퍼하는 자는 복이 있나니
슬퍼하는 자는 복이 있나니
슬퍼하는 자는 복이 있나니

저희가 영원히 슬플 것이오.

_1940. 12.

아직 책상 밑 트렁크 깊숙이 넣어 둔 습작 노트와 원고 노트들을 꺼내지는 못했지만, 가슴속에 고여 있던 동주의 시는 이렇게 다시 밖으로 나오고 있었다.

그런데 '고도 국방 국가 건설'로 달려가고 있는 시대에, 더구나 점점 사라져 가는 조선말로 시를 쓰는 것이, 어떤 의미가 있고 무슨 소용이 있는 일일까. 창작은 공감과 반응을 얻을 때 비로소 빛나는 법인데, 시를 써도 내보일 지면이나 공간이 없었다. 문학 지망생들의 투고를 받아 주고, 신춘문예를 통해 작가들을 발굴하여 등단시켜 주던 신문은 이미 폐간되었다. 『문장』이나 『인문 평론』 등 조선어 잡지도 조만간 없어질 것이다. 작품에 관한 조언을 얻거나 추천받고 싶은 선배 문인도 이제 찾을 수 없었다. 설사 등단하여 문인이 된다 해도 앞으로는 국어인 일본어로 창작해야 할 것이다. 또한 총독부가 만든 꼭두각시 단체에 가입하여 전쟁을 찬양하고, 신체제를 선전해야 할 것이다. 자신들의 습작이나 기성 문인들의 작품을 놓고, 벗들과 합평*해 본 기억도 까마득했다. 연전에서 문학에 뜻을 두었던 동주의 벗들은 이미 그 길을 포기한 지 오래였다.

바로 이러한 절망의 시대, 사람들의 지성과 감성이 모두 무너진

• 합평(合評) | 여러 사람이 모여서 의견을 주고받으며 비평하는 것.

폐허와도 같은 시대, 더 이상 아무도 시를 쓰려 하지 않는 시대에, 동주의 시는 새로이 움트고 있었다. 한때 동주도 문인이라는 빛나고 아름다운 이름을 갈망한 적 있었다. 공들여 쓴 작품으로 세상과 문단의 눈길을 끌고도 싶었다. 그러나 이제는 그러한 이름이나 평가가 중요하지 않았다. 자신의 마음 깊숙한 곳을 들여다보고, 주변의 자연과 사물들도 그곳까지 데려가, 일렁이는 감성들을 충분히 무르익게 하고, 때로는 예리한 지성의 바늘로 톡 건드리기도 하면서, 마침내 정제되고 아름다운 우리말의 체에 걸러, 노트 위에 한 편의 시로 옮겨 적는 길고도 진실하고 순정한 시간. 그것이면 충분했다. 동주의 새로운 시는 절망의 어두운 그늘 속까지, 슬픔의 웅덩이 깊은 곳까지 닿아 본 사람만이 쓸 수 있는 시였다. 어떠한 어려움 속에서도 맑고 고요한 눈을 잃지 않은 사람만이 부를 수 있는 노래이기도 했다.

5. 칸나와 달리아 핀 마당

누상동 9번지

  일요일 오후, 두 젊은이가 누상동 골목길을 걷고 있었다. 총독부가 앞에 떡 버티고 있긴 했지만 궁궐의 정전*이 남아 있고, 군데군데 무너지기는 했어도 궐 담이 아직 서 있었다. 일본식으로 부르는 무슨 무슨 '정(町)'보다는 옥인동이니 효자동이니 누상동이니 하는 이름이 더 자연스러운 동네였다. 대궐 서쪽에 있어 '서촌'이라고도 불렸다.

* 정전(正殿) | 왕이 나와서 조회를 하던 궁전. 경복궁에는 근정전이 있다.

두 사람 모두 검은 학생복 바지에, 흰 셔츠 소매를 반쯤 걷었다. 앳된 쪽이 쓴 사각 학생모의 금빛 배지가 오월 햇살을 받아 번쩍거렸다. 동주와 병욱이었다.

"형, 이 집인 것 같은데요? 누상정 9번지."

"제대로 찾아왔나 보군요. 그런데 김송, 김송이라면……."

병욱은 문패를 보며 주소를 먼저 읽었고, 동주는 집주인의 이름을 유심히 보았다.

"희곡도 쓰고 극단 일도 하시는 작가 김송 선생일까요?"

"같은 이름이기 쉽지 않을 텐데…… 일단 문을 두드려 봅시다."

동주와 병욱은 올해 들어 기숙사에서 나와 하숙했다. 작년부터 쌀과 잡곡 등 식량 배급이 실시되었고, 올 사월에는 생활 필수 물자에 대한 통제령도 내려졌다. 소금이나 기름 같은 조미 식품과 채소와 계란 등 부식의 양까지 정해져, 기숙사의 식단과 생활이 몹시 나빠졌던 것이다. 2학년이 된 병욱도 학교 밖에서 지내보고 싶어 해, 문안 누상동까지 들어왔다. 한 달쯤 잘 지낸 하숙에 사정이 생겨 급히 다른 곳을 구해야 했는데, 같은 누상동 골목 전신주에 '하숙 있음'이라 붙여 놓은 종잇장을 발견하고 여기까지 찾아온 것이다.

집 앞에서 한숨 돌리고 주위를 둘러보니, 그야말로 동네 뒷산이 인왕산이었다. 열린 골목 끝에 희고도 미끈한 인왕산 바위가 성큼 다가와 마주 서 있었다. 오월 햇살을 받아 더욱 희게 빛나는 바위는 손으로 만져 보고 싶을 만큼 가깝고도 따스해 보였다.

대문을 열고 나온 사람은 신문과 잡지에서 얼굴을 본 적 있는 작가 김송이었다. 고향 함흥에서 희곡을 쓰면서 극단 운영도 했는데, 경성으로 올라온 지는 얼마 안 된다고 했다. 연극은 다른 예술보다 총독부의 정책을 효과적으로 선전하고 주입하는 데 더 적합한 장르다. 그만큼 당국의 간섭과 요구도 심했다. 김송 씨는 방공방첩의 시대극을 만들라는 지시를 받자, 아예 극단을 접고 고향을 떠나게 되었다는 이야기를 들려주었다. 그 덕분에 감시가 필요한 요시찰인으로 찍혀 있다고도 했다.

동주와 병욱이 작가 김송 씨 댁의 문간방 하숙생으로 지내는 생활은 평화로웠다. 김송 씨 내외와 세 아이, 그리고 서양개 포인터가 사는 집이었다. 위로 두 아이는 소학교, 아니 올해부터 이름이 바뀐 '국민학교' 학생이었다. 사람은 자유롭고 독립된 개인이기 이전에 국가의 통제와 지시를 따라야 하는 '국민'이라는 것을, 어릴 때부터 주입하려고 바꿔 놓은 이름이었다. 막내는 유치원에 다니고 있었다.

일곱 살 난 막내 진규는 특히 하숙생 형들을 잘 따랐다. 동주와 병욱도 고향 집에 두고 온 어린 동생처럼 진규를 귀여워했다. 학교 가지 않는 공일에 같이 마당에서 놀다 보면, 용정 중학 시절에 쓰던 시, 연전 신입생 시절만 해도 자주 쓰던 동시가 저절로 나왔다. 동주가 쓴 동시를 들려주면 진규는 까르르 웃으며 좋아했다. 특히

「병아리」를 재미있어했는데, "뾰, 뾰, 뾰" 병아리 울음소리를 내며 마당을 강중강중 뛰어다녔다. 응석받이 막내라 그런지 밤에 더러 실수도 했는데 그런 날에는, 마당 빨랫줄에 걸어 놓은 이부자리를 보며 진규의 형이 짓궂은 목소리로 동주의 시 「오줌싸개 지도」를 외었다.

"빳줄에 걸어 논

요에다 그린 지도는

간밤에 내 동생

오줌 싸서 그린 지도."

그러면 진규는 자꾸 들려 달라며 좋아하던 이 동시를 질색했다.

안주인 조성녀 여사는 성악을 전공한 멋쟁이 신여성이었다. 집에서도 옷맵시를 흩뜨리지 않았고, 곱슬머리 같은 전발 기를 유지하는 데 각별히 신경 썼다. 아이들이 학교 가고 없는 오전에는 근처 유치원의 보모로 일했다. 문간방에 하숙까지 치는 것을 보면 당국의 감시를 받는 작가의 생활이 쉽지 않은 모양이었다. 신문도 없어졌고, 예상대로 조선어 잡지도 폐간되었다. 글을 써 봐야 발표할 지면이 없으니 얼마 안 되는 고료나마 수입이 끊긴 지 오래였다. 간간이 설화나 야담 등을 써서 얻는 원고료로, 김송 씨는 가장의 체면을 간신히 유지하고 있었다.

그래도 조성녀 여사의 손길이 닿은 집 안 곳곳은 정갈했고, 여사는 하숙생도 살뜰하게 챙겼다. 김송 씨 내외는 동주와 병욱을 무척 좋아해, 주인과 하숙생이라는 생각 없이 한가족처럼 지냈다. 저녁 식사를 하고 나면 대청마루에 둘러앉아 문학과 음악, 세상 돌아가는 이야기를 나누었다. 경성에 올라와서도 김송 씨가 시달리는 것은 마찬가지였다. 연극인들의 총력 연맹 결성을 앞두고 참여할 것을 독촉받았던 것이다. 한때 절친했던 벗이 찾아와 그런 소리를 하고 가면 김송 씨는 못 견디게 괴로워했고, 동주와 병욱을 붙들고 늘어놓는 이야기가 길어졌다.

라일락 향기가 바람에 실려 오는 봄날 저녁에는 안주인이 아껴둔 홍차를 내오기도 했다. 기분이 더 내키면 아름다운 소프라노 노랫소리도 들려주었다. 부부가 모두 예술에 관심이 많고 음악을 좋아해, 여느 집에서는 볼 수 없는 빅터 전축도 있었고 음반도 꽤 많았다. 하나둘 세간을 처분하면서도 마루 한쪽에 놓인 전축만큼은, 날마다 안주인이 먼지 떨고 마른 수건으로 닦으며 소중히 여겼다. 동주와 병욱이 고전 음악을 좋아하는 것을 반기며, 주인들이 집에 없을 때에도 자유로이 골라 듣게 했다.

동주가 특히 좋아하는 음반은, 러시아의 위대한 베이스 표도르 샬랴핀의 것이었다. 샬랴핀의 저음에는 광활한 북국의 침엽수림에서 불어오는 겨울바람 소리가 담겨 있었다. 고향 북간도의 겨울이 느껴지기도 하는 목소리였다. 한때 볼가 강의 배 끄는 노동자였다는 샬랴핀이 어깨 근육을 움직이며 불렀을 「볼가 강의 뱃노래」나, 러시아 농민 반란군 지도자를 노래한 「스텐카 라진」은 몇 번이

고 레코드판을 돌려 가며 들었다. 샬랴핀의 저음에 취해 있으면 진규도 옆에 다가와 「스텐카 라진」의 한 소절을 발을 구르며 따라 부르기도 했다.

대문 밖을 나서면 총력전의 구호가 나부꼈고 국방색 국민복에 표정 없는 사람들로 가득했다. 하지만 누상동 9번지 하숙의 안마당은 주홍색 꽃이 피어 있는 석류나무 아래 붉고 노란 칸나와 달리아가 어우러진 화원이었다. 마당 한쪽에는 충직한 개 포인터가 집을 지키고, 장대 높이 매 놓은 빨랫줄에는 식구들의 옷가지가 햇볕에 말라 가고 있었다. 단란한 가족의 보금자리면서, 주인과 손님의 미덥고도 은근한 사귐이 있는 곳이었다.

동주에게나 병욱에게나 또 그 어느 조선 청년에게나, 고단하고 막막한 삶을 살아가는 가운데에도 문득 싱그럽게 빛나는 찰나의 순간이 있었다. 동주와 병욱이 누상동 하숙에서 보낸 시간이 그러했다. 식민지가 되어 버린 나라와 젊은 목숨들을 죽음으로 내모는 사회는 허락하지 않았지만, 그 야만의 시대조차 막지 못하는, 스쳐 지나가는 눈웃음과도 같은 젊은 날의 한순간이었다.

십자가가 허락된다면

여름이 오기 전 동주의 원고 노트에는 무려 일곱 편의 시가 깨끗이 쓰여 있었다. 누상동 하숙으로 옮긴 뒤, 오월 말부터 모두 완성한 것이다.

이즈음 동주의 생활은 그 어느 때보다 안정되었고 일과도 규칙적이었다. 아침에 눈을 뜨면 병욱과 함께 뒷산 인왕산에 올랐다. 바위산 중턱의 탁 트인 곳에서 심호흡하고 맨손 체조를 하며 문안 동네를 내려다보았다. 흔히 남산에서 보는 경성 조망을 제일로 치지만, 동주는 이곳에서 내려다보는 모습을 좋아했다. 조선 기와지붕의 처마 곡선이 잇대어 있는 모습이 보였고 조선 옷 입고 아침을 여는 사람도 많이 보였다. 남산은 일본 신사가 있어 그런지 가는 것이 내키지 않았고, 일본인들이 꾸며 놓은 번화가 모습도 보기 싫었다. 평평한 바위에 앉아 이야기도 나누다가 인왕산 골짜기 아무데서나 샘솟는 샘물에 세수를 하고, 다시 천천히 산을 내려왔다. 학교 가는 진규 누나와 형과 함께 아침상을 받고 집을 나섰다. 아이들은 연희 전문 교복을 입은 하숙생 오빠나 형과 함께 골목을 걷는 것을 자랑스러워했다.

학교에서 돌아올 때는 조선은행까지 가는 전차로 갈아타고, 문안의 신간 서점과 고서점들을 두루 순방했다. 음악다방에 들러 새로 산 책을 뒤적이며 음악을 듣거나 영화를 보러 명치좌에 들를 때도 있었다. 하지만 지난해 내려진 '조선 영화령'으로 서양 영화는 수입과 상영이 금지되다시피 했고, 문학 작품을 원작으로 한 문예 영화도 만들어지지 않았다. 극장 간판에는 총독부의 방침을 선전하는 영화만 걸려 있어 발길을 돌릴 때가 많았다.

　가로등 불을 밝힐 무렵 하숙에 돌아오면 조촐하지만 정갈한 저녁 밥상이 기다리고 있었다. 식사를 마치고 주인 내외와 이야기를 나누거나, 김송 씨가 울적해하는 날이면 함께 술잔을 기울였다. 동주는 술을 그다지 잘 못하는 편이었는데, 취기가 올라도 말이나 행동이 흐트러지지는 않았다. 병욱이 좋아하는 모습이었다.

　후배 병욱과 사귄 지도 2년이 되어 가건만, 여전히 동주는 존댓말을 쓰며 병욱을 존중했다. 막 완성한 시를 보여 주며 의견을 묻기도 했으니, 동주 시의 첫 번째 독자는 병욱인 셈이었다. 동주가 앉은뱅이책상에 앉아 떠오르는 시상에 집중하거나 원고 노트 위에 정서하고 있을 때면 병욱은 행여 방해될세라 제 나름대로 조심했다. 나란히 놓인 자신의 책상에 앉지 않고 멀찌감치 벽에 기대어 책을 보거나 흐뭇한 표정으로 동주 형의 뒷모습을 바라보았다. 그리고 펜을 내려놓은 동주가 잠시 생각하다, 뒤돌아보며 이렇게 말 건네 오기를 기다리는 것이었다.

　"정 형, 이것 한번 읽어 보시겠어요?"

십자가

쫓아오던 햇빛인데
지금 교회당 꼭대기

십자가에 걸리었습니다.

첨탑이 저렇게도 높은데
어떻게 올라갈 수 있을까요.

종소리도 들려오지 않는데
휘파람이나 불며 서성거리다가,

괴로웠던 사나이,
행복한 예수 그리스도에게
처럼
십자가가 허락된다면

모가지를 드리우고
꽃처럼 피어나는 피를
어두워 가는 하늘 밑에
조용히 흘리겠습니다.

_1941. 5. 31.

죽음에 이르는 병과 같은 절망의 끝에 결국 동주는 닿아 본 것일까. 끝없이 빠져드는 깊은 늪 속을 허우적거리다 마침내 바닥까지 내려갔을 때, 거짓말처럼 고요히 몸을 떠오르게 하는 부력의 그 순간을 느낀 것일까. 동주의 새로운 시는 맑고도 담담했다. 마땅한 시구를 찾느라 언어를 유리알처럼 굴리며 애쓰지 않아도, 캄캄한 동굴에 홀로 있는 것처럼 갑갑해 고함지르지 않아도 되었다. 땅속 깊고도 거친 수맥을 헤쳐 오면서도 지표면에서 고요히 솟아나는 샘물처럼, 사람의 마음을 투명하게 건드리는 시였다. 굳이 습작 노트에 잉크 자국을 많이 남길 것도 없이, 말하듯 담백하게 샘솟아 나오는 시를 원고 노트에 옮겨 적으면 되었다.

어릴 때 본 하느님을 동주는 다시 보았다. 괜히 어두컴컴한 절망 속을 헤매거나, 으리으리한 교회 제단 앞에 습관처럼 앉아 있지 않아도 되었다. 집 앞 어두운 골목길에서, 사람들로 부대끼는 전차 안에서, 저물녘 산책길에서나, 역 앞에서 구걸하는 아이가 내민 손길에서도 문득 마주할 수 있었다. 인간의 얼굴을 한 신은, 식민지가 되어 버린 조선 땅 어디에든 모습을 드러내었고 동주는 그분을 알아보았다. 사람의 아들이 되어 이 세상에 온 신이 걸어간 마지막 십자가의 길. 2000여 년 전 유대의 골고다 언덕에서만이 아니라, 고통받는 사람들의 눈물이 마를 줄 모르는 어느 시대, 어느 곳에서나 마주 대하게 되는 길. 언젠가 그 길이 자신 앞에 놓인다 해도, 저물어 가는 노을 따라 조용히 걸어갈 수 있을 것 같았다.

엷은 연정

"이 책은 그렇게 읽는 게 아니라……."

병욱은 얼마 전부터 동주 형이 보던 키르케고르의 『죽음에 이르
는 병』에 도전하고 있었다. 그야말로 '도전'인 것이, 연전에 오기
전에는 교회에 가 본 적도, 기독교 신앙에 대해 생각해 본 적도 없
는 병욱이었다. 그러니 기독교 사상과 문화를 밑바탕에 깔고 있는
키르케고르 철학을 읽어 나가기가 쉽지 않았다. 막히는 대목이 나
올 때마다 동주에게 물었다. 병욱이 아직 기독교에 대한 이해가 충
분하지 않은 점을 고려해 동주는 친절하게 설명해 주었다.

두 사람은 지금, 일요일 오전 예배를 마친 뒤 연전의 종교 주임
인 케이블 목사 부인이 지도하는 바이블 클래스 시간을 기다리고
있었다. 이들이 다니는 협성 교회는 교회당이 따로 없어 이화 여전
음악관 소강당에서 예배를 보았다. 신자도 주로 연전과 이화 여전
학생들이었다.

"어, 그러니까 이 대목은……."

낮은 목소리로 가만가만 이어지던 동주의 목소리가 갑자기 끊기
더니 같은 이야기를 되풀이했다. 의아해진 병욱이 책장에서 눈을
떼고 바라보니 동주의 얼굴이 불그레했다. 동주는 잔뜩 긴장한 표
정에 시선을 어디에 둘지 몰라 허둥대었다. 맞은편에는 병욱도 잘

아는 이화 여전 여학생이 걸어오고 있었다. 당황한 동주는 여학생
이 건네는 목례에도 제대로 답하지 못했다. 병욱이 꾸벅 인사했을
따름이다.

"휴우."

병욱이 동주 대신 한숨을 내쉬었다. 벌써 1년이 넘도록 교회에
올 때마다 보아 온 광경이었다.

지금 동주를 얼어붙게 만든 여학생은, 북아현동에 사시는 아버
지 친구 분의 딸이었다. 그 아버님은 사업을 하면서 남몰래 뜻있는
일도 많이 해, 알 만한 사람들에게 지사(志士)라 존경받는 분이었
다. 연전에 입학한 뒤 인사드리러 갔을 때, 그 댁에서 따님을 처음
보았다. 그런데 며칠 뒤, 교회에서 다시 만났다. 왠지 남다른 기분
이 들었다. 동주와 마찬가지로 그 여학생도 협성 교회에 처음 나오
는 이화 여전 신입생이었다. 예배가 끝나고 빙 둘러앉은 바이블 클
래스에서도 동주의 눈길은 자꾸 그 여학생에게로만 갔다.

자신은 인정하지 않았지만, 흰 얼굴에 이목구비가 섬세한 동주
는 눈에 띄는 미남이었다. 용정에서도, 경성에서도 길에 나가면 눈
길을 보내는 사람들이 많았다. 여름 방학에 용정에서 주일 학교 교
사를 할 때도 유달리 여학생들에게 인기 있었다. 친척 누이와 그
친구들까지 성경 공부를 더 하겠다며 동주네 집을 찾아오기도 했
다. 여동생 혜원의 친구들도 동주에게 관심이 많았다. 하지만 동주
가 누군가에게 남다른 눈길을 주거나 설레는 마음을 품어 본 적은

없었다. 이번이 처음이었다.

연전과 이화 여전은 거리도 가깝고 선교 단체가 학교를 운영하는 방식도 비슷해, 예배는 물론 음악이나 연극 공연을 함께할 때가 많았다. 그러다 보니 연전 남학생 중에는 이화 여전에서, 이화 여전 여학생 중에는 연전에서 알려진 이들이 제법 되었다. 특히 연전 남학생들의 관심이 지대했다. 오가는 이야기를 주워들은 것만으로도, 한 번도 보지 못한 여학생의 생김새며 성격과 취미, 연애 경력이 훤히 그려질 정도였다. 더러 사귀는 이들도 있었고, 그런 일은 쉬쉬해도 이내 공공연하게 알려지곤 했다. 동주의 남다른 마음을 눈치챈 벗들이 짓궂게 캐물어 오기도 했지만, 동주는 끝내 아무 말도 하지 않았다.

단짝으로 지내는 병욱이라 동주의 일과는 다 알고 있는데, 교회 밖에서 두 사람이 달리 만난 적은 한 번도 없었다. 직접 말을 주고받은 적도 드물었다. 예배드릴 때는 앞뒤 자리에서, 둘러앉은 바이블 클래스에서는 맞은편에서 건너다보고만 있었다. 간혹 기차역이나 전차 안에서 마주치기도 했는데 그때마다 그저 눈인사만 나누었다. 때로는 그조차 못하고 지금처럼 허둥대었다.

병욱도 작년 신입생 때부터 동주 따라 이 교회에 나오고 있으니, 그 여학생을 잘 알았다. 지리산 산골의 순진한 소년 병욱에게도 동주의 막연한 연정(戀情)은 느껴졌다. 절대로 평범한 감정은 아니었다. 그 여학생을 의식하면 동주 형은 오늘처럼 문득 말을 끊었고, 긴장한 표정이 되었다. 여학생이 지나가고 나면 한숨 돌렸고 한편으로는 아쉬워했다. 작년에도, 올해도 그랬다. 그만큼 오래 보았고, 집안끼리도 아는 사이니 좀 더 가까워져도 좋으련만…….
무던한 병욱이 보기에도 답답할 지경이었다. 동주는 이 일만큼은 병욱에게도 속 시원히 터놓고 이야기하지 않았다. 하긴 달리 이야기할 만한 내용도 없을 것이다.

그 여학생을 처음 만난 신입생 때 동주는 시「사랑의 전당」을 썼다.

　　우리들의 사랑은 한낱 벙어리였다.

　　청춘!
　　성스런 촛대에 열(熱)한 불이 꺼지기 전
　　순아 너는 앞문으로 내달려라.

　　어둠과 바람이 우리 창에 부닥치기 전
　　나는 영원한 사랑을 안은 채
　　뒷문으로 멀리 사라지련다.

　　(「사랑의 전당」중에서)

두 사람이 한자리에 있지 못하고 앞문과 뒷문, 서로 다른 방향으로 가고 있는 것은 현실에서도 마찬가지였다. 동주는 연정이나 그 비슷한 감정을 인정하거나 애써 붙잡아 두려 하지 않았다. 어쩔 수 없이 마음에 담아 둔다 해도 좀처럼 표가 안 나는 엷은 빛깔이었다. 누군가를 사랑하는 감정에 실제로 휩싸이는 게 두려웠던 걸까. 아니면 현실이 이러할진대 그 같은 감정은 사치라고 여긴 것일까.

동주의 시에 간혹 순이(順伊)라는 이름이 나온다. 하나 그 여학생의 이름은 아니었다. 「사랑의 전당」 첫 구절에 "순아." 하고 불러 놓고 '순(純)'이란 글자를 옆에 썼다가 종이가 패일 만큼 까맣게 뭉개 지워 버린 적은 있었다. 순(純)이건 순(順)이건, 그 사람은 동주의 마음에 엷은 빛깔로 스며든 사람이기도 하면서, 왠지 더 다가가기는 두려운 이성 전부인지도 몰랐다.

올 들어 삼월의 어느 봄눈 내리던 날, 동주는 오랫동안 마음에만 담아 두었던 순이를 결국 떠나보냈다.

눈 오는 지도

순이가 떠난다는 아침에 말 못 할 마음으로 함박눈이 내려, 슬픈 것처럼 창밖에 아득히 깔린 지도 위에 덮인다.

방 안을 돌아다보아야 아무도 없다. 벽과 천장이 하얗다. 방 안에까지 눈이 내리는 것일까, 정말 너는 잃어버린 역사처럼 홀홀히 가는 것이냐, 떠나기 전에 일러둘 말이 있던 것을 편지를 써서도 네가 가는 곳을 몰라 어느 거리, 어느 마을, 어느 지붕 밑, 너는 내 마음속에만 남아 있는 것이냐, 네 쪼그만 발자국을 눈이 자꼬 내려 덮여 따라갈 수도 없다. 눈이 녹으면 남은 발자국 자리마다 꽃이 피리니, 꽃 사이로 발자국을 찾아 나서면 일 년 열두 달 하냥 내 마음에는 눈이 내리리라.

_1941. 3. 12.

태양을 사모하는 아이들아

"어허! 뚝 그치래도!"

일찍 하숙에 돌아와 보니, 방 안에서 김송 씨의 성난 목소리가 들려왔다. 울음을 참느라 애쓰며 훌쩍이는 소리도 들렸다. 진규가 아버지에게 몹시 야단맞고 있나 본데, 이 집에서는 드문 일이었다. 아이들과 너무 허물없이 어울려 버릇을 다 망쳐 놓는다고, 아내에게 늘 지청구를 듣던 아버지 김송 씨였다.

"그따위 소리를 또 할 테냐, 안 할 테냐!"

탁탁, 방바닥을 두드리는 소리가 났다. 회초리까지 든 모양이었다.

"안 할게요, 아버지. 잘못했어요. 흑흑."

울음 섞인 진규의 목소리가 애처로웠다.

두어 시간 전, 유치원에 다녀온 진규는 심심해 마당에서 혼자 맴맴 돌았다. 그러다 노랫가락처럼 누나와 형이 책상머리에 앉아 외던 소리를 늘어놓았다.

"진무, 스이제이, 안네이, 이토쿠, 고쇼, 고안, 고레이, 고겐……."

일본 역대 천황의 이름이었다. 형과 누나가 학교 숙제를 하면서 중얼중얼 외는 소리를, 진규도 자꾸 듣다 보니 저절로 입에 붙게 된 것이다. 조선 아이들은 광개토 대왕도, 장수왕도, 세종 대왕도, 정조 대왕도 몰랐지만, 이렇듯 일본 천황의 계보는 줄줄 꿰고 있었다. 중학생이 되면 '국사'가 된 일본사를 더 자세히 배우고, 천황의 이름뿐 아니라 재위 년도나 업적까지 주르르 외워야만 할 것이다.

마침 김송 씨가 출타했다 집에 들어온 때였다. 진규가 놀이처럼 외고 있는 소리를 듣고 화가 치밀어 아들을 방으로 불러들인 것이다. 아버지가 아이를 꾸짖는 자리이기에 어머니는 모르는 체하고 부엌에 있는데, 들려오는 설거지 소리도 심상찮았다. 김송 씨가 회초리를 두드리며 성난 목소리로 말했다.

"다음부터 아예 그런 소리는 생각지도 말거라. 알았느냐?"

"예, 아버지."

울음을 삼키며 진규가 대답했다.

방문을 닫고 나온 김송 씨의 얼굴빛은 여전히 좋지 않았다. 마루에 앉아 담배를 꺼내 무는 손도 떨렸다.

"휴우, 내 집 마당, 내 자식 입에서 저놈의 소리를 듣게 되다 니……."

손을 닦으며 부엌에서 나온 조성녀 여사가 한마디 했다.

"조선 천지에서 들려오는 소리인데 우리 아이들만 안 할 수 있 겠어요? 안 그래도 학교 선생님들이 아버지 일을 알고 있다며 잔 뜩 주눅 들어 있는데."

"아니, 조선 아이들이 일본 천황 이름을 줄줄 외워 대는데, 그걸 보고만 있어야 한단 말이오? 어린 동생 앞에서 그따위 소리를 읊 어 대다니, 이 녀석들도 오기만 해 봐."

"글쎄, 아이들을 나무랄 일이 아니라니까요. 나라와 세상을 이 모양으로 만들어 놓은 어른들이 문제지."

"……."

김송 씨는 애꿎은 담배만 뻑뻑 피웠다.

방문을 열고 나오던 진규는 저로 인해 아버지와 어머니의 목소 리가 높아지자 더욱 울상이 되어 그 자리에 서 있었다.

아버지 앞에서 다시 안 하겠노라고 빌었지만, 사실은 어리둥절 했다. 그 소리는, 자신도 책가방 메고 갈 날만 손꼽아 기다리는 학 교에서 가르쳐 주고 배우는 것 아니던가. 어머니는 누나와 형의 등 굣길마다 선생님 말씀 잘 들으라고 하셨다. 바로 그 선생님이 내준 숙제였고, 한 사람씩 나와 시험도 본다고 했다. 막히는 데 없이 외 우고 있는 진규도 학교에서 시험 보며 자랑하고 싶었다. 아둔한 형들이 외우지 못해 번번이 야단맞는다는 '황국 신민 서사'도 문제 없었다.

"우리들은 대일본 제국의 신민입니다.

우리들은 마음을 합하여 천황 폐하께 충의를 다합니다.

우리들은 인고 단련하여 훌륭하고 강한 국민이 되겠습니다."

그런데 오늘, 아버지께 크게 혼나고 종아리까지 걷어 올리게 된 것이다.

학교에서 돌아와 야단맞은 진규의 누나와 형도 마음이 복잡했다. 집에서 오가는 이야기와 학교에서 배우는 내용은 너무도 달랐다. 아버지가 친구 분들과 낮은 소리로 주고받는 이야기에 정의로운 울분이 담겨 있는 것은 어린 마음에도 알 수 있었다. 아버지를 수시로 찾아와 근황을 꼬치꼬치 캐묻는 형사의 눈길과 말투도 기분 나빴다. 천황 폐하의 근영˚과 황국 신민 서사가 높이 걸린 교실에서, 교장 선생님의 훈화를 듣고 국민복 입은 담임 선생님의 훈육을 받노라면, 책걸상에 온몸이 묶인 것처럼 꼼짝할 수 없고 혼란스러웠다.

학교에서 상장을 받거나 칭찬을 들어도, 집에 가져와 보여 드리거나 얘기하기가 주저되었다. 아버지는 '품행이 방정하고 타의 모범이 되며' 따위의 말이 쓰인 상장은 거들떠보지도 않았다. 대일

˚ 근영(近影) | 최근에 찍은 인물 사진.

본 제국의 아동, 황국 신민으로서의 방정한 품행이고 모범이었던 것이다. 도대체 무엇을 두고 잘했다고, 혹은 잘못했다고 하는지 혼란스럽기만 했다. 선생님 말씀을 잘 들으라 하면서도, 그게 아닌 것도 있었다. 분명한 것은 그와 같은 혼란을 입 밖으로 내서는 안 된다는 것이다. 자연히 또래들 사이에서 말수가 적어질 수밖에 없었다. 무어라 딱히 표현할 수 없는 근심이 어린 마음에 자리 잡고 있었다.

"우리도 그저 남들처럼만 살았으면 좋겠어요."

마루 끝에 걸터앉은 진규 어머니의 표정도, 이야기도 쓸쓸했다.

울가망한 얼굴로 방문 앞에 그대로 서 있는 진규를, 동주가 가만 손짓으로 불렀다. 진규는 아버지와 어머니의 눈치를 보며 문간방 툇마루에 걸터앉았다. 진규의 어깨를 토닥여 주던 동주가 먼저 입을 열었다.

" '뾰, 뾰, 뾰

엄마 젖 좀 주'

병아리 소리."

"……."

동주가 쓴 동시를 서로 주거니 받거니 하는, 동주와 진규만의 놀이였다. 그러나 캐드득거리고 웃으면서 엉덩이까지 들썩이며 다음 구절을 외곤 하던 진규는, 말이 없고 시무룩했다. 그러다 어린 마음에도 문간방 동주 형의 염려가 느껴졌는지 한결 밝아진 목소리로 말했다.

"'꺽, 꺽, 꺽
오냐 좀 기다려'
엄마 닭 소리."

다음 구절은 둘이 같이 합창했다.

"좀 있다가
병아리들은
엄마 품으로
다 들어갔지요."

진규가 좋아하는 「조개껍질」과 「기왓장 내외」, 「빗자루」 등 여러 편을 외고 나니, 그렁그렁하던 눈물이 어느새 말라붙고, 앞니 빠진 일곱 살 아이의 웃음이 되살아났다. 저녁 먹으라는 소리가 들릴 때까지 진규는 문간방에서 동주와 함께 있었다.

어린아이의 마음을 달래 주느라 애를 썼지만, 동주도 마음이 답답하고 무거웠다. 김송 씨가 화를 내는 것도, 조성녀 여사가 무능하고 못난 어른들 탓을 하는 것도, 영문도 모르는 채 호되게 야단 맞은 진규의 놀라고 서운한 마음도 모두 이해되면서 안타까웠다. 경성의 진규 남매뿐 아니라 고향의 동생들도, 조선 아이들은 모두가 겪고 있을 일이었다. 동주는 진규와 조선 아이들에게 들려주고 싶은 말을 원고 노트 위에 펼쳐 놓았다.

눈 감고 간다

태양을 사모하는 아이들아
별을 사랑하는 아이들아

밤이 어두웠는데
눈 감고 가거라.

가진 바 씨앗을
뿌리면서 가거라

발부리에 돌이 채이거든
감았던 눈을 와짝 떠라.

_1941. 5. 31.

애국반 상회

저녁 식사 때부터 조성녀 여사의 표정이 몹시 좋지 않았다. 언짢은 일이 있어도 금방 털어 버리고 높은 톤의 목소리로 집 안을 밝게 했는데, 오늘따라 잔뜩 찌푸린 표정에 말도 없었다. 큰아이들은 일찌감치 방으로 들어가 버렸고, 엄마에게 응석 부리던 진규는 야단만 맞았다. 바깥주인 김송 씨조차 조심하는 분위기였다.

굳은 얼굴로 설거지를 마친 다음, 조성녀 여사는 옷을 갈아입고 나왔다. 평소에는 입지 않던 옷차림이었다. 시골 아낙네처럼 머리에 수건을 쓰고 치마 대신 '몸뻬' 바지를 입고 나왔다. 세수하러 나오던 동주가 물었다.

"아주머니, 어디 가십니까?"

"네, 애국반 상회 가요."

대답하는 목소리에 힘이 없었다.

총독부는 농촌과 도시 가릴 것 없이, 전 조선인들을 열 가구 삼십여 명씩 모아 한 개 애국반으로 만들어 통제하고 관리했다. 애국반을 기본으로 물자 배급과 인력 동원을 했고, 당국의 시책에 비협조적인 자나 적국의 간첩을 찾아내라며 반원들을 다그쳤다. 매월 1일 애국일에는 아침 7시 30분부터 애국반 상회를 했고, 10일에는 저녁 8시에 상회를 했다. 총독부의 새로운 지침을 설명하고 가구마다 그간의 지시 사항을 따랐는지 점검하느라, 저녁 상회는 시간이 많이 걸렸다.

애국일이나 반상회 날만 아니라 매일매일의 생활도 통제되었다. 전 조선인은 오전 6시 사이렌 소리에 일어나 집 안팎을 청소한 뒤, 라디오에서 나오는 구령에 맞춰 다 같이 체조해야 했다. 12시

정오 사이렌이 울리면 학교에서나, 직장에서나, 길을 가다가도 그 자리에 멈춰 서서 출정 황군의 무운 장구*와 전몰장병 영령에 감사하는 묵도를 올려야 했다. 복장도 통제했다. 남자는 머리를 짧게 깎고 국민복을 입어야 했고, 여자는 거추장스러운 치마 대신 근로 활동복인 몸뻬를 입어야 했다. 여자는 전발이라고도 하는 파마머리를 하거나 화려한 화장을 하는 것, 장신구를 착용하는 것도 금지되었다. 장차 황군의 어머니가 되겠기에 이를 위한 정신 교육도 수시로 받았다.

조성녀 여사가 수건을 쓰고 나온 것은 곱슬곱슬한 파마 기가 남아 있는 머리를 가리기 위해서였다. 그처럼 질색하던 몸뻬도 반상회에 가기 위해 입었다. 쌀 배급이 실시된 뒤로는 돈이 있다 해도 쌀을 마음대로 살 수 없었다. 반드시 가족 수와 나이에 따라 나누어 준 매출표가 있어야 쌀과 바꿀 수 있었다. 매출표는 애국반 반장이 나누어 주었는데, 상회에 불참하거나 애국반 일에 밉보이면 얻기 어려웠다. 남편 김송 씨는 관할 경찰서 고등계 형사들이 주시하는 요시찰 인물이었고, 형사들은 애국반 반장에게도 시찰 협조 요청을 해 놓았다. 그러니 조성녀 여사는 반상회에 나가지 않을 수 없었고 나가 봐도 괴로웠다. 반장의 의심스러운 눈길은 집요했고 이웃들의 표정은 냉담했다. 자리를 지키는 게 여간 고역이 아니었다.

• 무운 장구(武運長久) | 무인으로서의 운이 길고 오래 가는 것.

조성녀 여사가 돌아온 것은 밤 10시가 넘어서였다. 내내 긴장하고 온 뒤라 피곤한 기색이 역력했다. 머릿수건을 벗으며 말했다.

"다음엔 당신도 같이 가요. 시국이 엄중해 전달할 것이 많다며, 성인 애국반원들은 다 나와야 한대요."

"……."

김송 씨는 말이 없었다.

"그나저나 당신은 그 머리를 그대로 둘 거예요? 머리 깎지 않고 다니는 남자들에겐 장발세를 물린답디다. 곱슬머리 여자들에게는 전발세를 물리고."

"거참, 이젠 머리 길이에까지 세금을 물리고 통제하려는 건가? 사람들을 모두 형무소 전중이*로 만들려는 것도 아니고……."

김송 씨가 투덜대었다.

"에그, 난 모르겠어요. 안 그래도 요시찰인지 뭔지로 찍혔으면, 괜히 표 나게 하지 말고 겉으로라도 남들처럼 살아야 하는 것 아니에요? 머리도 깎고, 국민복도 입고, 상회도 나오라면 나가고……."

"내가 뭘 했나? 세상에 예방 구금이란 게 어디 있어? 제 놈들이 내 머리와 가슴속에 들어가 봤나? 나도 모르는 내 속을 어찌 알고, 장차 무슨 일을 할지 몰라 미리 잡아 가둔다니! 대체 그따위 법을 만든 자가 누구야?"

• 전중이 | 징역살이를 하는 사람을 속되게 이르는 말.

"쉿! 조용히 해요."

겁에 질린 얼굴로 조성녀 여사는 주위를 둘러보았다.

김송 씨가 역정을 낸 것은 봄에 발표된 '조선 사상범 예방 구금령' 때문이었다. 김송 씨뿐 아니라 예방 구금에 해당하는 사람이 꽤 되었다. 이제 총독부에 반대하거나 비협조적인 '조선 사상범'들은 실제로 무슨 일을 했는지 안 했는지에 관계없이, 당국이 내키면 언제라도 잡아 가둘 수 있었다. 총력전을 앞둔 이때, 불온 세력의 선동을 막아 내고 일사불란한 행동 통일을 이루기 위해서라 했다. 김송 씨에게도 담당 고등계 형사가 정기적으로 찾아와 근황을 캐물었다. 조금이라도 의심스러운 행동을 하면 즉각 구금하겠다는 엄포도 놓았다.

마루에 나와 있는 동주와 병욱에게 조성녀 여사가 말했다.

"내달부터 전보도 조선말로 보낼 수 없다더군요. 학생들이야 괜찮겠지만, 고향의 어른들이 혹시 소식을 못 듣고 헛걸음하실까 봐……."

엄마 목소리에 진규가 방에서 나왔다. 엄마 무릎에 누워 다시 잠을 청하는데, 토닥토닥 몇 번 두드려 주는 손길에 이내 잠들었다. 흘러내리는 머리칼을 쓸어 주며 조성녀 여사가 혼잣말했다.

"이젠 하숙도 어렵겠어. 집에 들어온 이들까지 눈여겨보니, 원."

문간방에 있는 하숙생들이 전문학생이냐며, 이것저것 묻고 무언가 열심히 적던 반장이 아무래도 마음에 걸렸다.

동주와 병욱의 마음도 무거워졌다. 양심을 지키고 살아가려는 조선의 지식인이자 마음씨 좋은 주인 내외의 곤경이 안되었고, 이 하숙에 오래 있지 못하리라는 생각도 들었다.

하루 이지러진 것은 티도 안 날 만큼 음력 열엿새의 보름달이 둥글고 환했다. 땅 위의 세상에서 무슨 일이 벌어지건 하늘의 달과 별은 묵묵히 제 갈 길을 가고 있었다. 총력전으로 치달아 가는 총궐기의 함성이 미치지 못한 것은 저 하늘뿐인가 보았다.

아! 문우

반공일 오후, 수업을 마친 학관 강의실에 처중과 몽규, 삼불, 동주들이 모여 있었다. 병욱과 덕순 등 후배들도 함께했다. 점심 먹고 일찍 모였는데도 어느새 해가 제법 기울었다. 전력 소비를 통제하고 있으니 마음대로 불을 켤 수도 없고, 여름 해가 점점 길어지고 있는 게 그나마 다행이었다.

이들은 연희 전문 문우회 이름으로 발행되는 마지막 『문우』지를 편집하고 있었다. 회지뿐 아니라 문우회도 마지막이었다. 연전은 '국민 총력 연희 전문학교 연맹'으로 재편되어 문우회를 비롯해 이과의 이학 연구회, 상과의 상우회 등 학생 자치 단체는 모두 해산되었다. 연극 공연이나 음악회, 체육 대회도 없어졌다. 문우회 회장 처중은 벗들과 의논하여 마지막 『문우』를 발행하기로 했다. 발행인은 강처중, 편집인은 송몽규였고, 동주와 다른 벗들은 원고 정리나 교열을 하며 회지 발간을 도왔다.

『문우』를 내는 것은 쉽지 않았다. 학교의 승낙은 받았으나 총독부 경무국의 잡지 발행 지침에 따라야 한다는 조건이었고, 당연히 일본어로 만들어야 했다. 지금 연전 교장은 언더우드 2세 교장이 물러나고 과도기라며 부임해 온 윤치호로, 이제는 일본식으로 이름이 바뀌어 이토 지코(伊東致昊)라 했다. 식민 통치 초기부터 조선 민족에게는 '독립'보다 '자강'●이 필요하다며 3·1 운동마저 반대했던 회의주의적 지식인이었다. 서양에서 공부하면서 아시아 황색 인종에 대한 차별을 뼈아프게 겪었던 그는, 처음에는 반신반의하였으나 중일 전쟁 뒤 일본의 승승장구에 점점 압도되어 갔다. 그리하여 이제까지의 회의적인 태도를 걷어 버리고, 같은 아시아인인 일본의 세계 재편과 대동아 공영의 실현을 열렬히 지지했다. 일흔일곱의 고령에도 국민정신 총동원 조선 연맹에 이어 총력 연맹 등 여러 친일 단체의 대표로 왕성히 활동했다.

교장이 바뀐 뒤 학교에 대한 통제가 더욱 강화되었다. 강의도, 일상생활도 일본어로 해야 했다. 채플 시간도 마찬가지였다. 강의실마다 정면에는 일장기와 황국 신민 서사가 높이 걸려 있었다. 예

● 자강(自强) | 스스로 힘써 몸과 마음을 가다듬는 것.

배당이나 기도실에도, 십자가나 그리스도 성화보다 더 높은 곳에 일장기와 서사가 있었다. 총독부의 신체제에 발 빠르게 적응한 연전 학생도 꽤 되었다. 식민지 체제에 협력하고 나선 조선 지식인들처럼, 이들은 지금도 앞으로도 일본 세상이 계속되리라 여겼다. 자신도 일본에 완전히 동화되어, 일본인들이 지금 조선에서 누리는 우월하고 안락한 지위를 갖는 게 목표였다. 전문학교 공부도 이를 위한 것이었다. 자신의 일본어에서 사투리 같은 조선어 억양을 걷어 내려고 부단히 애를 썼고, 부유한 집안의 자제들은 일본인에게 개인 교습을 받기도 했다.

햇빛에만 의지해서는 더 이상 글자를 보기가 힘들어졌을 때, 삼불이 기지개 켜며 말했다.

"검열한다며 원고를 무더기로 잘라 낸 게 우리 일을 덜어 주려 한 것인가? 도리어 고마워해야겠군. 아니면 시험 전에 발간하는 것은 어림도 없을 일이야."

"……."

씁쓸한 농담에 대꾸할 기운도 없이 다들 지쳐 있었다.

총독부는 전시 체제를 맞아 학제를 단축한다고 발표했다. 사월부터 그다음 해 삼월까지가 한 학년도인데, 올해 안에 이번 년도를 마치라 했다. 매년 봄에 치르던 졸업식도 십이월로 앞당겨졌다. 징병제 실시를 앞두고 학생들을 전쟁터로 빨리 내보내려는 조치였다. 그렇게 일정을 당기다 보니 여름 방학도 두 주로 대폭 줄었고,

6월 10일부터 임시 기말시험이었다. 시험과 방학이 닥치기 전에 학우들에게 나누어 주려면 서둘러야 했다.

우여곡절 끝에 마지막 『문우』가 발간되었다. 고구려 벽화 「사신도」 그림을 표지에 넣어 조선 민족의 기상을 드러내려 했는데, 반듯한 붓글씨로 쓴 문우(文友)란 한자 제호와 잘 어울렸다. 학교 소식이나 논문과 평론, 소설 등은 모두 일본어였으나, 학생들의 시는 조선어 그대로 넣었다. 대부분 회지 편집을 맡은 동주와 벗들의 시였다. 문제가 생길 경우 함께 책임질 각오도 되어 있었다.

어떤 시를 낼까 망설이던 동주는 전에 써 둔 것을 택했다. 「무서운 시간」이나 「십자가」처럼 최근에 쓴 시는 검열에 걸리겠기에 내지 않았고, 벗들도 말렸다. 연전에 들어와 처음 쓴 「새로운 길」을, 졸업을 앞둔 마지막 문우 회지에 싣는 것도 의미 있을 듯했다. '자상화(自像畵)'로 할지 '외딴 우물'로 할지 제목을 정하느라 한참 고심한 「우물 속의 자상화」까지 동주는 두 편을 실었다. 2학년 가을에 쓴 시인데 나중에 「자화상」으로 제목을 바꾸었다.

우물 속의 자상화

산모퉁이를 돌아 논가 외딴 우물을 홀로 찾아가선 가만히 들여다봅니다.

우물 속에는 달이 밝고 구름이 흐르고 하늘이 펼치고 파아란 바람이
불고 가을이 있습니다.

그리고 한 사나이가 있습니다.
어쩐지 그 사나이가 미워져 돌아갑니다.

돌아가다 생각하니 그 사나이가 가엾어집니다. 도로 가 들여다보니 사
나이는 그대로 있습니다.

다시 그 사나이가 미워져 돌아갑니다.
돌아가다 생각하니 그 사나이가 그리워집니다.

우물 속에는 달이 밝고 구름이 흐르고 하늘이 펼치고 파아란 바람이
불고 가을이 있고 추억처럼 사나이가 있습니다.

＿1939. 9.

삼불은 「산가(山家)의 밤」이란 시를 냈다. 편집인 몽규도 모처
럼, 자신의 한자 이름을 뜻풀이한 '꿈별'이라는 이름으로 시를 발
표했다. 「하늘과 더불어」라는 제목의 시를 몽규는 이렇게 마무리
했다.

인제는 오직 —
하늘 속에 내 맘을 잠그고 싶고
내 맘 속에 하늘을 간직하고 싶어.

미풍이 웃는 아침을 기원하련다.

그 아침에
너와 더불어 노래 부르기를 가만히 기원하련다.

　무사히 회지를 내고 방학이 얼마 남지 않은 어느 날, 조성녀 여사가 그달 치 하숙비를 받지 않겠다면서 조심스레 말을 꺼냈다.
　"아무래도 안되겠어요. 학생들에게 이런 일을 겪게 해 정말 죄송해요. 우리 처지에 하숙생을 들이다니……."
　눈물이 글썽해지더니 말을 잇지 못했다. 동주와 병욱의 가슴도 먹먹했다. 시국이 다급해질수록 김송 씨에 대한 감시가 부쩍 심해졌다. 칠월부터는 날마다 고등계 형사들이 찾아와 똑같은 질문을 하고, 무언가 또 열심히 적어 갔다.
　문간방 하숙생인 동주와 병욱에게도 취조하듯 대했다. 예방 구금령까지 내려진 사상범 김송 씨와 무슨 불손한 일을 꾸미고 있지 않나 의심한 것일까. 굳이 이 집에서 하숙하는 이유가 무엇이냐고

꼬치꼬치 캐물었다. 불시에 방문을 열고 들어와 책꽂이의 책들을 빼 보았고, 제목을 적거나 함부로 압수해 가기도 했다. 서랍과 궤 짝을 마구 뒤져 편지도 꺼내 보고, 노트도 마음대로 펴 보았다. 동주나 병욱이 없을 때도 그랬다. 이러한 횡포를 고스란히 겪고 있자니 주인도, 하숙생도 못할 노릇이었다. 하지만 이 집안이 겪고 있는, 그리고 앞으로도 겪어야 할 고초에 비하면 자신들의 수모는 아무것도 아니었다.

동주와 병욱이 떠나던 날, 유리문을 붙들고 마루에 나란히 선 세 남매의 눈에 눈물이 그렁그렁했다. 형사들이 두려워 아무도 찾아오지 않는 집, 친구들도 놀러 오기를 꺼리는 집을 하숙생 형들마저 떠나게 된 것이다. 와앙, 진규는 결국 울음을 터뜨렸다. 꼭 놀러 오마, 약속하며 진규를 달래는 동주의 가슴도 젖어 들었다.

6. 졸업을 앞두고

하늘과 바람과 별과 시

가을 학기에 동주와 병욱은 하숙을 옮겼다. 누상동 하숙집을 생각하면 아직도 마음이 무거워, 새로운 하숙을 새삼 따지며 고르고 싶지도 않았다. 그래서 북아현동의 하숙촌으로 갔다. 큰 하숙이다 보니 가족 같은 분위기는 기대할 수 없었고, 들고 나는 하숙생이 많아 늘 정신없고 복잡했다. 이제 졸업이 얼마 남지 않은 동주의 마음도 마찬가지로 뒤숭숭하고 복잡했다.

방학 때 고향 집에 내려가 보니 할아버지는 그새 더 늙으셨고, 집안 형편도 좋지 않았다. 배급에, 공출에, 북간도에서도 일본의 간섭이 더 심해졌고, 명동촌의 토지에서 들어오는 수입도 많이 줄어들었다. 아버지의 사업은 여전히 신통치 않았다. 동생들은 날로 자라고 쓰임새는 커져만 가는데, 식구들이 모두 할아버지만 바라보고 있으니 참으로 송구한 일이었다.

졸업을 앞둔 동주에게 집안에서는 기대가 컸다. 아버지는 전문학교 문과의 졸업장이 그다지 신통치 않으리라 여겼지만, 쉰이 가까워지고 보니 아들을 곁에 두고 싶은 생각이 들었다. 할아버지는 더욱 손자 동주에게 기대했다. 북간도에서 조선까지 나가 최고 학부를 졸업했으니, 이제 한자리쯤 차지하고 장가들어 일가도 꾸릴 수 있으리라 여겼다. 하지만 어느 날 할아버지가 동주와 몽규를 앞에 두고 희망 섞인 당부를 하실 때, 몽규는 그럴 요량으로 공부한 것은 아니라고 딱 잘라 말씀드렸다. 어른 앞이어서 가만히 듣고 있었지만, 동주는 가슴이 답답했다. 몽규라고 다른 요량이 있는 것은 아닐 터였다.

설사 동주나 몽규가 마음을 다잡는다 해도, 할아버지의 바람대로 되기는 어려운 현실이었다. 어른들이 기대하는 관공서의 '한자리'는, 식민의 역사가 오래되어 가다 보니 일본인 2세들이나 어지간한 친일 인사의 자녀들이 차지했다. 그저 그런 자리도 그들의 뒷배 없이는 들어갈 수 없었다. 예전에 아버지가 동주의 문과 진학을 반대하며, 기자 노릇밖에 할 게 없으리라 하셨다. 이제는 신문도 없어졌으니 그조차도 불가능했다. 잘해 봐야 시골 중학의 선생 노

릇이었다. 대식구를 거느리기에 턱없는 박봉도 문제거니와, 무엇
보다 일본 말로 가르치고 황국 신민으로 학생들을 키워 내야 하는
그 교육을 차마 할 수 없었다. 차라리 몸 쓰는 막일이 마음 편하겠
는데, 막대한 비용을 들여 경성 유학까지 보내 주신 어른들을 생각
하면 그도 못할 노릇이었다. 그렇다고 졸업하고 아무런 계획 없이
어영부영 지내다 보면 징용에 끌려가기 십상이었다. 이래저래 막
막한 날들이었고, 시간은 야속하게 흘러만 갔다. 깊은 밤, 고향 집
방 안에 홀로 누워 꿈인 듯 생시인 듯, 동주는 내내 뒤척였다.

또 다른 고향

고향에 돌아온 날 밤에
내 백골이 따라와 한방에 누웠다.

어두운 방은 우주로 통하고
하늘에선가 소리처럼 바람이 불어온다.

어둠 속에 곱게 풍화 작용하는
백골을 들여다보며
눈물짓는 것이 내가 우는 것이냐
백골이 우는 것이냐

아름다운 혼이 우는 것이냐

지조 높은 개는
밤을 새워 어둠을 짖는다.

어둠을 짖는 개는
나를 쫓는 것일 게다.

가자 가자
쫓기우는 사람처럼 가자
백골 몰래
아름다운 또 다른 고향에 가자.

_1941. 9.

　방학이 끝나 경성에 올라와서도 잠 못 이루고 뒤척이는 밤이 계속되었다. 함께 지낸 이래, 병욱은 동주가 그처럼 괴로워하는 모습을 처음 보았다. 좀처럼 감정을 드러내지 않는 동주였지만, 너무나 답답했던지 가끔씩 외마디 비통한 고함을 지르기도 했다.
　그 가운데에서도 동주는 틈틈이 습작했다. 앞날에 대해 아무것도 확실한 게 없으니 한 가지라도 스스로 만들어 보려, 제 나름대로 계획도 세웠다. 그간 쓴 작품을 정리하여 졸업 기념 시집을 만드는 것이었다. 몰두하는 일이 생기니 졸업을 앞둔 심란함도 조금은 덜어지는 것 같았다.

동주는 이제까지 쓴 원고 노트들을 꺼내 찬찬히 훑어보았다. 졸업 시집에 넣을 시들을 가려 뽑느라 고심하고, 새로 쓰기도 했다. 때로 병욱의 의견을 물어 가며 마침내 열여덟 편을 선정했다. 모두 연전에 입학한 뒤 쓴 시였고, 대부분 한때 펜을 놓은 뒤 다시 쓴 작품이었다. 1941년 11월 5일, 동주는 시집 발간을 염두에 두고 쓴 시이자 마지막에 실을 작품 「별 헤는 밤」을 마무리했다.

별 헤는 밤

계절이 지나가는 하늘에는
가을로 가득 차 있습니다.

나는 아무 걱정도 없이
가을 속의 별들을 다 헤일 듯합니다.

가슴속에 하나둘 새겨지는 별을
이제 다 못 헤는 것은
쉬이 아침이 오는 까닭이요,

내일 밤이 남은 까닭이요,
아직 나의 청춘이 다하지 않은 까닭입니다.

별 하나에 추억과
별 하나에 사랑과
별 하나에 쓸쓸함과
별 하나에 동경과
별 하나에 시와
별 하나에 어머니, 어머니.

어머님, 나는 별 하나에 아름다운 말 한마디씩 불러 봅니다. 소학교 때 책상을 같이 했던 아이들의 이름과, 패(佩), 경(鏡), 옥(玉) 이런 이국 소녀들의 이름과 벌써 애기 어머니 된 계집애들의 이름과, 가난한 이웃 사람들의 이름과, 비둘기, 강아지, 토끼, 노새, 노루, '프랑시스 잠' '라이너 마리아 릴케', 이런 시인의 이름을 불러 봅니다.

이네들은 너무나 멀리 있습니다.
별이 아슬히 멀듯이,

어머님,
그리고 당신은 멀리 북간도에 계십니다.

나는 무엇인지 그리워

이 많은 별빛이 내린 언덕 위에

내 이름자를 써 보고,

흙으로 덮어 버리었습니다.

딴은 밤을 새워 우는 벌레는

부끄러운 이름을 슬퍼하는 까닭입니다.

그러나 겨울이 지나고 나의 별에도 봄이 오면

무덤 위에 파란 잔디가 피어나듯이

내 이름자 묻힌 언덕 위에도

자랑처럼 풀이 무성할 게외다.

_1941. 11. 5.

　동주는 시집의 초고를 정리한 다음 가장 먼저 병욱에게 보여 주었다. 작품마다 쓴 날짜를 일일이 밝혀 두었는데, 그 무렵 동주의 생활을 잘 알고 있는 병욱은 뭉클했다. 그처럼 괴로운 시간을 보내면서도 꾸준히 시를 써 온 동주 형이 놀라웠고, 새삼 우러르는 마음도 들었다. 『문우』에도 실린 「자화상」부터 시작해 「소년」과 「눈

오는 지도」로, 그리고 「또 다른 고향」과 「길」, 그리고 마지막 「별 헤는 밤」까지 시집 전체가 장중하고도 아름다운 교향악 같았다. 각 악장의 흐름을 자연스럽게 이어 가면서도 중간중간 적절한 변주가 있어, 한 편 한 편이 새롭고 또 전체적으로는 조화로웠다. 읽는 이의 감상 흐름까지 고려해 시집의 목차를 정했는데, 마지막에 놓인 「별 헤는 밤」은 그 자체로 또 하나의 교향시였다. 별 헤는 밤을 노래하면서도 첫새벽의 맑은 아름다움을 담은 빼어난 시였다.

동주는 열여덟 편의 시를, 400자 세로 원고용지에 펜으로 깨끗이 옮겨 썼다. 날카롭거나 모나지 않은 획에 적당한 힘이 실려 있으면서, 글자 획을 이어 가는 흐름이 부드러워 벗들이 감탄하던 글씨였다. 다 옮겨 쓴 다음, 원고지 가운데를 접어 양면으로 만들고, 옛 책처럼 철끈으로 맸다. 시집이라면 머리말이나 후기가 있어야겠기에 한동안 고심했으나, 시로써 보이면 그뿐 구구한 이야기를 길게 하기가 싫었다. 그래서 서문을 대신한 짧은 글을 썼다. 쓰고 보니 그도 한 편의 시 같았다.

죽는 날까지 하늘을 우러러
한 점 부끄럼이 없기를,
잎새에 이는 바람에도
나는 괴로워했다.
별을 노래하는 마음으로

모든 죽어 가는 것을 사랑해야지

그리고 나한테 주어진 길을

걸어가야겠다.

오늘 밤에도 별이 바람에 스치운다.

_1941. 11. 20.

　처음에는 졸업 시집의 제목을 '병원'으로 하려 했다. 지난겨울 「팔복」을 쓰던 무렵에 쓴 다른 시의 제목이기도 했다. 아픈 시대를 살아가는 사람들을 위로하고 싶어 쓴 시였다. 그러나 시집의 앞에 놓일 서시를 쓰고 보니 고심할 것 없이 제목이 자연스레 나왔다. '하늘과 바람과 별과 시'. 오래도록 사람들을 어루만져 주고 위로해 주는 것은 우리 가까이에 있는, 하늘과 바람과 별과 시이리라는 생각이 들었다.

　동주는 세 부를 만들어 하나는 자신이 갖고, 한 부는 병욱에게, 나머지 한 부는 지도 교수인 이양하 선생께 드렸다. "정병욱 형 앞에, 윤동주 정(呈)"이라 써 놓은 동주의 자필 시고를, 병욱은 고이 간직했다.

　며칠 뒤 이양하 교수가 찾기에 문과 학장실로 가 뵈었다. 안경 너머로 동주를 보는 작은 눈이 따스하면서도 착잡했다. 스승을 바라보는 동주도 마찬가지였다. 이마에서 물음표처럼 살짝 휘어진 고수머리는 이양하 교수의 상징이었다. 모범생처럼 고지식하고 재미라고는 없는 인상에 그나마의 파격이었던 것이다. 이양하 교수는 꽤 오랫동안 자신의 머리 모양과 나비넥타이를 맨 옷차림을 고수했다. 그러나 총력 연맹이 발족한 뒤로는 어쩔 수 없이 신체제의 교원다운 모습을 할 수밖에 없었다. 짧은 머리에 국민복으로 바꿔 입은 이양하 교수가 강의실에 들어왔을 때, 차마 바로 보지 못하고 고개 숙인 학생이 많았다.

이양하 교수가 말했다.

"원고는 잘 보았네. 작품이 많이 좋아졌더군."

스승의 칭찬에 동주의 얼굴이 붉어졌다.

"그런데 정말 시집을 낼 작정인가?"

"예. 출판이라기엔 거창하고, 일흔일곱 부를 만들어 주위 사람들과 돌려 볼 생각을 하고 있습니다."

"……."

침묵하던 선생이 다시 말했다.

"윤 군, 아무래도 시집을 내는 건 보류하는 게 좋겠네. 얼마가 되었건 출판물은 반드시 검열받게 되어 있네. 더구나 우리말로 된 것이니……. 「십자가」나 「슬픈 족속」, 「또 다른 고향」은 참 좋게 보았네만, 검열하는 쪽에서는 불온한 시라 할 것이네. 자네 신변에 좋지 않은 일이 생길지도 몰라. 원고를 잘 간직해 두고 때를 더 기다리게. 보관할 때도 각별히 주의하도록 하고."

과묵한 스승답지 않게 이야기가 길었다. 그만큼 제자를 염려하는 간곡한 마음이었다. 학장실을 나오며 스승이 안쓰러운 표정으로 내민 손을 잡는데, 목젖이 뜨듯해져 왔다.

시인으로서의 등단이나 정식 출판까지 바란 것은 아니었다. 졸업을 앞두고 기념 시집을 만들어 가까운 벗들과 돌려 보는 것이면 족한데, 그조차도 어렵게 되니 마음이 헛헛했다. 동주는 하숙방에서 며칠을 뒤척였다. 간도 쓸개도 내주어야 한다더니, 이 시대를 살아가려면 그래야 하나 보았다. 토끼와 용궁 거북의 옛 설화가 생각나는가 하면, 인간을 위해 불을 훔쳤다가 간을 쪼아 먹히는 벌을 받아야 했던 신화 속의 프로메테우스도 떠올랐다.

시집을 묶고 남은 원고용지 한 장을 뜯어 동주는 또 써 내려갔다. 외롭고 착잡한 마음과, 그럼에도 시작(詩作)의 길을 꿋꿋이 가겠노라는 의지가 담긴 시였다. 동주의 시 쓰기는 앞으로도 계속될 것이다. 작고 소박한 시집이나마 묶어 낼 수 없더라도, 벗들과 시를 돌려 볼 시간이 허락되지 않는다 해도, 읽어 줄 스승이나 벗이 더 이상 남아 있지 않는다 해도…….

간

바닷가 햇빛 바른 바위 위에

습한 간을 펴서 말리우자.

코카서스 산중에서 도망해 온 토끼처럼
둘러리를 빙빙 돌며 간을 지키자.

내가 오래 기르던 여윈 독수리야!
와서 뜯어 먹어라, 시름없이

너는 살지고
나는 여위어야지, 그러나,

거북이야!
다시는 용궁의 유혹에 안 떨어진다.

프로메테우스 불쌍한 프로메테우스
불 도적한 죄로 목에 맷돌을 달고
끝없이 침전하는 프로메테우스.

_1941. 11. 29.

참회의 글을 한 줄에 줄이자

결국 우려하던 일이 벌어졌다. 1941년 12월 8일 새벽, 하와이 시간으로는 일요일인 7일 아침, 일본군은 진주만을 기습 공격해 미군 함대와 비행기들을 격파했다. 말레이 반도의 영국군도 공격했다. 전쟁은 이제 중국 대륙만이 아니라 태평양 일대까지, 상대도 영국과 미국 등 서양과의 전면전으로 확대되었다. 두 달 전, 전쟁론자인 육군 대신 도조 히데키가 내각을 맡을 때부터 예견되던 일이다. 일본은 물론 식민지 조선과 대만, 만주국의 대일본 제국 '국민'들과, 말레이시아와 싱가포르, 필리핀 등 동남아 일대의 아시아인들까지 걷잡을 수 없는 전쟁의 늪에 빠져들어 갔다.

용정에서 아버지가 편지를 보낸 것은 태평양 전쟁이 벌어진 지 얼마 되지 않은 때였다. 집안 소식은 보통 여동생 혜원이 도맡아 알려 왔는데, 웬일로 아버지가 직접 보내셨다. 아버지는 편지에서 일본 유학을 강하게 권했다. 동주도 그런 생각을 해 본 적 있으나, 집안 형편으로 무리였기에 접어 두고 있었다. 그런데 갑자기 유학 이야기를 꺼내시면서, 필요한 절차와 서류들을 졸업 전에 얼른 알아보라 하셨다.

아버지는 전쟁이 본격적으로 확대되는 것을 보며 병력 동원을 위한 징병이 대대적으로 실시되리라 예감했다. 한창인 자식을 둔 아버지의 절박한 직감이었다. 이 전쟁은 일본 젊은이건, 조선 젊은

이건, 중국 젊은이건 가리지 않을 것이다. 마구잡이로 달려드는 전쟁광들에게 손 놓고 아들의 목숨을 빼앗길 수 없었다. 이미 징병제를 실시하고 있는 일본에서는, 학생들의 징집이 연기되고 있다 했다. 전문학교를 졸업한 동주가 학생 신분을 지니려면 유학의 길밖에 없었다. 언제까지 버틸 수 있을지 모르지만, 그렇게라도 아들을 지켜야겠다고 아버지는 결심한 것이다. 몽규에게도 전해 같이 준비하라고 이르셨다.

1941년 12월 27일, 학제 단축으로 앞당겨진 졸업식 날이었다. 올해 처음 맞는 한겨울의 졸업식은 스산했다. 졸업생도, 재학생도, 친구나 가족들도 시린 발을 동동 굴리며 온몸을 떨었다. 안 그래도 교문 밖을 나선 뒤의 일이 막막한데, 그야말로 바람 부는 허허벌판으로 내쫓기는 심정이었다. 학사모에 가운 입은 졸업생들은 식장 안으로 들어가지 않고 밖에서만 서성였다. 연전을 세우고 가꾸어 온 언더우드 교장 일가는 태평양 전쟁이 벌어지자마자 서양인이라 해서 감금되어 있는데, 윤치호 교장과 일본인 내빈들이 버젓이 자리한 곳에 들어가고 싶지 않았던 것이다. 생각 같아서는 교장 윤치호, 아니 이토 지코 명의의 졸업장도 거부하고 싶었다.

1938년 봄에 연희 전문 문과에 입학한 동기는 모두 마흔여섯 명이었다. 그런데 모두 뿔뿔이 흩어지고 졸업장을 받은 이는 불과 열여섯 명이었다. 그나마 식장에 다 나오지도 않았다. 입학하던 그해, 언더우드 동상 앞에서 지도 교수 이양하 선생과 함께 찍은 사진을 벗들은 아직 지니고 있을까. 고향에 내려간 허웅은 아픈 몸이 좀 나아졌는지, 유영은 형편이 좋아져 다음 학기에는 복학할 수 있는지, 이순복은 인천 고향 집에서 여전히 영어 원서를 뒤적이는지, 2학년을 마치고 유학 간 백인준은 일본에서 어찌 지내는지…….

졸업식 내내 병욱은 울적했다. 졸업 사진을 찍는다, 기념 앨범을 만든다 하면서 학교와 4학년 졸업반들이 술렁이던 때부터 그랬다. 안 그래도 삭막해져만 가는 학교인데 동주 형마저 없으면 어찌 지내나……. 졸업 기념 선물로 건넨 책에 "축 졸업"이라고 쓰긴 했어도 마음이 착잡했다. 병욱은 책 속에 시조도 한 편 적어 아쉬움을 전했다.

언니가 떠난다니 마음을랑 두고 가오
바람 곧 신(信) 있으니 언제 다시 못 보랴만
이 기쁨 저 시름에 언니 없어 어이할고.

저 언니 마음에사 동백꽃 피면 지고
동백꽃 피온 고장 내 고향이 아닌가
몸이야 떠나신들 꽃이야 잊을소냐.

1941. 12. 병욱 드림.

졸업식을 마치고 동주와 몽규는 용정으로 돌아갔다. 집에서는 그간 제쳐 놓았던 창씨 수속도 해 놓았다. 대랍자촌의 촌장이면서도 일본 말이라고는 쓰지 않던 강직한 송창희 선생도, 아들 몽규의 앞날을 위해서는 어쩔 수 없었다.

용정의 윤씨 집안과 송씨 집안이 미뤄 두었던 창씨를 결심한 것은 동주와 몽규의 일본 유학 때문이었다. 그동안 관공서 출입은 이리저리 에돌아 하고, 아이들이 학교에서 받는 수모는 견디라 달래곤 했다. 그러나 동주와 몽규가 일본으로 가려면 더 버틸 수 없었다. 부산항에서 배를 타고 일본 시모노세키로 건너가려면 '도항 증명서'가 필요했다. 관할 경찰서에서 발급받아야 했는데, 창씨 하지 않은 조선 이름으로는 아예 신청조차 할 수 없었다. 이 증명서를 조선과 일본을 오가는 관부 연락선이 출입하는 부산항 수상 경찰서에 제출하고, 그곳에서 또 '도항 허가증'을 받아야 비로소 일본으로 가는 배에 오를 수 있었다.

동주네는 본관이 파평인 윤씨들이 주로 택한 '평소(平沼)', 즉 히라누마로 성을 바꾸었다. 윤씨 조상이 늪에서 나왔다는 전설을 따랐는데, 그렇게라도 근본을 잃지 않으려 한 것이다. 몽규네는 '송촌(宋村)'으로 바꾸었다. 이제 동주와 몽규의 새로운 이름은 '히라누마 도주(平沼東柱)', '소무라 무게이(宋村夢奎)'가 되었다.

용정에서 한 달쯤 지낸 다음 동주와 몽규는 일단 경성으로 올라가기로 했다. 일본 대학을 좀 더 알아보아야 하고, 입학시험 준비도 해야 되기 때문이다. 조선의 전문학교는 일본 고등학교보다 낮게 취급되어 진학 시험이 까다롭다고 했다.

아들을 먼 곳에 보내야 하는 어머니는 걱정이 많았다. 국경을 넘어야 하는 것은 같아도, 조선의 경성에 가는 것과 현해탄 건너 일본에 가는 것은 그야말로 하늘과 땅 차이였다. 어머니가 가 본 적 없기로는 조선 땅 경성도 마찬가지지만, 그래도 그곳은 말이 통하는 동포들이 살고, 입에 익은 음식에 옷차림도 낯설지 않은 곳이다. 산천도 북간도보다 더 순할 뿐이지 크게 다르지 않을 것이다. 그런데 이제 아들이 가려 하는 순사의 나라 일본은 어떤 곳일까. 아들은 어떤 집, 어떤 방에서, 무엇을 먹고 입으며, 어떠한 사람들과 살아가게 될까. 어머니는 짐을 챙기는 내내 동주의 옷가지를 들었다 놓았다 하며 허둥대었다. 신영 고모도 친정에 자주 건너와, 기대 반 불안 반의 심정을 털어놓곤 했다.

1942년 1월 24일. 떠날 날짜까지 얼마 남지 않았다. 일본으로 건너가 계속 공부하겠다는 중대한 결심을 했지만 과연 잘한 일인지 동주는 확신이 서지 않았다. 조선이나 북간도나 동포들의 삶은 여전히 비참하고 또래 청년들의 앞날에는 불운한 구름이 가득했다. 이러한 때 혼자서만 새로운 계획을 세워도 되는지 미안하면서 부끄러웠다. 가족 전체의 이름과 바꾸고, 자신 때문에 더욱 곤궁해질 집안 형편과도 바꾸어야 하는 일이기에 부담감도 컸다. 당장 경성에 도착하면 학교에 들러 창씨개명계부터 제출해야 한다. 연희 전

문 학적부와 성적표에서 윤동주라는 이름은 두 줄로 지워지고, 히
라누마 도주라는 이름이 그 위에 새로 쓰이리라.

　동주는 책상 위에 노트를 펼쳤다. 졸업이다, 귀향이다, 유학이다
해서 마음이 어지러워 시를 떠올려 본 지도 오래되었다. 울적한 심
정으로 먼저 써 내려간 것은 '참회록(懺悔錄)' 세 글자였다.

　참회록

　파란 녹이 낀 구리거울 속에
　내 얼굴이 남아 있는 것은
　어느 왕조의 유물이기에
　이다지도 욕될까.

　나는 나의 참회의 글을 한 줄에 줄이자.
　ㅡ 만 이십사 년 일 개월을
　　무슨 기쁨을 바라 살아왔던가

　내일이나 모레나 그 어느 즐거운 날에
　나는 또 한 줄의 참회록을 써야 한다.
　ㅡ 그때 그 젊은 나이에
　　왜 그런 부끄런 고백을 했던가.

밤이면 밤마다 나의 거울을
손바닥으로 발바닥으로 닦아 보자.

그러면 어느 운석(隕石) 밑으로 홀로 걸어가는
슬픈 사람의 뒷모양이
거울 속에 나타나 온다.

_1942. 1. 24.

정식으로 원고 노트에 옮겨 놓기도 부끄러운 고백이라, 노트를 뜯어 낸 낱장을 책상 위에 올려놓았다. 글씨 획도 시원스레 뻗지 않고 자꾸만 움츠러들었다. 아래 여백에 동주는 끼적였다. 낙서, 시란?, 중국어로 모르겠다는 뜻인 부지도(不知道)란 글자도 썼다. 영어 poem을 거듭 쓰고 또 그 위에 빗금을 그어 지워 버렸다. 문학, 생활, 생존, 생, 힘이란 글자도 끼적였다. 도항 증명(渡航証明) 이란 말은 쓰면서도 서글펐다. 안간힘을 다해 비애 금물(悲哀禁物) 이란 말도 써 보았다. 그러다 펜을 놓고 그만 엎드려 버렸다. 동주의 머리 바깥으로 비죽 나온 종이 위에는 어지러운 나선과 빗금이 가득했다. 이제 만 이십사 년 일 개월의 삶을 참회하는 청년의 가슴, 그 두근거리는 심장을 지나는 여리고도 고운 실핏줄 같았다.

3부

시인이란
슬픈 천명인 줄 알면서도

7. 육첩방은 남의 나라

처중에게

"오빠, 편지 왔어요. 도쿄에서 친구 분이 보냈나 봐요."

늦은 밤, 처중이 전농정에 있는 경성 집에 들어왔을 때 누이 응중이 말했다. 졸업할 즈음에 소년 시절에 앓던 결핵이 다시 도져, 처중은 고향 집에서 꽤 오랫동안 치료받으며 요양했다. 한의사인 아버지의 분부를 충실히 따랐더니 많이 좋아져, 봄부터는 원산과 경성을 오가며 지내고 있었다. 청량리역에서 가까운 전농정 집은 경성에 있는 자식들을 위해 아버지가 마련해 놓으신 것이다. 얼마 전에 결혼한 누이와 매부의 살림집이기도 했다.

봉투에 쓰인 벗 동주의 글씨가 반가웠다. 필체의 유려하던 흐름이 좀 굳었고 글자 획이 소학생처럼 반듯반듯했다. 낯선 땅에서 조선어를 쓰는 시간이 많지 않아 그런 듯했다. 그만큼 더 동주는 우리말에 대한 갈급증을 앓고 있으리라. 방에 들어와 제법 두툼한 편지를 펴 보았다.

처중에게.

그간 잘 지냈는가? 몸이 좋지 않다는 소식을 들었는데, 좀 나아졌는지 궁금하네. 원산의 아버님도 평안하시고, 경성의 누이와 동생들도 잘 있겠지.

나는 무탈하게 지낸다네. 몽규가 교토로 떠난 뒤 좀 허전하긴 했는데, 그래도 도쿄에는 당숙도 있고, 북간도 친구 익환과 정우도 있어 적적하지만은 않네. 참, 자네도 기억하는가? 2학년 마치고 유학 간다며 학교를 그만둔 평안도의 백인준 말일세. 그 친구를 여기 릿쿄 대학에서 만났어. 예과를 마치고 가을에 본과로 진학하면 철학 공부를 할 작정이라네. 인준이 연전과 조선 이야기를 자주 물어, 같이 지내다 보면 멀리 와 있다는 생각이 들지 않네.

내가 일본에 건너온 지도 어느새 석 달이 되어 가더군. 그간 여기서 보고 겪은 일들을 어찌 다 이야기하겠나……. 도쿄는 벌써부터 한여름이야. 차라리 쨍한 더위면 좋겠는데, 언제나 물기 어린 끈끈한 바람만 불어온다네. 하숙의 눅눅한 다다미방에 들어서면, 무뚝뚝하긴 해도 장마 때면 가끔씩 군불 때 주던 북아현정 하숙집 아주머니가 그리워지네.

수업은 첫 학기라 아직 많지 않아. 영문학 연습과 동양 철학을 듣는데, 연전 하경덕 교수의 영문법 시간이 자주 생각나네. 숙제에, 발표에, 잦은 시험에 시달리면서 우리가 오죽 투덜거렸나? 하지만 그때 그렇게 제대로 배운 게 얼마나 감사한 일인지 이곳에서 실감하고 있다네. 어디 영문학뿐이겠는가……. 동양 철학 선생은 일흔이 되어 가는 노교수인데, 서양 철학의 방법으로 동양의 철학사를 강의하는 게 흥미로워. 그리고 교련, 아, 교련…….

학교생활이나 강의는 어렵지 않지만, 일과가 끝날 무렵에는 말 한마디 할 기운도 없다네. 쉬는 시간에라도, 아니 잠깐 몇 마디 실없는 소리라도 좋으니, 머릿속에서 번역되지 않고 가슴에서 바로 나오는 이야기가 하고 싶네. 늘 긴장하고 있는 나의 뇌가 안되어 하는 말일세. 조선에서 온 학생들도 좀 있지만, 여럿이 함께 있는 모습을 보이는 건 좋지 않아……. 인준도, 나도 머리를 짧게 깎았어. 이 학교 학생들 모두가 그러하다네. 전시 체제에 맞추어 질실 강건*한 기풍을 진작하자는데, 따라야지……. 안 그런가?

나는 도쿄 교외에 있는 하숙의 2층 방에서 지낸다네. 정거장이 가까워 기차 소리가 자주 들려오는 곳이지. 작은 역의 플랫폼에서 기차를 기다리다 새삼 주변을 둘러보기도 해. 여기가 도쿄변두리인지, 경성의 신촌역인지……. 거리 모퉁이에 서 있는 붉은 포스트 상자를 보노라면, 문득 멀리 떠나와 있다는 것을 실감하기도 하고……. 내내 정신을 바짝 차리고 있어야만 하는 이 도시에서, 그나마 편히 쉴 곳은 6첩 다다미가 깔린 이 하숙방일 테지. 하지만 여기도 온전히 마음을 내려놓고 편히 지낼 수 있는 나의 방은 아니라는 생각이 드네. 이거 향수병이 또 도진 건가?

병욱은 정말 휴학하고 고향에 내려가 있나 보더군. 심정은 이해하네만 그래도 학교에 다니고 있는 게 나을 텐데……. 아니 이러한 시국에는 차라리 시골에 파묻혀 있는 게 오히려 더 나을까……. 어찌 되었건 경성에 올라오거든 자네가 잘 살펴 주게. 오늘따라 백양로 오솔길과 학관 앞 돌계단, 어스름한 서강 산책길이 몹시 그립네.

연전에서와 달리, 이곳에서는 유달리 방학이 기다려지는군. 여름 방학 때 조선에 돌아가면 기별하겠네. 곧 장마가 들 테지. 자네에게는 습한 날씨가 좋지 않을 텐데, 그만하던 병이 덧나지 않도록 각별히 주의하게. 하긴 아버님이 어련히 알아서 살피시

• 질실 강건(質實剛健) | 꾸밈없이 진실하고 의지나 기상이 굳세고 건전함.

겠는가마는……. 자네 일도 복잡할 텐데, 두서없는 이야기만 가득해 미안하네. 혜량(惠諒)을 바라며.

1942년 6월, 도쿄에서 동주.

처중은 벗의 편지를 거듭 읽었다. 무슨 이야기인지 할 듯 할 듯 하다 끝내 얼버무리는 것을 보니, 동주도 검열을 의식하고 있나 보았다. 도쿄의 동주나, 경성의 처중이나 편지 한 장 쓰는 것도 자유롭지 않았다. 우편국의 검열관이 먼저 봉투를 열어 볼 수도, 편지를 지니고 있다가 검문당할 수도 있었다. 말하는 것도 그렇지만 글로 남기는 것은 특히 조심해야 한다. 하긴 식민지의 청년이라면 모두들 그 같은 자기 검열이 몸에 배어 있을 것이다. 편지 보낼 때나, 메모할 때나, 과제를 제출하거나, 일기를 쓸 때도……. 문장이 단정하고 명료한 동주답지 않게 편지에는 유달리 말없음표가 많았다. 말하지 않는, 말 못 하는 벗의 갑갑하고 쓸쓸한 심정이 읽혀 처중의 마음도 어두워졌다.

늘 긴장하고 있는 뇌가 안되었다는 생뚱맞은 소리로 얼버무리긴 했으나, 잠깐이라도 좋으니 우리말로 편히 이야기 나누고 싶다는 말이 왜 이리 가슴 저리게 다가오는지. 조선 학생끼리 모여 있는 것도 눈치를 보아야 하는 모양이었다. 식민지에서 온 청년이, 조국의 침략을 위한 군사 훈련을 받으며 겪어야 하는 수모는 또 오죽할까. 게다가 경성에서도 깎지 않았던 머리까지 짧게 밀었다고 했다. 전시 체제에 맞추어 질실 강건한 기풍을 길러야 하지 않겠느냐며, 동주는 어깃장을 놓았다.

동주는 이야기하고 싶었으리라. 지난달 초에 일본 내각에서 결의한 '조선인 징병제 실시'에 대해. 조선에서도 젊은 사람들이 모이기만 하면 그 이야기였다. 몇 년 전에 '지원병 모집'을 발표할 때만 해도, 조선에 징병제를 적용하는 것은 빨라도 수십 년 후의 일이라 했다. 그런데 올해 발표하고 내후년에 실시한다는 것을 보니, 그만큼 전황이 다급하고 절박한 것 같았다. 미나미 총독의 뒤를 이은 고이소 구니아키 총독은 조선에 부임해 오자마자 '징병제도 시행 준비 위원회'부터 만들었다. 황군에 입대할 조선 청년들에게 일본말과 일본식 생활을 가르칠 '청년 특별 연성소'도 설치했다. 학제는 또다시 석 달 단축되어, 동주네 다음인 1939년도 입학생들의 졸업은 구월이었다. 후배들에게 듣기로는, 윤치호 교장 대신 연전에 조만간 일본인 교장이 부임해 오리라 했다.

편지에서 따로 말하지 않았지만, 동주는 그곳에서도 시를 쓰고 있나 보았다. 아무에게도 보여 줄 수 없고 아무도 보려 하지 않는 시를, 동주는 묵묵히 써 오고 있는 것이다. 조선에서도 우리말로 시를 쓰는 이를 더 이상 찾아볼 수 없게 되었는데…… 한때 신춘문예마다 투고했고 본선 심사 평에까지 이름이 올랐던 처중도, 글을 쓰지 않은 지 오래되었다. 글 쓰는 것을 업으로 삼은 문인들도 그러했다. 아예 쓰지 않고 바보 시늉을 하거나, 문인 협회에 가입하여 '국어'인 일본말로 전쟁을 고무하고 징병제를 찬양하는 시를 썼다. 인쇄소의 조선어 활자들은 더 이상 쓰일 데가 없어, 녹이 슬거나 먼지만 뽀얗게 쌓이고 있다 했다.

봉투 안에는 동주가 도쿄에서 쓴 시 다섯 편도 함께 들어 있었다. 낯선 거리 모퉁이의 붉은 포스트 상자를 붙잡고 서 있는 동주, 다다미 깔린 작은 하숙방에 하얀 양처럼 의젓하고 고요하게 앉아 있는 벗의 모습이 그려지는 시였다. 동주는 말했다. 인생은 살기 어렵다는데 시가 쉽게 쓰이는 것은 부끄러운 일이라고. 그러나 「쉽게 씌어진 시」가 나오기까지, 낯선 나라에서 얼굴 붉어지는 감정을 삭이며 지낸 날들이 얼마나 될까. 관 속 같기도 한 6첩 다다미방에서 홀로 웅크려 보낸 시간들은 또 얼마나 될까. 그렇게 쓴 시를, 과연 쉽게 쓰인 시라 할 수 있을까.

처중은 동주의 편지를 읽고 나서 없앨 작정이었다. 일본 고등계 형사들이 큰 사건을 만들 때는, 주고받은 편지들을 꼬투리 삼은 경우가 많았다. 지니고 있다가 사소한 트집이라도 잡히면 동주도, 자신도 좋을 리 없었다. 하지만 동주의 시를 거듭 읽다 보니, 편지와 봉투는 없애더라도 시만은 따로 간직해 두고 싶었다. 누이는 고향에서 올라온 쌀이며 소금과 기름 등을 눈에 띄지 않는 곳에 잘 두던데, 날이 밝으면 벗의 시를 고이 접어 넣어 둘 적당한 곳을 찾아보리라 마음먹었다.

투두두두 ──, 양철 지붕 위로 쏟아지는 빗방울 소리가 요란했다. 낮부터 유난히 후텁지근했던 게, 저리 한바탕 쏟아져 내리려고 그랬나 보았다. 불을 끄고 자리에 누웠으나 처중은 쉽게 잠들지 못했다. 자리를 바꾸어 가며 뒤척이는데, 동주의 시가 자꾸만 떠올랐다.

쉽게 씌어진 시

창밖에 밤비가 속살거려
육첩방은 남의 나라.

시인이란 슬픈 천명인 줄 알면서도
한 줄 시를 적어 볼까,

땀내와 사랑 내 포근히 품긴
보내 주신 학비 봉투를 받아

대학 노─트를 끼고
늙은 교수의 강의를 들으러 간다.

생각해 보면 어린 때 동무들
하나, 둘, 죄다 잃어버리고

나는 무얼 바라

나는 다만, 홀로 침전하는 것일까?

인생은 살기 어렵다는데

시가 이렇게 쉽게 씌어지는 것은

부끄러운 일이다.

육첩방은 남의 나라.

창밖에 밤비가 속살거리는데,

등불을 밝혀 어둠을 조금 내몰고,

시대처럼 올 아침을 기다리는 최후의 나,

나는 나에게 작은 손을 내밀어

눈물과 위안으로 잡는 최초의 악수.

_1942. 6. 3.

신념이 깊은 의젓한 양처럼

　도쿄 교외 스와초 정거장에서 내린 동주는, 신호를 기다리며 건
널목에 서 있었다. 종일 흐린 날씨라 저녁 어스름도 일찍 찾아왔
다. 안개비인지 부슬비인지 빗방울은 보이지도 않는데, 옷자락은
서서히 젖어 들었다. 한창인 봄날인데도 을씨년스러운 가을날 같
은 이런 저녁이 도쿄에는 자주 있었다.
　이 사거리에 서 있노라면 모두가 흐르고 있는 것처럼 보였다. 방
금 내린 전차도, 뒤이어 정거장으로 들어오는 차도, 차도를 달리는
자동차도, 바삐 걸어 모퉁이로 사라져 가는 사람들도, 건널목에 멈
추어 서 있는 이들도……. 아예 거리가 통째로 흐르고 있는 것 같
았다. 그 위에 있는 자신의 삶도 마찬가지였다. 어디론가 흘러가고
있긴 한데 방향은 알 수 없었다.
　신호를 몇 개나 보낸 뒤 동주는 걸음을 옮겼다. 하숙까지 비를
맞으며, 하나둘 불을 밝혀 가는 가로등 따라 천천히 걸어왔다. 와
세다 대학이 가까운 하숙촌이었는데, 문 옆에 '기쿠스이칸(菊水
館)'이라는 자그마한 현판이 걸려 있었다. 처음 도쿄에 와서는 당
숙 윤영춘이 있는 기독교 회관에서 지냈는데, 릿쿄 대에서 만난 인
준의 하숙 근처로 옮긴 것이다. 인준의 평양 고보 친구인, 와세다
대 철학과에 다니는 안병욱의 하숙도 가까워 셋이 자주 어울렸다.
하숙집 옆 야트막한 언덕에 산책 겸 올라, 기차가 드나드는 플랫폼

을 한참 내려다보기도 했다. 날씨가 좋을 때는 멀리, 일본의 왕족과 귀족 자제가 다닌다는 가쿠슈인 대학의 화사한 벚꽃도 보였다.

동주와 몽규가 일본에 건너온 지도 석 달이 되어 갔다. 몽규는 처음부터 교토 제국 대학을 염두에 두었으나 동주는 여러 가지 사정이 여의치 않았고, 생각도 많았다. 몽규는 일본 고등학교의 수재들도 입학하기 어렵다는 국립 제국 대학에 단번에 합격했다. 소학교 때부터 연희 전문까지 언제나 우등생이었기에 가능했겠으나 그래도 놀라운 일이었다.

동주가 공부하고 싶은 것은 서양 문학, 그중에서도 영문학이었다. 사람의 감성과 이성이 서양 문학에서 어떻게 균형을 이루고 통합되어 가는지 본격적으로 공부해 보고 싶었다. 그러자면 연전처럼 외국인 교수가 많은 사립 미션 스쿨*이 나을 것 같았다. 동주는 미국 성공회에서 운영하는 도쿄의 릿쿄 대학 영문과에 진학했다. 초록색 담쟁이덩굴이 붉은 벽돌 건물을 기어오르는 모습에 연전 생각이 나기도 했다.

그런데 막상 입학하고 보니 동주의 생각과는 많이 달랐다. 성공회 선교사인 서양인 교수들은 많았지만, 연희 전문의 언더우드 교장 일가처럼 적국인이라 해서 억류되어 있었다. 교련 교관 이지마 노부유키 대좌는 도쿄의 다른 대학에서도 지독하기로 유명했다.

---

* 미션 스쿨(mission school) | 기독교 단체에서 전도와 교육을 위해 운영하는 학교.

릿쿄 대처럼 적국의 불온한 사상과 스파이가 침투하기 쉬운 기독교 학교일수록 정신 무장을 단단히 해야 한다며, 총검을 들고 학내를 휘젓고 다녔다. 동주가 입학하자마자 '학내 단발령'도 내려졌는데, 이지마 대좌가 직접 가위를 들고 다니며 단속했다. 몽규가 다니는 일본의 국립 제국 대학도 강제하지 않던 일이었다.

신학기 초, 한창 벚꽃이 흩날리던 사월의 토요일에 미군의 공습이 있었다. 도쿄 하늘에는 미군의 B25기가 떠다녔고, 폭격이 퍼부어져 치솟는 검은 연기가 학교에서도 잘 보였다. 본토 방위는 완벽하다며 큰소리치던 일본 대본영의 위신이 무너지는 순간이었다. 당황한 군부는 서양 세력에 대한 적개심을 높이고, 내부 스파이를 찾는다며 열을 내었다. 이지마 대좌는 조선인 주제에 무슨 공부냐며 의심스러운 눈초리로 조선인 학생들을 노려보곤 했다.

대학에서 교련 교관의 권력은 막강했다. 교관이 트집 잡고 교련 출석 정지를 내리면, 징집 연기가 취소되어 바로 전쟁터로 나가야만 했다. 학생들은 교관의 비위를 건드리지 않으려 무척 조심했다. 천황의 군대에 복무하게 된 것을 영광으로 여기라고 아무리 떠들어 대어도, 원치 않는 전쟁에 강제로 나가야 하는 젊은이들의 두려움과 불만은 클 수밖에 없었다. 조선에는 아직 징병령이 내리기 전이라, 졸업하자마자 전쟁터로 나가야 하는 일본 학생들은 조선 학우들을 부러워했다.

햇살이 여름처럼 뜨거운 오월 어느 날이었다. 충용한 황군의 일원이 되기에는 조선인들의 정신 무장이 제대로 되어 있지 않다며, 이지마 대좌가 언짢은 소리를 잔뜩 늘어놓고 있었다.

"조선인들은 대일본 제국에 필요 없는 존재들이다. 도무지 대화혼*이 스며들지 않는 미개한 족속이란 말이다. 미영귀축**에 아세아의 혼을 팔아 더러운 스파이가 되는 짓도 서슴지 않고 하는 자들이다. 그런데도 황공하게도 천황 폐하께옵서는, 이런 놈들에게 황군 입대의 은혜를 내리시다니!"

천황 폐하란 말을 할 때, 대좌는 옆에 찬 총검을 철거덕거리며 요란스레 부동자세를 취했다. 그때 입을 연 학생이 있었다.

"조선인들이 원한 일은 아닙니다."

순식간에 훈련장이 고요해졌다. 감히 이지마 대좌의 이야기에 대꾸를 한 것도, 더구나 조선인 신입생이 나선 것도 놀라웠다. 대좌조차 귀를 의심할 정도였다.

"뭐라? 누구냣!"

조용히 동주가 일어섰다. 노려보는 눈길을 거두지 않으며 이지마 대좌가 말했다.

"다시 한 번 말해 보아랏!"

"조선인들은 입대를 요청한 적 없습니다. 내각의 발표이고, 내

---

* 대화혼(大和魂) | 일본 고유의 정신.
** 미영귀축(米英鬼畜) | 일본이 태평양 전쟁의 상대국인 미국과 영국을 도깨비나 짐승으로 멸시하여 부르던 말.

각의 결정입니다."

담담한 어조로 동주가 말했다. 틀린 이야기는 아니었다. 어전 회의를 거쳐 군부와 내각이 내린 결정에 교관이 계속 불평할 수는 없었다.

"앉아라! 히라누마 도주."

종이 울려 그날 수업은 끝났다. 하지만 이지마 대좌의 기분 나쁜 눈길은 그 뒤에도 계속되었다. 교련 시간 내내 동주 혼자 열외에 서 있던 적도 많았다.

조선에서도 벗들이 가끔 동주에게 놀랄 때가 있었다. 먼저 나서지는 않지만, 그렇다고 일이 잘못되어 가는 것을 끝까지 그대로 두고 보지는 않았다. 유순해 보이는 동주가 정색을 하고 나서면 상대는 아무 말도 못 했다. 그럴 때 동주에게는, 고집스럽기도 하면서 어딘가 서늘하고 고고한 기운이 어려 있었다. 이지마 대좌조차 당장은 입을 닫게 하는, 동주가 지닌 힘이었다.

조선에 와 있는 일본인들은, 식민 종주국인 대일본 제국에서 왔다는 것에 대단한 우월감을 느끼고 조선 사람 위에 군림하려 했다. 그들이 지닌 특권도 대단해, 생활하는 데 어려움이 별로 없었다. 그런데 이곳에 와서 보니 평범한 일본 국민들도 전쟁으로 고통을 겪고 있었다. 일본에도 예방 구금령이 내려져 있었고 '언론·출판·집회·결사 등 임시 단속법'도 있어, 전쟁과 군부에 반대하는 목소리는 아예 나올 수 없었다. 조선에서 수탈해 온 쌀과 물자들은 곳곳의 전쟁터로 보내졌고, 일반 국민들의 생활은 점점 어려워져 갔다. 쌀 배급제는 이미 실시되었고, 된장과 간장까지 일인당 배급량을 정해 놓았다. '금속 회수령'으로 쇠붙이기만 하면 그릇이며 숟가락까지 거두어 갔다. 도쿄가 이러할진대 다른 지역은 더 말할 게 없었다. 하물며 식민지 조선과 용정은 오죽할까. 동주는 서쪽의 고향 하늘을 바라볼 때마다 마음이 무거웠다.

동주의 고민은 깊어만 갔다. 이지마 대좌의 교련 시간도 그렇지만, 전공인 영문학 수업이 흥미로운 것도 아니었다. 억류된 미국인과 영국인 교수 대신 자리를 메운 일본인 교수들의 수업은 오히려 연전만도 못했다. 릿쿄 대에 오면서 마음먹었던, 서양 문학을 폭넓게 공부하는 것은 불가능해 보였다. 그렇다면 이곳에 더 남아 있을 필요가 있을까. 누이동생 혜원에게 편지로, 고향에 돌아가 농사를 지으며 살아가고 싶다는 심정을 터놓기도 했다.

이러한 날들을 보내면서도 동주는 여전히 시를 썼다. 경성에서도 그랬지만 사방이 낯선 나라 말로 가득한 이곳에서는 더욱, 우리말로 시를 쓰는 것은 부질없다 못해 의아한 일인지도 모른다. 하지만 동주는 떠오르는 시상을 붙잡고, 심장과 혈관 속에서만은 자유롭게 흘러 다니는 우리말을 찾아, 한 편의 시로 노트에 옮겨 적는 시간이 좋았다. 시구에 몰두하다 보면 날로 삭막해져만 가는 학교와, 교련 시간에 이지마 대좌에게 받는 모욕, 학비 봉투를 받을 때마다 드는 송구하고 착잡한 마음들이 저만치 물러가곤 했다.

저녁 무렵부터 부슬부슬 내리던 빗줄기가 제법 굵어졌다. 열어
둔 창으로 들어오는 수풀 냄새도 비에 젖어 한결 진했다. 등불을
밝히니 어둠이 뒷걸음치며 물러났다. 동주는 다다미 여섯 개가 첩
첩 깔린 방 안을 가만히 둘러보았다. 육첩방은 남의 나라, 창밖에
는 밤비가 속살거리고 책상 위에는 노트가 놓여 있었다. 인생은 살
기 어렵다는데 시가 쉽게 쓰이는 것은 부끄러운 일이라 중얼거리
며, 동주는 노트를 앞으로 끌어당겼다.

흰 그림자

황혼이 짙어지는 길모금에서
하루 종일 시든 귀를 가만히 기울이면
땅검의 옮겨지는 발자취 소리,

발자취 소리를 들을 수 있도록
나는 총명했던가요.

이제 어리석게도 모든 것을 깨달은 다음
오래 마음 깊은 속에
괴로워하던 수많은 나를
하나, 둘 제 고장으로 돌려보내면

거리 모퉁이 어둠 속으로
소리 없이 사라지는 흰 그림자,

흰 그림자들
연연히 사랑하던 흰 그림자들,

내 모든 것을 돌려보낸 뒤
허전히 뒷골목을 돌아
황혼처럼 물드는 내 방으로 돌아오면

신념이 깊은 의젓한 양처럼
하루 종일 시름없이 풀포기나 뜯자.

_1942. 4. 14.

　기다리던 여름 방학이 되자 동주는 교토의 몽규와 함께 용정으로 돌아갔다. 두 사람이 왔다는 소식에 집안의 젊은 숙질*과 사촌과 육촌 형제들이 모처럼 다들 모였다. 그간의 안부를 서로 나누고 사진도 찍었다. 양복에 넥타이를 매었거나, 전문학교와 대학 교복

• 숙질(叔姪) | 아저씨와 조카.

을 입고 있는 젊음들이 눈부셨다. 할아버지는 집안 젊은이들의 사진을 끼운 액자를 잘 보이는 곳에 걸어 두고, 볼 때마다 흐뭇한 웃음을 지으셨다.

조만간 조선에서도 실시될 징병제는 젊은이들의 가슴을 무겁게 짓누르고 있었다. 그러나 그 이야기를 길게 나누지는 않았다. 동주와 몽규처럼 계속 공부하거나, 졸업해 겨우 일자리를 구했거나, 의전을 마치고 병원 일을 알아보거나, 혼인해 가족을 거느리게 된, 저마다의 삶이 막 시작되고 있었다. 하루 뒤의 일도 알 수 없는 게 식민지의 현실인데, 두 해 뒤 벌어질 일까지 앞당겨 근심하기 싫은 것인지도 몰랐다. 근심한다고 뾰족한 수도 없었다.

고향 집에 온 지 얼마 안 되었을 때였다. 도호쿠 제국 대학에 다니는 선배에게 전보가 왔다. 편입 공고가 나고 일정이 잡혔으니, 건너와 응해 보라는 내용이었다. 안 그래도 학교를 옮길 작정을 하고 있었기에 동주는 떠날 차비를 서둘렀다. 부랴부랴 전보를 보내왔을 만큼 날짜도 빠듯했다.

편찮으신 어머니가 회복되는 것을 보지 못하고 떠나는 게 마음에 걸렸지만, 어머니는 일없다며 손을 흔드셨다. 놀러 나가고 없는 동생 일주와 광주에게는 인사도 하지 못했다. 제국 대학으로 편입할 준비를 하겠다고 말씀드리니 아버지는 흔쾌히 허락하셨다.

일본에서는 고향에 돌아갈 날을 그처럼 기다렸건만, 용정에 온 지 겨우 보름 만에 동주는 다시 집을 나섰다. 겨울 방학에 또 올 수 있을까. 기차 타는 것이 오랜만도 아니건만, 왠지 창밖만 바라보게 되었다. 뒤로 멀어져만 가는 조선의 산과 들을 쫓느라 동주는 자꾸만 뒤돌아보았다.

압천 십 리 벌에 해는 저물어

시월 해가 훌쩍 기울어 가던 어느 날, 영작문 시간이 끝나 갈 무렵이었다. 학생들의 눈길이 자꾸만 창밖을 향하는 것은 그날 마지막 수업이라 긴장이 풀려서만은 아니었다. 건너편 신학관 붉은 벽돌담을 배경으로, 그보다 더 붉게 물들어 가는 단풍과 아직 남아 있는 초록 잎사귀, 더러 노랗게도 바래 가는 잎들이 가을바람과 햇살을 만나 황홀하게 빛나고 있었다. 하늘도, 물도, 나무도 시리도록 아름답다는 교토의 가을이었다. 칠판에 영어 문장을 써 가며 강의하던 다키야마 교수도 자주 창밖을 바라보았다. 그러다 문득 백묵을 들고 썼다.

"우리가 알아차리지 못하는 동안에도, 우리는 얼마나 멋지게 구원받고 있는 것인가!"

교수는 학생들을 돌아보며 말했다.

"누구, 번역해 볼 사람 없는가?"

학년 초라 신입생들이 많아서인지 아무도 나서는 사람이 없었다. 교수의 눈길이 앞자리에 반듯하게 앉은 학생을 향했다.

"히라누마 군, 해 보겠는가?"

앞으로 나가 백묵을 들고 잠시 생각하다 동주는 써 내려갔다.

"How wonderfully we are delivered, when we know nothing of it!"

교수의 얼굴에 만족한 웃음이 떠올랐다.

"좋아!"

동주가 자리에 앉자, 교수는 창밖을 가리키며 칠판에 써 놓은 문장을 다시 한 번 소리 내어 읽었다. 학생들에게 또 물었다.

"어디에 나오는 문장인지 알겠는가?"

"……."

대답이 없었다. 가만히 있던 동주가 말했다.

"『로빈슨 크루소』입니다."

고개를 끄덕이며 교수가 환히 웃었다. 다키야마 교수는 18세기 영문학, 그중에서도 『로빈슨 크루소』를 쓴 대니얼 디포 전공이었다. 수업 종이 울리자 교수는 동주의 어깨를 한 번 두드려 주고는 강의실 밖으로 나갔다.

"마리코, 저 히라누마 씨 대단하지 않니? 지난번 불어 시간에도 막힘이 없던걸?"

동주 옆자리에 앉아 있던 여학생이 가방을 챙기며 친구에게 말했다. 동그란 얼굴에 상냥한 웃음이 늘 떠나지 않는 사와다 하루였다. 단짝 무라카미 마리코는 단정하게 빗어 넘긴 단발머리에 안경을 쓰고 키가 큰 아가씨였다. 마리코도 맞장구쳤다.

"글쎄 말이야. 웬 노티 나는 아저씨가 들어온 줄만 알았는데, 언제 그렇게 공부를 한 거지? 다른 남학생들은 앞에 나가면 백묵만 들고 끙끙거리지 않던?"

"맞아. 머리만 긁적이다 들어가거나…… 호호호!"

하루와 마리코는 함께 웃었다. 여자 전문학교에서 영문학 공부를 하고 온 두 여학생은 수업이 어렵지 않았지만, 영문학 전공을 처음 택한 남학생들은 달랐던 것이다. 두 여학생과 동주가 수업받고 있는 교실은, 동북 지방 센다이의 도호쿠 제국 대학이 아니라 교토의 도시샤 대학 문학부 강의실이었다.

부랴부랴 고향을 떠나 일본으로 오면서 보니, 전시 단축으로 여름에 졸업생을 내보내고 새로 신입생을 모집하는 학교가 꽤 되었다. 도시샤 대학도 마찬가지였다. 교토에는 몽규도 있고, 무엇보다 도시샤 대학 영문학과는 동주가 좋아하는 시인 정지용이 졸업한 학교이자 학과였다. 낯선 동북 지방의 제국 대학보다 마음이 끌린 이유였다.

교토에서 동주가 산책 삼아 즐겨 거니는 곳은, 도시의 남북을 길게 흐르는 가모가와(鴨川) 강변이었다. 일본에서는 강을 가와(川)라 했는데, 내라 해도 좋을 만큼 그리 넓지는 않았다. 교토 북서쪽의 가모가와(賀茂川) 물줄기와 북동쪽의 다카노가와(高野川) 물줄

기가 하나로 만나 흘러가는 가모가와(鴨川) 강변은, 해 질 무렵에
는 더욱 아름다웠다. 주홍빛 노을과 보금자리를 찾아가는 물새들,
어깨를 늘어뜨린 채 집으로 돌아가는 사람들의 뒷모습이 엷은 수
채화 그림을 보는 듯 애잔했다. 십오륙 년 전에 시인 정지용은 이
강변을 거닐면서 「압천(鴨川)」이란 시를 썼다. 지용이 거닐던 압
천, 바로 이 가모가와 강변을 자신도 거닐고 있다는 게 동주는 꿈
만 같았다.

압천

압천 십 리 벌에
해는 저물어…… 저물어……

날이 날마다 님 보내기
목이 잦았다…… 여울 물소리……

찬 모래알 쥐어짜는 찬 사람의 마음.
쥐어짜라. 바수어라. 시원치도 않아라.

역구풀 우거진 보금자리
뜸부기 홀어멈 울음 울고.

제비 한 쌍 떴다,
비맞이 춤을 추어.

수박 냄새 품어 오는 저녁 물바람.
오랑쥬 껍질 씹는 젊은 나그네의 시름.

압천 십 리 벌에
해가 저물어…… 저물어……

　다시 일본으로 건너오면서 동주는 마음을 다잡았다. 고향 집에
남아 있건, 경성에 올라가서 지내건, 일본의 대학에서 공부하건,
어디서나 앞날은 알 수 없고 현재의 삶은 불안했다. 고향 용정에서
지내는 벗들도, 처중과 연전의 벗들도, 자신처럼 일본에서 공부하
는 조선 유학생들도 모두 마찬가지였다. 앞날을 그려 볼 수 없다면
현재의 불안한 삶에라도 충실할 수밖에…….
　언제까지일지, 과연 무사히 졸업하게 될지도 확신할 수 없지만,
동주는 학생으로 보내는 지금의 시간을 성실하게 채워 가기로 마
음먹었다. 영문학 수업도 여러 개를 선택해 듣고 과제도 빠짐없이
해 갔다. 배우고 싶었던 불어도 초급과 상급 과정을 한꺼번에 신청
해, 인칭에 따른 동사 변화며 관계 대명사 절을 열심히 익혔다. 서

양과 동양의 문학 작품들을 두루 찾아 읽고, 철학책과 사상서도 꼼꼼히 탐독했다.

시도 꾸준히 썼다. 동주의 사색과 감성, 마르지 않고 우러나오는 시상을 표현하는 데 우리말만 한 도구가 없었다. 마음속에 담아 놓은 생각과 입에서 맴돌기만 하는 표현이 하나의 시어를 만나 떠오를 때는, 가슴이 찌르르해지고 눈물이 핑 돌 만큼 좋았다. 전쟁과 죽음과 파괴로만 달려가는 이 삭막하고도 불안한 시대에, 무언가 움터 오는 게 있다는 사실이 벅차기도 했다. 돌담이나 아스팔트 바닥을 비집고 솟아 나온, 연둣빛 고운 생명 같은 시였다.

가난하고 외롭고 높고 쓸쓸하니

1942년 12월 31일.

동주는 일찌감치 교토 역에 나와 도쿄에서 오는 열차를 기다렸다. 한 해의 마지막이면서 양력으로 쇠는 설 전날이었다. 역이며 거리가 흥성흥성할 만도 한데 조용하다 못해 적막했다. 10년 이상 끌어 온 전쟁에 동원된 탓에 거리에 젊은 사람이라고는 상점 점원도, 공장 노동자도, 소학교 선생도 보이지 않았다. 낯선 곳으로 떠나는 흥분과 설렘이 역에서 사라진 지도 오래였다. 출정하는 군인들과 배웅 나온 가족들, 부상을 입고 후방으로 이송되어 오는 병사들, 혹은 새하얀 보자기에 싼 전사자들의 유골함만이 무표정하게 오갈 뿐이었다. 세모의 교토 역도 마찬가지였다.

내리는 사람이 별로 없어 당숙 윤영춘을 금방 알아보았다. 가방을 받아 들며 동주가 말했다.

"일찍 출발했을 텐데 고단하시지요?"

"아니, 괜찮다. 그간 어떻게 지냈니? 교토는 있을 만하고? 어디 보자, 얼굴이 좀 안된 것 같은데……."

당숙이라 해도 불과 다섯 살 위인 윤영춘은, 사촌 형 윤영석보다 조카인 동주나 몽규와 더 잘 어울렸다. 동주 역시, 당숙이라 부르면서도 형처럼 친근히 여겼다. 메이지 학원 영어 선생인 윤영춘은 방학이라 용정 고향 집에 가는 길인데 동주의 안부가 궁금해 교토에 먼저 들른 것이다.

"12월 30일, 어제가 네 생일 아니냐? 웬만하면 맞추어 오려 했는데 연말에 학교 일이 많아서……. 그래, 생일 밥은 챙겨 먹었나?"

"당숙도 참, 제가 어린애도 아니고 생일은 무슨 생일이에요."

"무슨 생일이라니? 집에 있으면 형수님이 오죽 살뜰히 챙기시겠냐? 집안의 장손이라 큰아버님도 각별하실 테고……. 몽규는 집에 벌써 도착했다고 하던데, 이번에 왜 같이 안 내려간 거냐? 형님 꾸지람이 두려워서 안 간 것이냐?"

"여름 방학 때 다녀온걸요. 여기서 공부할 것도 많아서요."

동주가 웃으며 대답했다. 도호쿠 제국 대학에 갈 줄 알았던 동주가 사립인 교토 도시샤 대학 영문과에 주저앉자, 아버지는 몹시 실망하셨다. 당분간 아버지와 부딪치는 것을 피하고 싶기도 했지만 그보다도 학교에 남아 도서관의 책들을 마음껏 보며 공부하고 싶은 마음이 더 컸다. 학제는 자꾸만 단축되어 갔고, 학교에서 보낼 수 있는 시간이 얼마나 될지 알 수 없는 시절이었다.

방학인 데다 명절까지 겹쳐 하숙집이 썰렁했다. 동주의 하숙 다케다 아파트는 지은 지 6년밖에 안 되는 신식 건물이었다. 교토 제대와 도시샤 대학 학생들이 많았는데, 하숙생이 일흔여 명이나 될 정도로 규모가 컸다. 몽규의 하숙과는 걸어서 십 분쯤 되는 거리였다.

하루 늦긴 했지만 당숙이 생일을 챙겨 주겠다고 해서 교토의 밤거리로 나왔다. 동주가 이끈 곳은 학생들이 자주 가는 야시장의 노점이었다. 형수님께 동주의 생일을 챙겨 먹인 생색을 단단히 내려 했지만, 당사자인 동주가 노점의 나무 걸상에 앉으니 당숙도 옆에 앉는 수밖에 없었다. 동주는 모처럼 주머니 생각을 하지 않고, 좌판에 놓인 두부와 튀김, 삶은 고기와 오뎅을 실컷 먹었다. 따끈한 정종도 한잔했다. 추운 날 노점에서 한 모금 마신 술에 취기가 금방 올라서였을까, 그간 홀로 책을 읽고 시를 써 온 외로움이 컸던 것일까. 동주는 유달리 이야기가 많았다.

"요즘은 프랑스 시를 많이 읽고 있어요. 확실히 프랑스 작가들은 자유롭고 예민하면서도 깊이가 있어요. 장 콕토의 시는 너무 신경질적이어서 거슬렸는데, 보면 볼수록 날씬날씬한 매력이 있어요. 마치 이상의 시를 보는 것 같아요. 이상의 시에도 그런 매운맛이 있지 않아요?"

"콕토는 반독일 작가라 일본에서도 책이 금서(禁書)가 되었을 텐데……. 괜히 문제 생길라, 조심해라."

"도서관에서 봤어요. 영미 쪽 책들은 많이 없어졌지만 프랑스 책들은 아직 덜 솎아 낸 것 같아요. 당숙, 이상이 살아 있다면 지금 어땠을까요? 그 세월도 이기지 못해 병들었는데 이런 시대에는 더 힘들었겠지요? 스물여덟 살의 죽음, 어차피 그만큼만 살다 갈 운명이었을지도 몰라……."

"프랑시스 잠은 정말 백석 같아요. 프랑스 산간 농부들과 평안도 산골 농부들은 어쩌면 그리 비슷한지……. 백석은 만주 신경에 있다는 소리를 들었는데, 그의 시를 본 지도 오래군요. 『문장』이 폐간되기 전에 실린 「흰 바람벽이 있어」는 정말 좋았어요. '나는 이 세상에서 가난하고 외롭고 높고 쓸쓸하니…….' 백석은 그곳에서 지금도 시를 쓰고 있을까요?"

"글쎄다. 나와 동갑이니 백석도 올해 만으로 서른 살, 힘든 시간을 보내고 있겠구나."

윤영춘의 말투가 쓸쓸했다.

따뜻한 오뎅 국물을 조금 마신 다음, 동주가 그릇을 손으로 감싸며 다시 이야기했다. 그간 담아 둔 이야기가 많았던 모양이다. 교토 제국 대학에서 사학을 공부하는 몽규는 역사와 철학, 경제학 책들을 파고드느라, 예전처럼 문학 이야기에 열 내지 않았다.

"나이두의 시를 본 적 있어요? 인도의 여류 시인 사로지니 나이두요. 그처럼 아름다운 서정시를 쓰던 이가, 더구나 여자의 몸으로 어떻게 열렬한 반영(反英) 운동의 투사가 되었을까요? 그러고 보면 서정과 분노, 정의…… 이런 말들이 서로 다른 것이라 할 수 없어요. 당숙, 이 시를 들어 보세요."

동주는 짤막한 시를 가만 읊조렸다.

"구속된 암흑에서 울고 있는 나라들은

광명의 아침으로 인도하라 원하느니

어머니, 오 어머니! 왜 잠만 주무시나요?

일어나 아기들을 위하여 대답하소서."

"나이두의 「인도에게」라는 시예요. 어때요? 제목을 '조선에게'라 바꾸어도 되겠지요?"

윤영춘은 깜짝 놀라 주위를 둘러보았다. 다행히 이쪽을 눈여겨보는 이는 없었다. 늙수그레한 두 남자가 서로 핏대 올리며 이야기하고 있었고, 맞은편 젊은이는 훌쩍이는 아가씨를 달래느라 다른 데 신경 쓸 겨를이 없었다. 주인은 그릇들을 부시고 노점 주변을 정리하기에 바빴다. 뒤쪽까지 돌아보고 난 다음 당숙은 조카에게 주의를 주었다.

"그런 소리를 함부로 하다니……. 때가 때이니 말조심해라. 도쿄에서는 골목마다 형사들이 숨어 감시한다는 이야기도 있어."

몸을 한 번 부르르 떤 다음 당숙이 다시 말했다.

"그런데 어째 이곳은 도쿄보다 더 추운 것 같구나. 이만 돌아가자."

교토는 산과 언덕으로 둘러싸인 분지라, 밑으로 내려온 차가운 공기가 빠져나가지 않고 고여 있어 몹시 추웠다. 게다가 지형이 비스듬해, 북동쪽 히에이 산에서 남서쪽 사람들의 거리로 내리꽂히는 칼바람이 대단했다. 온도계 눈금보다 몸으로 느끼는 추위가 더했다. 다케다 아파트는 신식 건물이라 스팀이 들어오긴 하지만, 엄중한 전시라 난방 시간이 길지 않았다. 뜨거운 물을 담은 탕파*를 이불 속에 넣고 지내야 했는데, 물은 빨리 식었고 겨울밤은 너무나 길었다. 몽규도 기침병으로 몹시 고생하다 고향 집으로 간 것이다.

하숙방에서 뜨거운 차를 앞에 두고 동주의 이야기는 계속되었다. 동주의 문학 공부는 그새 더 풍부해지고 깊어진 것 같았다. 영어 실력도 크게 늘어 시나 소설은 원서로도 많이 읽는 모양이었다. 금서가 되어 볼 수 없는 책도 학교 도서관에는 잘 찾아보면 있다 했다. 도서관의 책들을 보며 동주는, 양심적인 지성은 세계 곳곳에 존재하며, 사람들의 가슴에는 여전히 보편적인 선함, 정의감, 인류애 등이 남아 있다는 것을 확인할 수 있었다. 그것은 끔찍하고도

• 탕파(湯婆) | 뜨거운 물을 넣어서 그 열기로 몸을 따뜻하게 하는 기구.

삭막한 이 시대를 버텨 갈 힘이 되기도 했다. 동주의 이야기는 당숙 윤영춘에게도 모처럼 새로운 자극이 되었다. 전쟁 구호와 총궐기의 함성으로 가득한 수도 도쿄에서, 언제 없어질지 모를 영어 가르치는 일에 맥 빠지고 지치기도 했던 것이다.

그런데 동주의 파리한 얼굴이 마음에 걸렸다. 도쿄에 있을 때보다 표정이 생기 있긴 했으나, 몸이 많이 야위고 얼굴빛도 좋지 않았다. 책을 보고 글을 쓰느라 새벽 두 시에나 자리에 든다고 했는데, 더러 날을 꼬박 새우기도 하는 모양이었다. 이불 속에서도 견디기 힘든 겨울밤을 냉골에 앉아 어찌 보낼까. 당장은 느끼지 못해도 젊은 육신이 서서히 병들고 마모되어 갈 터였다. 당숙은 조카에게 다시 한 번 당부했다.

"동주야, 무엇보다 네 몸을 잘 챙겨라. 병원도 문을 닫고 의약품들은 전선으로 다 보내니, 아파도 치료할 방법이 없단다. 그리고 너도, 몽규도 각별히 말조심해라. 전쟁이 길어지고 불만이 쌓이니 경찰의 감시가 대단해. 이런 때일수록 자기 자신을 단단히 지켜야 한다."

"예, 명심할게요. 고단하실 테니 먼저 주무셔요."

교토에서도 동주는 계속 시를 썼다. 이 무렵 동주의 시는, 풀지 못한 개념으로 무거운 시어 없이, 깊은 늪 속처럼 끈적거리는 감정 없이, 쉬우면서도 부드러웠다. 그러면서도 무심한 듯 서늘한 기운도 있었다. 일기도 썼다. 날마다 다가오는 새로운 깨달음, 명징해지는 그 순간을 놓치고 싶지 않았던 것이다. 하지만 긴 글로 남기자니 꺼림칙해, 일기장에는 단문으로 된 메모나 은유가 많았다.

외국 문학을 공부하고 도서관의 책들을 두루 읽다 보니, 새삼 발견되는 게 있었다. 연전에 있을 때도 느낀 것이지만, 말과 글이 다르고 지내는 곳이 달라도, 사람들이 느끼고, 생각하고, 행동하며, 살아가는 모습은 비슷하다는 점이다. 자신이 놓인 시대와 사회의 제약 속에서도, 사람들은 삶이 던져 주는 질문을 붙들고 열심히 해답을 찾으며 살아간다. 어떻게 살 것인가, 행복이란 무엇인가, 더불어 행복한 삶을 어떻게 누릴 것인가…… 자신의 삶에서 다 풀지 못하면 다른 사람에게, 혹은 다음 세대에게 넘겨준다. 이 세상에 사유하는 인간이 스러지지 않고 남아 있는 한, 그러한 질문에 대한 대답은 시대를 이어 가며, 좀 더 많은 사람들을 거쳐 가며, 더욱 깊어지고 풍부해질 것이다. 남의 것을 빼앗고, 남의 나라도 빼앗고, 사람이 사람을 차별하고 모욕하는, 심지어 다른 사람의 자유와 생명마저 빼앗아 버리는 야만의 시대라 해도…….

동주는 당숙의 이부자리 속 탕파를 꺼내 뜨거운 물로 갈아 주었다. 처음 도쿄에 도착해 이곳 교토까지, 우여곡절이 많았지만 일본에서 보낸 첫해가 저물어 갔다. 그리고 1943년, 새해가 다가오고 있었다. 전쟁과 총궐기의 함성에 휘둘려야 하는 것은 새해라고 다르지 않을 것이다. 묵묵히 생각하고, 책을 읽고, 시를 쓰는 동주의 삶도 달라지지 않을 것이다.

검은 그림자

"동주야, 오랜만이다! 안 그래도 네게 건너갈 참이었다."

긴 겨울을 용정에서 보내고 몽규가 돌아왔다. 근 넉 달 만에 온 것이다. 떠날 때보다 몽규의 몸이 좋아 보여 동주는 마음이 놓였다. 하지만 못 보던 새 동주의 얼굴이 많이 상해 몽규는 걱정되었다. 옆방의 희욱이 인사했다.

"동주 형, 오셨습니까? 오랜만입니다."

"아니, 오랜만이야? 내가 없는 동안 잘 좀 살펴 주라 했더니, 거 몹쓸 형이로구먼!"

몽규의 말에 함께 웃었다.

시미즈 씨 하숙에서 몽규와 함께 있는 고희욱은, 교토는 물론 일본에서도 명문인 제3고등학교 졸업반이었다. 동주와 몽규보다 네 살 어렸으나 경기 중학을 졸업하고 3고로 왔으니, 일본 유학으로는 선배인 셈이었다. 변호사와 의사 집안의 장남으로 곧이곧대로 공부만 해 온 희욱은, 몽규의 활달한 성격과 무엇 하나 막히는 데 없는 박식함이 좋아 몽규를 잘 따랐다. 조선의 또래 모범생들이 다 그러하듯, 우리글을 읽을 줄은 알았으나 자유롭게 쓰지는 못했다. 그것이 당연한 게 아니라 부끄러운 사실이라는 것도 몽규 형을 통해 희욱은 처음 알았다.

동주에게 보따리 하나를 건네주며 몽규가 말했다.

"자, 이것 받아라. 외숙모님이 챙겨 주신 것이다. 이 형님이 들고 오느라 애 좀 썼다. 두 어머니가 무얼 그리 구메구메 싸 주시는지……."

보나마나 미숫가루나 엿, 고추장이나 마른반찬이 들어 있을 것이다. 방학이 끝나고 아들들이 떠날 무렵이면 어머니들은 바빴다. 극성인 신영 고모는 대문 앞에서도 두어 가지 더 챙겨 주어 몽규와 실랑이하곤 했다. 동주도 고집 피우며 한두 개씩은 도로 놓고 왔는데, 막상 떠나오고 보면 왜 그리 놓고 온 보따리들이 생각나는지…….

"오랜만에 교토 거리에 나가 볼까? 가모가와 강변에 벚꽃이 한창이겠구나. 자, 나가자. 오늘은 형님이 한턱내마."

몽규의 재촉에 방문을 열고 나오는데, 계단을 돌아 내려가는 빠른 걸음 소리가 들렸다. 벽에 검은 그림자가 얼핏 보인 것도 같았다. 왠지 찜찜했다. 새로 들어온 하숙생일까. 하긴 몽규가 하숙을 비운 지도 오래였다.

사월의 마지막 토요일에 도쿄에서 백인준이 왔다. 한번 오겠다는 이야기는 벌써부터 했지만, 도쿄와 교토는 가까운 거리가 아니었다. 그런데 밤차를 타고 불쑥 찾아온 것을 보니 도쿄에서 어지간히 갑갑했던 모양이다.

봄날의 토요일인 데다 날씨도 좋았다. 인준과 동주와 몽규, 세

친구는 히에이 산 아래 야세 유원지로 나갔다. 마음이 내키면 케이블카를 타고 히에이 산 꼭대기에 올라 교토 시내와 비와코 호수를 내려다볼 수도 있었다. 가모가와 물줄기를 거슬러 유원지로 올라가는데, 인준은 아름드리나무들을 보며 눈이 휘둥그레졌다. 시내를 벗어난 지 얼마 안 되는데도 이처럼 깊은 삼림이 나오는 게 놀라운 듯했다.

"동주, 도쿄를 떠난 것은 정말 잘한 일이야. 도쿄는 이렇게 한숨 돌릴 데도 없네. 릿쿄 대를 그만둔 건 더 잘한 일이네. 명색이 기독교 학교라면서 교회당도 없애고, 이지마 대좌가 문약부(文弱部)라 부르며 못마땅해하던 문학부도 조만간 없앤다고 하네. 고도 국방국가 건설에 쓸모없다는 것이겠지. 나도 어떻게 해야 할지 고민이 많아……."

"……."

동주도 얼굴이 어두워졌다. 도시샤 대학의 분위기도 많이 달라지고 있었다. 얼마 전 영문학 전공 학생들이 모인 자리에서, 한 교수가 좋지 않은 표정으로 적국의 스파이 이야기를 꺼냈다. 그리고 조선인 학생들이 의심스럽다며, 그만 돌아가라는 소리를 대놓고 했다. 교토 제대도 마찬가지여서 양심적인 교수들은 강단에서 쫓겨나고 남아 있는 사람들은 입을 다물었다.

흐드러진 봄날이 무색하게 유원지에는 사람들이 그리 많지 않았다. 케이블카 정거장도 한산했다. 세 사람도 흥겨운 나들이 기분이 아니어서 그저 숲길 따라 계속 걸었다. 길 아래쪽으로 계곡물이 힘차게 흐르는 것을 보니, 답답한 마음이 얼마쯤 가시는 듯했다. 물가로 내려가 다리쉼을 하면서 인준이 물었다.

"교토는 어떤가? 도쿄는 대학이 많아 그런지 여기저기서 누가 학병으로 나갔느니, 누가 부상당하고 전사했느니 하는 소리가 날마다 들려와 뒤숭숭하다네. 조선 학생들도 의견이 분분해. 괜히 이곳에서 끌려가느니 차라리 고향으로 돌아가 있는 게 낫다는 이야기도 하고……. 개학하고 보니 정말 학교로 돌아오지 않은 학생들도 꽤 되더군."

"조선에 있다고 별수 있을까? 징병 아니면 징용에 끌려갈 테지."

동주와 인준이 주고받는 이야기를 듣고 있던 몽규가 말했다.

"그렇다고 모두 한탄만 하고 있겠나? 일본의 전쟁에 조선 청년들이 나가야 하는 것은 통탄할 노릇이지만, 피하지 못할 일이라면 우리에게 이롭도록 상황을 바꾸어 봐야지."

"우리에게 이롭도록? 그럴 방법이 있겠나?"

인준의 물음에 몽규가 대답했다.

"생각해 보게! 어찌 되었건 조선 청년들 모두가 무기를 얻고 다룰 수 있게 된다는 것을! 어차피 당할 죽음이라면 의미 있게 맞겠노라 각오하는 이들도 있을 거야. 저들의 군대에서 다시 조선의 군대를 조직할 수도 있지 않겠나?"

동주는 깜짝 놀랐다. 인준도 어안이 벙벙한 표정이었다. 제 놈들 발등을 스스로 찧게 되리라는 말을 몽규가 자주 했는데, 그게 이 소리였던가. 몽규는 인준과 동주의 놀란 표정에도 아랑곳하지 않았다.

"두고 봐. 이 전쟁은 결코 오래가지 못할 거야."

"……."

"만주에서 듣자니, 전쟁은 일본 대본영이 발표한 것과 다르게 돌아가고 있더군. 일본군은 태평양 미드웨이에서도 미군에 대패했고, 승승장구한다던 과달카날에서도 결국 손들고 물러났다 해. 독일군도 소련 스탈린그라드에서 쫓겨났다니, 삼국 동맹의 신체제도 이제 물 건너간 소리네. 돌아가는 상황이 이러한데 일본이 과연 언제까지 이 전쟁을 버텨 낼 수 있을까?"

몽규가 계속 말했다.

"일본의 패전이 가까워지면 곳곳에서 조선 청년들이 일어설 것이네. 이미 연합군 쪽으로 넘어가고도 있고, 중국 전선에서는 조선 독립군 부대를 찾아오기도 한다네. 물론 목숨을 건 일이지. 하지만 이래저래 목숨이 걸려 있다면, 차라리 민족을 위해 일어서 보려 하지 않겠나?"

일본이 들으면 가슴이 서늘해질 소리였다. 하나 조선 청년들의 심장은 빠르게 뛰었다. 정녕 피할 수 없는 일이라면 어떻게 해야 하나. 어느 쪽으로 어떻게 목숨을 걸어야 할까.

이야기에 열중해 미처 알아채지 못했는데, 웬 사내가 뒤에 서 있었다. 앞으로 멘 목판에는 주먹밥이며 모찌가 놓여 있었다. 깊숙이 눌러쓴 모자 아래로 언뜻 보이는 눈빛이 심상치 않았다. 계곡 위 길가에서는 아까부터 부랑자 차림의 사내가 이쪽을 힐끔거렸다. 인준이 중얼거렸다.

"교토에는 저런 사람들이 아직 남아 있나 보네. 도쿄에는 구걸하는 사람도, 하릴없이 배회하는 사람도 없어졌는데……. 모조리 징용 갔던가, 전쟁터로 내보냈지."

젊은이들이 그쪽을 바라보자 사내는 느릿느릿 아래로 내려갔다. 목판을 멘 사내도 장사에는 별 관심이 없는지 따라 내려갔다.

동주는 문득, 이런 기분이 처음이 아니라는 생각이 들었다. 조선 학생들끼리, 특히 몽규와 있다 보면 낯선 사람과 부닥뜨릴 때가 종종 있었다. 몽규가 용정에서 온 뒤로 그런 일이 더 잦았다. 세 젊은이는 자리에서 일어나 계곡 상류 쪽으로 더 올라갔다. 가는 길에 동주가 슬쩍 뒤돌아보니 아주 내려간 줄 알았던 부랑자 차림의 사내가 다시 천천히 따라오고 있었다.

8. 조롱에 갇힌 새

시모가모 경찰서 특고과

며칠째 몽규가 보이지 않았다.

몽규의 하숙에 동주가 벌써 몇 번 왔는지 모른다. 여름 방학은 이미 시작했고 같이 용정으로 떠나기로 한 날이 다가오는데, 몽규는 소식이 없었다. 오늘이 화요일, 벌써 나흘째였다.

"아직 몽규 형 못 만났어요?"

희욱이 제 방으로 가다 말고 동주에게 물었다. 졸업 시험 기간이라 희욱은 밤낮이 따로 없고, 정신도 없는 듯했다. 동주는 이제까지 아무런 소식 없는 몽규의 무심함에 화나기도 하고, 예매한 기차표를 바꾸어야 할지 난감하기도 하고, 무슨 일이 생긴 건 아닌지 불안하기도 했다. 그러나 이 모든 일이 아무것도 아니었다. 몽규만 나타나 준다면……. 떠나기로 한 날이 7월 15일, 내일모레라는 것은 몽규도 알고 있다. 아직 시간이 있으니 그 전에는 돌아오겠지, 동주는 애써 마음을 다잡았다. 자신의 웬만한 짐은 수하물로 먼저 부쳤다. 몽규의 짐은 단출하여, 내일이라도 정리해 같이 나누어 들고 가면 될 듯했다.

다음 날인 7월 14일, 동주는 아침 일찍 몽규의 하숙에 다녀왔다. 간밤에도 몽규는 오지 않았다. 허탈한 심정으로 방에 돌아와 있을 때, 갑자기 방문이 거칠게 열리며 인상이 험악한 사내들이 들이닥쳤다. 그중 한 사내가 동주의 팔을 휙 낚아채 뒤로 꺾었다. 동주가 소리쳤다.

"누구요? 도대체 무슨 일이오?"

"무슨 일? 이 자식이!"

작달막한 사내가 다짜고짜 동주의 뺨을 갈겼다.

"히라누마 도주! 네게는 물을 권리가 없다. 앞으로도 우리가 묻는 말에 대답만 해랏!"

그러고는 또 다른 사내에게 말했다.

"방 안에 있는 것들을 빠짐없이 챙겨라. 특히 책상 위의 책들과 노트! 종이쪽지들!"

"하잇!"

대답하는 젊은 사내의 옆모습이 어디서 본 듯했다. 턱이 뾰족한 데다 눈꼬리가 치켜 올라간 게 왠지 낯익었다. 거칠게 등 떠밀리며 하숙집 계단을 내려오는데, 마당에는 제복 차림의 경찰이 더 와 있었다. 훤한 대낮에 사람이 붙들려 가는 소동이 벌어지는데도 큰 하숙집의 복도와 마당이 조용했다. 괜히 트집 잡히지 않으려 다들 몸을 피한 것이다. 형사들에게 양팔을 붙잡힌 채, 구두 대신 도망가지 못하게 내준 조리를 신고, 동주는 교토 시모가모 경찰서로 끌려갔다.

동주를 끌고 간 사내들은 특별 고등 경찰, 즉 '특고'였다. 경찰이 일반 범죄를 다룬다면, 특고 형사들은 국가의 안녕과 질서 유지를 위해 제정했다는 '치안 유지법' 관련 사건을 다루었다. 별도 조직과 지휘 체계를 갖고 있는 비밀스러운 정보기관이었다. 특고 형사들의 취조는 몹시 악랄하고 잔혹하기로 유명했다.

철커덩.

동주의 등 뒤에서 유치장 철문이 닫히고 빗장이 걸렸다. 먼저 들어와 있는 사람들이 제법 되었으나, 특고 형사와 함께 온 동주를 아무도 건드리지 않았다. 끈끈하고 불쾌한 냄새로 가득한 여름날의 유치장 안에, 뚜렷한 이유도 모르고 갇혀 있자니 답답해 미칠 지경이었다. 무엇보다 몽규가 걱정되었다. 혹시 이곳에 와 있는 것일까. 아니면 이럴 줄 알고 미리 몸을 피한 것일까.

다음 날 동주는 취조실로 불려 갔다. 동주의 빰을 때렸던 작달막한 특고 형사가, 담당인 고로키 순사 부장이었다. 사십 대 후반쯤 되어 보였는데, 특고 경력이 오래된 만큼 교활하고도 노련한 자였다. 삼십 대 초반의 젊은 순사가 고로키 부장을 보조했다. 치커 올라간 눈이 낯익다 했는데, 지난봄 야세 유원지에 목판을 메고 불쑥 나타났던 사내였다. 고로키 부장보다 나이는 어렸지만 상관인 계장도 있었다. 특고과에서도 조선인과 관련된 수사를 맡아 하는 내선계(內鮮系) 형사들이었다. 몽규는 이미 지난 도요일에 잡혀 와 있었다. 동주가 체포되던 그날, 졸업 시험 보러 가던 희욱도 붙잡혀 왔다.

전쟁이 길어지면서 국민들의 생활이 어려워지고 불만이 터져 나오자, 도조 내각은 감시와 통제를 더욱 철저히 했다. 특히 징병제 실시를 앞두고 조선인들에게서 반대 여론이 일어나지 않도록 신경을 곤두세웠다. 올해 초에는 '치안 대책 요강'이라는 지침도 내렸다. "내선계 요시찰인에 대한 시찰과 정탐을 강화하고, 학생 지식 계급의 동향에 유의하며, 시찰 외 용의* 인물의 발견에도 노력할 것"이라는 내용이었다.

이에 따라 교토부 시모가모 경찰서에 파견된 특고과의 내선계 형사들은 요시찰인 조선인 학생 소무라 무게이를 주목했다. 송몽규는 중학 시절부터 독립운동에 뜻을 두고 중국의 김구 일파를 찾

• 용의(容疑) | 범죄의 혐의, 즉 범죄를 저질렀을 가능성이 있다고 보는 것.

아가 군사 훈련까지 받다가 체포된 인물이었다. 함경도 웅기 경찰서에 남아 있는 그때의 기록을 교토의 특고 형사들은 파악하고 있었다. 송몽규와 가까운 '시찰 외 용의 인물'로, 지난 시월에 도시샤 대학에 입학한 히라누마 도주가 눈에 띄었다. 윤동주도 북간도 출신이니 민족의식이 강할 테고 연희 전문에 다닐 때는 독서회 사건으로 경성 서대문 경찰서에서 구류를 산 경험도 있었다. 두 사람은 교토에서도 자주 어울렸는데, 조선인 학생들과 그룹을 이루고 있는 것 같았다.

시모가모 경찰서 특고 형사들은 지난겨울부터 몽규와 동주를 사찰했다. 두 사람을 미행하고, 누구를 만나 무슨 이야기를 하는지 감시하고 엿들었다. 하숙집 주인이나 일하는 어린 하녀들에게 정보를 얻었고, 휴지통의 종이쪽지까지 살폈다. 몰래 방에 들어가 책이나 노트, 일기장과 편지들을 뒤지기도 했다. 이렇게 반년도 넘게 사찰한 것을 종합해 볼 때, 송몽규와 윤동주는 조선 민족의 독립을 선동하고 다니는 불온한 자들이었다. 특히 조선인 징병제에 관해서는 지극히 불손하고도 위험한 생각을 지니고 있었다. 국가 체제의 근본을 뒤흔드는 자들로서 마땅히 처벌해야 한다고 특고 형사들은 판단했다.

취조를 시작하기 전에 고로키 순사 부장은 두툼한 종이 뭉치를 동주에게 던져 주었다. 그러고는 이제까지의 행적을 빠짐없이 쓰라고 했다. 부모, 학교 선생, 교우 관계, 연희 전문 시절, 일본 유학생활, 도쿄에서 교토로 온 이유……. 특히 몽규와 관계된 부분은 하나도 빼 놓지 말고 쓰라고 했다. 이 일본 순사에게 왜 자신이 살아온 나날을 써서 제출해야 하는지, 그게 지금 자신이 잡혀 온 것과 무슨 관련이 있는지 동주는 알 수 없었다. 빈 종이를 앞에 두고 망연히 있으니 마구잡이로 매질이 퍼부어졌다. 폭압적인 분위기에서 종이 위에 무언가 계속 써 내려가다 보니, 신기하게도 지난 일들이 세세하게 떠올랐다. 와락 무서운 생각도 들었다. 온몸의 기억 세포들을 이렇게 다 불러일으켜 세운 다음, 특고 형사들은 대체 무엇을 하려는 것일까.

시를 빼앗기다

팔월 들어 취조는 본격적으로 시작되었다. 몽규와 동주가 받고 있는 혐의는 일본의 치안 유지법 제1조에 해당하는, '국체(國體)를 변혁하는 것을 목적으로 결사(結社)'했다는 것이다. 일본의 국체가 어떠하건 관심도 없건만, 식민지 독립 사상도 그에 해당된다고 했다. 일본의 국체, 곧 천황의 통치권을 인정하지 않기 때문이라는 것이다. 결사, 곧 단체를 만든 적은 더욱 없었다. 친구이자 친척인 동주와 몽규가 서로의 하숙을 오가거나, 가끔 유학생 벗들이 둘의 대화에 끼었을 따름이다. 없는 단체를 경찰서에서 만들어 내려니,

특고 형사들은 몹시 지독하게 굴었다.

조직을 했다, 안 했다, 배후가 있다, 없다, 누구누구를 만났다, 안 만났다…… 끈질기고도 잔혹한 공방이 계속되었다. 욕설과 구타는 예사였고, 손을 뒤로 묶은 채 매달아 놓기도 했다. 양팔과 손목이 밧줄에 쓸리고, 온몸의 피가 모두 머리로 쏠려 견디기 어려운 고문이었다. 동주가 이렇게 당하는데 몽규는 더할 것이다. 따로따로 갇혀 있어 만나지는 못했지만, 조선 학생이 또 피투성이가 되어 유치장에 돌아왔다는 이야기가 동주에게까지 들려왔다.

특고 형사는 자신들이 작성한 두툼한 서류 뭉치를 몽규와 동주에게도 던져 주었다. 근 1년간 두 사람을 몰래 따라다니며 감시하고 대화를 엿듣고 기록한 것이다. 몇 월 며칠 몇 시에 몽규가 동주의 하숙에 찾아왔으며, 누구누구와 어느 음식점에서 얼마 동안 만났다는 식으로, 두 사람의 행동거지 하나하나가 소상하게 적혀 있었다. 동주와 몽규, 희욱 외에도 몇몇 조선 유학생 선배와 벗들이 잡혀 와 있는 듯했다. 자신 때문에 애꿎게 당하고 있다고 생각하니 더욱 견디기 어려웠다.

"무엇이 어째? 감히 대일본 제국의 군대에서 조선의 군대를 만든다고? 무기를 거꾸로 돌려 천황 폐하의 군대를 친다? 이런 은혜도 모르는 조선 놈의 자식! 어디 다시 한 번 말해 봐랏!"

인준이 도쿄에서 왔을 때 몽규와 야세 유원지에서 한 이야기를, 특고 형사들은 다 알고 있었다. 자신들을 따라다닌 부랑인 차림의 사내, 목판을 메고 불쑥 다가온 사내는 모두 시모가모 서 특고 형사였다. 고로키 형사는 흥분해 마구 매질을 했다. 그날은 동주도 피투성이가 되어 유치장으로 돌아왔고, 몽규는 정신을 잃었다.

경찰서 유치장에서 보내는 날들은 도무지 예측할 수 없었다. 언제 취조실에 불려 갈지, 얼마나 시달리다 돌아오게 될지 알 수 없었다. 여기저기 쑤시는 몸에 잠시 정적이 찾아올 때면 혼자 생각해 보기도 했다. 동주 자신은 조선 민족의 독립운동에 본격적으로 나서 볼 엄두는 못 내었고, 일본군에 맞서 싸우는 항일 독립군 부대를 찾아가지도 못했다. 그저 억압받는 민족의 한 사람으로 가까운 벗들과 울분을 나누고, 혼자라도 민족의 말과 글을 잊지 않으려 하며 시를 써 왔다. 그런데 이렇듯 일본 경찰서 유치장에 붙잡혀 와 있게 된 것이다.

아예 이러한 처지가 되지 않으려면 어떻게 지내야 했을까. 공부방 바깥의 세상을 모르는 이들처럼 고등 문관 시험 준비나 열심히 해야 했을까. 희욱의 모범생 선배들처럼 조선어를 못하는 것에 아무런 부끄러움 없이 웃는 얼굴로 일본 말을 주고받아야 했을까. 식민지 체제를 엄연한 '사실'로 인정하는 조선의 선배 지식인들처럼, 생각도 일본어로 하고 글도 일본어로 쓰며 살아야 했을까. 그들은 조선 청년들도 일본인과 똑같이 전쟁터에 나가, 진정한 내선일체를 이루어 내자며 독려하고 다닌다 했다. 하지만 아무리 생각해 봐도 그렇게 지내지는 못할 것 같았다. 앞장서 떨치고 나서지는 못하겠지만, 마음속으로라도 잘못된 것에 저항하며, 때로 마음 맞는 벗들과 생각을 나누며 지냈으리라. 그렇다면 지금의 시간은 자신의 삶에서 예정되어 있던 것인가.

취조실은 책상 하나를 사이에 두고 의자가 마주 놓여 있고, 천장에 알전구가 매달려 있었다. 출입문 외에는 창문도 없어 불을 끄면 칠흑같이 깜깜했다. 그 안에 있으면 밤인지 낮인지, 날이 바뀌어 며칠이 흘러갔는지도 몰랐다. 형사들은 교대를 하면서, 며칠씩 잠을 재우지 않고 취조를 계속했다. 동주는 정신을 바짝 차리고 날짜 가는 것을 정확히 짚으려 했다. 잠시 출입문이 열리고 햇빛이 들어오는 것, 형사들의 교대, 식사한 뒤 묻어 오는 음식 냄새 등을 가늠하면서 정신을 놓지 않고 버티려 애썼다. 스스로의 의식으로 그조차도 하지 못한다면, 특고 형사에게 휘둘리고, 시간에 휘둘리고, 삶을 마음대로 휘어잡으려는 운명이란 것에도 휘둘려, 결국은 자기 자신을 잃고 말 것이다. 취조실에서 모질게 당하고 비틀걸음으로 돌아오면서도, 동주는 유치장 사람들에게 그날의 날짜를 물어보았다.

모진 매질과 고문도 견뎌 온 동주였건만, 찬바람이 불어올 즈음에는 바짝 당기고 있던 의식의 고삐를 그만 놓아 버렸다. 압수한 동주의 시작 노트와 일기장을 던져 주면서, 전부 일본어로 번역하라고 고로키 형사가 시키던 때부터였다. 소중히 여기던 노트가 특고 형사의 거친 손아귀에서 내팽개쳐지자, 동주의 얼굴은 벌겋게 달아오르다 하얗게 질려 버렸다. 자기 자신이 패대기쳐지고 짓밟

히고 으스러지는 기분이었다. 특고 형사가 보는 앞에서, 우리말로 고심해 쓴 시를 거센 분절음의 일본어로 바꾸는 일은, 배를 가르고 창자를 다 끄집어내는 것과도 같았다. 끄집어낸 창자에 창구멍을 내어 다시 뒤집는 것처럼 견디기 힘들었다. 마지못해 겨우 번역해 놓은 것을 저희끼리 조롱조로 읽어 내려갈 때면, 상처 위에 굵은 소금을 휘휘 뿌리는 것처럼 못 견디게 쓰라리고 아팠다.

그때부터였다. 동주는 아침저녁이 바뀌는 깃도, 하루하루가 흘러가는 것도 알지 못했다. 취조실에서 특고가 오라면 가고, 가서는 창자를 끄집어내어 놓듯 우리말을 일본어로 바꾸어 종이 위에 펼쳐 놓았다. 그러다 그만 유치장으로 돌아가라면 들어왔다. 걸음은 휘청거렸고 눈빛은 흐릿했으며, 더 이상 그날이 며칠인지 알려 하지 않았다. 유치장 사람들은 저 학생이 영 못쓰게 되었다며 수군거렸다.

가을이 깊어 갈 무렵, 도쿄에서 외사촌 정우가 찾아왔다. 여름에 당숙 윤영춘이 온 뒤로 가족을 보는 것은 두 번째였다. 그때도, 지금도 몽규에게는 면회가 허락되지 않았다. 정우는 용정 집에서 보낸 두툼한 옷가지들을 동주와 몽규에게 넣어 주었다.

특고 형사의 취조실에서 정우가 동주를 기다리고 있을 때였다. 조선 학생 히라누마를 만나러 왔다는 소리에, 젊은 형사가 기분 나쁜 웃음을 흘리며 말했다.

"아하, 그 영웅주의자들!"

"하핫!"

옆에 있던 형사도 비웃었다. 이들의 조롱은 계속되었다.

"조선인 주제에, 내지 유학에다 대학생까지 되었으면 감사하며 살아야지, 민족이 무어고 독립이 무어야? 도대체 가당키나 한 일인가?"

"괜히 앞에 나서서 젠체하는 영웅주의 때문에 그러는 거지. 조선인 사상범들은 불쏘시개를 들고 불 속으로 뛰어드는 불나방들 같아. 되지도 않을 일에 제 몸만 태우고 있어."

"누가 막겠나? 제 좋아 제 신세 망치겠다는 것을! 어디 제 몸만 태우는 건가? 집안을 모두 잿더미로 만들어 놓고 말지. 그 좋은 대학도, 비싼 학비도 다 쓸모없게 만들어 버리고, 쯧쯧……."

정우의 얼굴이 벌게졌다. 그런 류의 이야기는 낯설지 않았다. 지금 동주나 몽규만 듣는 소리가 아니었다. 부당하게 권력을 쥔 자들이 이에 맞서려는 사람들을 억누르며 내던지는, 역사적으로도 오래된 조롱이었다. 누르면 누르는 대로 엎드려 있지 않고 일어나 저항하는 사람들, 다른 사람의 아픔을 자신의 아픔으로 여기고 맞서 싸우다 쓰러져 간 사람들에게 던지는 조롱이었다. 앞으로 얼마나 더 계속될지 모를 조롱이기도 했다. 하지만 그러한 조롱이 더 질길지, 그럼에도 불구하고 불의에 맞서 일어나는 사람들의 생명력이 더 끈질길지 끝까지 두고 보아야 하리라고 정우는 이를 악물었다.

잠시 뒤 동주가 들어왔다. 도쿄에서 보았으니 거의 1년 반 만에 보는 셈이었다. 호되게 당하고 있으리라 짐작은 했지만, 저 정도일 줄은 몰랐다. 동주의 목소리는 멀리서 이야기하는 것처럼 느릿느 릿 작았고, 앉아 있는 것도 속이 빈 대처럼 힘겨워 보였다.

"내의와 양말, 긴 옷들을 좀 넣었다. 고모가 챙겨 보내 주셨어."

정우에게 고모는 동주의 어머니였다. 동주의 눈에 물기가 차올 랐다. 고향을 떠나올 때 아파 누워 계시던 모습을 뵙고 온 게 늘 마 음에 걸렸는데, 다행히 자리에서 일어나신 모양이었다. 동주가 말 했다.

"정우야, 돌아가거든 할아버지와 아버지, 어머니께 꼭 말씀드려 라. 나는 아픈 데 없이 잘 지내고 있다고, 내 걱정은 조금도 하시지 말고, 어른들 건강을 잘 챙기시라고 전해 드려라."

"그래. 너도 몸을 잘 돌보아야 한다."

정우는 마음이 놓이지 않는지 몇 번이고 같은 말로 당부했다.

시간이 되었다는 소리에 동주와 정우는 자리에서 일어섰다. 외 가 쪽 사촌이라 정우에게서 얼핏 어머니의 모습이 스쳤다. 동주의 눈에 또 물기가 어렸다.

"정우야, 그런데 오늘이 며칠이냐?"

뜻밖의 물음에 어리둥절해하며 정우가 말해 주었다.

"9월 30일이야."

동주는 천천히 고개를 끄덕였다. 눈빛이 예전처럼 침착해지는 게 비로소 동주다워 보였다. 시를 남김없이 다 빼앗기고 일본 말로 뒤집히는 수모를 겪었지만, 그래도 어머니가 계셨던 것이다. 어머니는 동주의 가슴속에 마르지 않고 고요히 차올라 오는 시였다.

경찰서 유치장에 겨울은 빨리 찾아왔다. 십일월인데도 그늘진 벽에는 스멀스멀 살얼음이 올라오고 있었다. 동주와 몽규의 취조를 마무리한 특고 형사들은 심문 조서에 '재(在) 교토 조선인 학생 민족주의 그룹 사건'이라는 거창한 명칭을 붙여 놓았다.

유치장 바깥세상도 어수선하고 소란스러웠다. 지난달에는 관부 연락선이 미군 잠수함에 격침되어, 오백 명도 넘는 사람이 바닷물에 그대로 수장되었다. 대부분 조선 사람이었다. 징병제는 학생들의 졸업을 기다릴 여유도 없었는지 '학병'이란 이름으로 재학생들에게도 적용되었다. 연전 후배 병욱도, 도쿄의 인준도, 도시샤 대학 영문학과의 선배와 동기생들도 모두 입대 날짜만 기다리고 있었다. 그대로 학교에 다녔더라면 동주와 몽규도 피해 가지 못했을 것이다.

피고인을 징역 2년에 처한다

1943년 12월 6일. 동주와 몽규, 그리고 희욱은 교토 지방 재판소 검사국에 송치되었다. 시모가모 경찰서 유치장에 수감된 지 다섯

264

달 만이었다.

재판을 기다리는 미결수들을 가두어 놓은 구치감은 경찰서 유치장과는 달랐다. 옷도 죄수들이 입는 푸른 수의를 입어야 했고, 치안 유지법 관련자들은 모두 독방에 수감되었다. 유치장에서 휜소리나 시끌시끌 늘어놓는 사내들과 어울려 지내는 것도 고역이었지만, 사방이 막힌 고요한 독방도 견디기는 어려웠다. 식사는 꽁보리밥에 멀건 된장국, 단무지 몇 쪽이 전부였다. 게다가 겨울 감옥이 춥기는 얼마나 추운지…… 창살만 걸린 작은 창으로 사정없이 불어 들어오는 매서운 바람은, 얇은 이부자리 속 동주의 육신을 마구 할퀴었다. 취조가 마무리된 뒤 경찰서에서 한정 없이 기다렸는데, 검사국 구치감에서도 마찬가지였다.

담당 검사가 부른 것은 한 달도 더 지나, 해가 바뀌고 난 다음이었다. 삼십 대 후반의 에지마 다카시 검사는 특고 형사들처럼 사납지는 않았지만, 굉장히 사무적이고 냉정했다. 앞에 있는 피의자를 저마다 사연이 있는 생명체로 여기기보다는, 얼른 분류하고 처리해야 할 소송 서류 더미로만 보았다. 경찰에서 넘어온 심문 조서를 토대로, 판사가 유죄 선고를 내리기 쉽도록 공소장을 잘 써서 제출하는 것이 그의 일이었다.

냉정한 에지마 검사도 희욱에게는 동정적이었다. 자신도 3고를 졸업해 희욱의 선배였기 때문이다. 아무리 조선인이라 해도 3고의 엘리트 학생이 치안 유지법 위반으로 수감되어 있는 것은 불명예

스러운 일이었다. 에지마 검사는 희욱에게 기소 유예 처분을 내리고 석방했다. 무죄 판결이 난 것이 아니라 단지 기소를 미룬 것뿐이니 앞으로 행동을 조심하라는 경고도 단단히 했다.

1944년 2월 22일, 동주와 몽규는 치안 유지법 위반으로 기소되었다. 두 사람의 만남을 치안 유지법 제1조에 해당하는 '국체를 변혁할 것을 목적으로 하는 결사'라 하는 것은 검사가 보기에도 지나쳤다. 그래서 제5조, '그 실행을 위하여 협의, 선동, 선전'했다는 혐의로 기소했다.

'협의'라든가 '선전'이나 '선동'이라는 주관적이고도 애매한 말을 법률 용어로 볼 수 있는가에 대해, 법학자들 사이에는 논의가 분분했다. 하지만 에지마 검사는 거기까지 신경 쓰지 않았다. 이미 법률로 정해졌고, 그간의 판례도 많았다. 문제가 있다면 입법부에서 법을 바꿀 일이었고, 자신은 현행법을 적용하면 그만이었다. 에지마 검사와 같은 이들이 군국주의 대일본 제국을 받치고 있는 기단(基壇)의 벽돌 한 장, 한 장이었다. 그들은 굳이 전체를 바라보려 하지 않고, 미래를 생각할 필요도 느끼지 않았다. 자신이 하는 일을 양심에 비추어 볼 의사도 없이, 그저 벽돌 한 장의 역할만 하면 된다고 여겼다.

재판은 삼월 초에 열렸는데, 따로 기소된 몽규의 재판은 더 기다려야 했다. 검사국 구치감에서 교토 지방 재판소까지는 멀지 않았다. 동주는 푸른 수의를 입고 양팔이 묶인 채, 주위를 볼 수 없도록

266

만든 용수*를 뒤집어쓰고 갔다. 가모가와 강변에서는 벚꽃이 몽우리를 맺고 하나둘 벌어지기도 하건만, 동주는 알지 못했다. 재판소 계단을 오를 때, 게다 신은 발에 와 닿는 바람이 한결 부드러워졌다고 잠시 생각했을 따름이다. 저 히에이 산과 가모가와 물줄기는 알고 있을까. 이곳을 사랑하던 젊은이들이 철창에 갇히고, 전쟁터에서 목숨을 잃거나 불구가 되고 있다는 것을.

사건을 심리하는 공판은 고작 한 차례 열렸다. 전시의 공포 분위기에 구속하고 처벌해야 할 사람들은 늘어났고, 재판부는 모자랐다. 치안 유지법 사건은 사법 대신이 지정한 변호사만 선임해야 했기에 변호사는 있으나 마나였다. 가족도, 친지도, 방청객도 없이 썰렁한 재판이었다. 포승줄에 묶여 재판을 기다리고 있는 죄수들의 차례만 길었다.

법정의 높다란 판사석 가운데에 앉은 재판장이 피고인석의 동주를 내려다보며 물었다.

"이름은?"

"히라누마 도주입니다."

"본적은?"

"조선 함경북도 청진부 포항정 76번지입니다."

"주소는?"

• 용수 | 죄수의 얼굴을 보지 못하도록 얼굴에 씌우는, 둥근 통처럼 생긴 기구.

"교토시 사쿄쿠(左京區) 다나카타카하라초(田中高原町) 27번지 다케다 아파트입니다."

"직업은?"

"사립 도시샤 대학 문학부 학생입니다."

이어서 재판장은 검사의 공소 사실을 인정하는지 물었다. 사실을 밝히려 해 봐야 감옥에 갇혀 있을 날짜만 늘어나겠기에, 동주는 부인하지 않았다. 그 자리에서 검사의 구형까지 일사천리로 이어졌다. 에지마 검사가 메마른 목소리로 말했다.

"피고인 히라누마 도주에게, 치안 유지법 제5조 위반으로 징역 3년 형을 구형합니다."

한 젊은이의 신체와 자유와 운명을 좌우하게 될 공판은, 불과 십여 분 만에 끝났다.

선고 공판은 3월 31일에 있었다. 판사의 판결문은 검사의 공소장 그대로였다. 교토 지방 재판소 제2형사부의 이시이 히라오 재판장이 판결 요지를 간략하게 읽었다.

"피고인은 어릴 때부터 받은 민족적 학교 교육과 사상적 문학 서적의 탐독으로, 치열한 민족의식을 품고 있었다. 성장하여 내선 간의 차별 문제에 깊은 원한을 품는 한편, 우리의 조선 통치 방침이 조선의 민족 문화를 절멸하고 조선 민족의 멸망을 도모하는 것이라 여겼다. 그리하여 조선 민족을 해방하고 그 번영을 이루기 위해서는, 조선이 제국 통치권에서 벗어나 독립 국가를 건설해야 한다고 보았다."

재판장의 낭독은 계속되었다.

"이로써 국체를 변혁할 목적을 품고, 그 목적을 수행할 행위를 하였던 것이다. 법률에 비추어 보건대 피고인의 행위는 치안 유지법 제5조에 해당되므로, 피고인을 징역 2년에 처하고, 형법 제21조에 의하여 미결 구류 일수 중 120일을 본 형량에 산입한다."

어차피 법정에서 시비를 가릴 것은 아니었고, 그 정도 형량은 예상하고 있었다. 판결이 나고 보니 차라리 후련했다. 경찰 취조가 끝나기를, 검찰에 송치되기를, 검사가 기소하기를, 공판이 열리기를, 형량이 선고되기를…… 끝도 없이 기다리던 날들에 마침표가 찍히는 것 같았다. 이제부터는 오직 한 가지, 징역형이 끝나기만을 기다리면 되는 것이다. 지난여름 체포된 뒤로 동주는 261일간 경찰서와 구치감에 갇혀 있었다. 하지만 재판부는 그중 120일만 징역형에 산입했다. 나머지 다섯 달 가까운 강제 구금은 어디에서도 보상받을 길 없었다. 몽규는 그조차도 포함해 주지 않아, 선고 날부터 꼬박 2년을 감옥에서 보내야만 했다. 동주가 감옥에서 풀려나올 날짜는 1945년 11월 30일이고, 몽규가 풀려나 자유를 얻게 될 날은 1946년 4월 12일이다.

1944년 봄. 담장 밖에서는 조선 청년들이 전쟁터로 끌려가고 있었고, 담장 안의 동주와 몽규는 낯선 나라의 낯선 감옥으로 또다시 들어가야만 했다.

9. 바닷가 형무소

후쿠오카 형무소

철—컹 철커덩, 치익치익, 기차가 움직이기 시작했다. 기차역
은 한산한 반면, 열차 안은 제법 붐볐다. '기름 한 방울 피 한 방울'
이라는 전시 구호가 나올 정도로 연료가 부족해 열차 편성을 대폭
줄인 탓이다.

기관차 바로 뒤편 차량에는 살벌한 긴장이 감돌았다. 총검 차고
제복 입은 순사들이 서너 줄 간격으로 배치되어, 호송 중인 죄수
들을 감시했다. 동주와 몽규는 통로를 사이에 두고 갈라져 앉았다.
담당 순사가 옆에 앉아 있어 고개를 돌릴 수도, 말을 건넬 수도 없

었다. 역까지 오는 동안 머리에 쓰고 있던 용수를 기차에 올라서 벗을 때, 열 달 만에 처음으로 눈이 마주쳤다. 가슴이 찌르르했으나 의외로 담담했다. 동주의 고초를 몽규가 겪었고, 몽규의 시간을 동주도 지내 왔다. 새삼 울컥대는 감정을 끄집어낼 필요가 없었다. 얼마간 시간이 흐르자, 나이 든 순사가 통로 건너편 젊은 순사에게 물었다.

"어디로 가는가? 자네들도 후쿠오카인가?"

"예. 교토 구치감에서 이송되는 둘은, 조선인에다 치안 유지법에, 더구나 공범이라 합니다. 공범은 분리 수용이 원칙인데 같은 곳으로 보내라니, 행형국(行刑局)의 조치가 도무지 이해 가지 않는군요."

"조선인 사상범들은 모두 후쿠오카나 구마모토로 보내게 되어 있어. 나는 지난달에도 다녀왔네."

교토에서 규슈의 후쿠오카까지는 꽤 먼 거리였다. 일이십 분가량의 운동 시간을 제외하고 내내 구치감 독방에만 갇혀 지내던 동주는, 오랜만에 느끼는 기차의 속도감에 멀미를 했다. 다른 죄수들도 얼굴이 입은 옷처럼 퍼렇게 되거나 창백해지는 게 동주처럼 괴로운 모양이었다. 동주는 시선을 멀리 창밖에 두며 울렁거리는 속을 달랬다.

기차가 달려가고 있는 세토나이카이 해안은 아름다웠다. 크고 작은 섬들이 기차를 쫓아 달음박질하듯 달려오고, 해안을 따라 밀려왔다 밀려가는 파도는 끝없이 우윳빛 거품을 토해 내고 있었다. 지난여름 예매해 둔 기차를 탔더라면……. 집으로 돌아가고 있는 길이라면……. 하지만 지금 동주는 몇 달을 입어도 거북하기만 한 푸른 수의에 빡빡 깎은 머리를 하고 있었다. 양팔은 밧줄로 묶여 있는 데다, 옆에는 곤봉 든 순사들이 바싹 죄어 앉아 있었다. 부질 없는 생각이었다.

후쿠오카 형무소는 하카다 만 바닷가에 있었다. 조선과도 가까워, 부산항까지는 교토에서 온 거리의 절반도 안 되었다. 형무소 담장 위에 앉은 흰 바닷새는 하카다 만을 거쳐 이키 섬에서 한 번, 쓰시마 섬에서 한 번 쉬었다가 마침내 그리운 부산항에 닿을 것이다. 남의 나라 감옥에서 징역살이를 해야 하는 처지는 울적했으나, 조선과 가까운 곳이라는 게 그나마 위안이 되었다.

형무소의 육중한 문 안으로 들어가니 복잡한 입감 절차가 기다리고 있었다. 동주와 몽규가 비둘기장 같은 칸막이 방에 있는 동안, 호송해 온 순사와 형무소 간수들이 서로 서류를 주고받았다. 순사들이 떠난 다음, 알몸인 채로 신체 곳곳을 점검받았다. 형무소 간수들은 소나 말의 크기와 몸무게와 특징을 살피듯 벌거벗은 청년들의 신체를 재고 살펴보며 기록했다. 구치감에서도 알몸 수색은 여러 번 있었다. 당하는 쪽은 번번이 온몸의 피가 말랐지만, 자와 저울을 든 담당 간수에게는 그저 처리해야 할 일감에 불과했다. 가끔 질이 나쁜 간수도 있어 의도적으로 수치심을 불러일으키거나 괴롭히기도 했다.

　신체검사가 끝나자 형무소에서 입는 죄수복을 던져 주었다. 구치감의 미결수가 입는 푸른 수의 대신, 유죄가 확정되고 형량도 정

해진 기결수가 입는 붉은색 수의였다. 여러 죄수의 몸을 거쳐 온 듯 낡고 색이 많이 바랬는데, 녹물처럼 칙칙하고 기분 나쁜 붉은 빛이었다. 형량이 확정되던 날, 교토 구치감에서 머리는 벌써 깎였다. 빡빡 깎은 머리에 붉은 수의, 영락없는 죄수의 몰골이었다. 그 몰골 그대로 사진도 찍었다. 이름과 나이를 적은 팻말을 들고서 앞모습을 한 번, 옆모습도 좌우로 한 번씩 찍었다. 그런 뒤 눈인사도 제대로 못 나누고 동주와 몽규는 따로따로 끌려갔다.

여러 건물을 거쳐 가는 동안 철문이 또 여러 번 열리고 닫혔다. 한참 가다 음산하고 축축한 습기가 달려드는 건물 안으로 들어섰다. 진한 사내들의 냄새, 제대로 처우받지 못하는 동물들의 냄새, 그보다 더 짙은 외로움과 그리움의 냄새가 훅 끼쳐 왔다. 죄수들은 노역장에 나가고 없거나 독방에 갇혀 있어, 대낮의 형무소 사동은 적막했다. 긴 복도를 지나 계단을 오르고, 다시 똑같은 문이 나란히 늘어선 복도를 걸어가다, 간수의 지시에 따라 멈췄다. 문에는 '108'이라는 숫자가 쓰여 있었다. 철커덕, 문을 열고 간수가 말했다.

"들어가!"

등 떠밀려 좁은 방 안으로 들어가니 뒤에서 덜컹, 문이 닫혔다. 이제 본격적으로 징역이 시작된다는 것을 알리는 둔탁하고 퉁명스러운 소리였다. 결코 스스로는 저 문을 열 수 없으니 그저 우리에 갇힌 짐승으로 지내라는 소리이기도 했다. 동주의 감방 문에 간수는 '엄정'이라 쓰인 표찰을 꽂아 두었다. '엄정독거(嚴正獨居)'

의 줄임말로, 독방에 가두어 엄중하게 경계해야 할 죄수임을 일러 주는 표찰이었다. 주로 치안 유지법 관련 수감자의 방문 앞에 붙여 놓았다. 이 표찰이 붙으면 운동도 혼자, 목욕도 혼자, 노역도 혼자 해야 했으니 감옥 안에서 또 감옥에 들어온 셈이었다.

방 안에는 여기저기 구멍 나고 때에 절어 반들반들한 돗자리 한 장이 깔려 있었다. 방도 딱 그만해서, 누우면 빈 공간이 남지 않을 정도로 관처럼 작은 독방이었다. 감방 문 아래위에 감시구와 음식이 들어오는 구멍이 있었다. 나무로 된 변기통이 구석에 있고, 나무 대야와 그릇, 나무젓가락이 살림이라고 놓여 있었다.

두 키쯤 되는 천장은 훌쩍 높았고, 경찰서 취조실처럼 알전구가 매달려 있었다. 밤에도 꺼지지 않는 형무소 감방의 불빛이었다. 바깥벽 높은 곳에 자그마한 창이 있는데, 하늘이라도 한번 바라다보려면 변기통을 놓고서도 그 위에서 까치발을 또 해야 했다. 펜이나 노트는 당연히 없었고, 허락받고 빌려 올 수 있는 책도 불경이나 성경 같은 종교 서적뿐이었다. 올여름과 가을, 겨울을 보내고 다시 내년 봄과 여름과 가을을 지나 1945년 11월 30일까지 동주가 지내야 할 곳이었다.

갇혀 있어 무료할 것 같지만 그 나름대로 또 바쁘게 돌아가는 것이 형무소의 하루였다. 5시 기상나팔 소리에 일어나 점호를 하고, 청소와 세면을 했다. 그런 다음 눈 감고 똑바로 앉아, 황군의 무운을 기원하고 전몰 영령을 추모하는 묵상을 했다. 그러고 나면 아침밥이 들어왔다. 콩깻묵에 드문드문 좁쌀과 보리가 박혀 있는, 틀로 찍어 놓은 밥이었다. 멀건 된장국조차 귀했고, 소금물에 퍼런 채소 잎을 데쳐 넣은 게 국이라고 나왔다.

하루 삼십 분가량 운동 시간이 있었다. 감옥의 운동장은 커다란 부채꼴 모양이었다. 부챗살 위치마다 높다란 칸막이가 쳐져 있어, 한 사람씩 들어가면 양옆이 보이지 않았다. 입구에 높다란 망루가 있고, 그 위에서 간수들이 내려다보며 칸막이 안 수인들을 감시했다. 동주와 같은 '엄정독거'들은 칸막이 운동조차 혼자 나갔다. 정해진 시간에 이쪽 끝에서 저쪽 끝까지, 다시 저쪽 끝에서 이쪽 끝까지 혼자 걸었다. 독방 문밖을 나가 흙을 밟을 수 있는 유일한 시간이라, 비가 오거나, 혹은 형무소 사정으로 건너뛰게 되면 무척 아쉬웠다.

그렇다고 무작정 가두어 놓지만은 않았다. 감옥 안의 공장에서 일하는 죄수도 있었지만 엄정 표찰이 붙은 독거수들은 하루 종일 자신의 감방에서 정해진 노역을 했다. 주로 목장갑이나 양말을 뜨는 일이었고, 때로 큼지막한 그물을 몇 날에 걸쳐 수선할 때도 있었다. 날마다 정해진 작업량이 있는데, 장갑과 양말 코 사이로 쉼없이 바늘을 옮기며 바쁘게 떠도 채울까 말까 했다. 할당량을 채우지 못하면 간수가 욕설을 퍼부었고 벌점도 매겼다. 벌점이 많으면 운동이나 식사, 면회와 지급품이 제한되기에 다들 어떻게든 채우려 애썼다. 취침 시간 외에는 절대로 기대거나 누울 수 없었고, 작업량을 채우느라 그럴 겨를도 없었다.

하루 종일 하는 말이라고는 점호할 때 번호를 대거나, 간수의 물음에 짧게 대답하는 것뿐이었다. 이제 동주에게 언어는 감정을 표현하거나 생각을 이어 가는 도구가 아니었다. 그저 지시와 통제에 반응하는, 그것도 모국어가 아닌 일본어로 된 짧은 부호에 불과했다. 조선어는 쓸 수도, 쓸 곳도 없었다. 어떤 생각을 이어 가려 할 때마다 조선어와 일본어가 머릿속과 가슴속에서 거미줄처럼 어지럽게 뒤엉켜 애를 먹었다. 꿈속에도 조선어와 일본어, 어느 것을 말해야 할지 입을 떼지 못하다 가위눌릴 때가 많았다. 그러다 보니 차츰 꿈도 찾아오지 않게 되었다. 말이라는 그릇이 없어지니 담아 놓을 생각도 뜸해졌다. 시도 마찬가지였다.

특고 형사들에게 시를 다 빼앗긴 뒤로, 동주의 가슴에는 더 이상 시가 깃들지 않았다. 지난날의 시구도 떠오르지 않았다. 내면에 차오르는 생각을 맑고도 정돈된 시어로 걸러 표현하던 동주의 시간들은, 감옥 복도의 구부러진 안쪽처럼 아득한 곳으로 사라져 버렸다. 생각 없이, 꿈 없이, 시도 없이 그저 부지런히 바늘을 놀려 장갑을 뜨고 양말을 뜰 뿐이었다. 벙어리가 아닌가 싶을 정도로 말이 없는 동주를, 형무소 간수들은 그저 온순하고 얌전한 죄수로만 여겼다.

알 수 없는 주사

아침 식사를 마친 뒤, 시린 손을 호호 불며 오늘 일감을 막 끌어 당길 때였다. 철커덕, 문을 여는 쇠 빗장 소리가 들렸다. 운동 시간도 아닌데 무슨 일인가 싶었다.

"나와랏!"

간수가 무뚝뚝하게 말했다. 동주는 장갑과 양말 뭉치를 치우고 일어섰다. 감방 복도에는 엉거주춤 서 있는 사람들이 꽤 되었다. 주로 엄정 표찰이 붙은 조선인 사상범들이었다. 간수는 이들을 건물 바깥의 넓은 마당으로 내몰았다. 동주가 있는 북3사 외에 다른 사동의 죄수들도 제법 많았다.

아직 십일월인데도 아침저녁으로는 한겨울이었다. 빡빡 깎아 맨살이 드러난 머리가 얼얼했고, 홑옷 사이로 불어 들어오는 찬 바람이 칼날이 되어 살을 에었다. 추위에 발을 동동 구르면서도, 오랜만에 보는 아는 얼굴들이 반가웠다. 모두 조선인 죄수들로 쉰 명쯤 되었다. 요령껏 서로 인사를 나누는데, 간수들은 웬일로 눈을 부라리며 소리치거나 몽둥이를 휘두르지 않았다. 서로 다른 사동에 갈라져 있던 동주와 몽규도 반갑게 인사했다. 눈치를 보아 가며 몇 마디 나누었다.

"동주야, 어디 아픈 건 아니냐? 얼굴이 안되었다."

"괜찮아. 그런데 안경은 어떻게 된 거야? 많이 불편하겠구나."

몽규는 동주의 안색을 걱정했고, 동주는 눈 나쁜 몽규의 부러진 안경을 걱정했다. 없어진 한쪽 안경다리 대신 헝겊으로 고리를 만들어 귀에 걸어 놓았는데, 그래도 자꾸만 흘러내려 손으로 잡고 있었다.

간수들이 마소를 몰고 가듯 이들을 데리고 간 곳은 병감(病監)에 있는 의무실이었다. '규슈 제대 의학부'라는 글자가 박힌 흰 가운을 입고 마스크로 입을 가린, 동주 또래의 젊은 의사와 두어 명의 조수들이 바쁘게 움직였다. 나이 지긋한 원래 형무소 의사는 뒷전에 멀찌감치 물러나 있었다.

죄수들은 키와 몸무게와 혈압을 재고 혈액 검사도 했다. 그런 다음 팔뚝을 걷고 투명한 약물 주사를 맞았다. 한 사람씩 측정하고 기록한 뒤 주사를 맞아야 했기에 제법 시간이 걸렸다. 병감은 일반 사동보다 추위가 덜했고, 날마다 똑같은 일과에 이처럼 색다른 일이 끼어든 것도 나쁘지 않았다. 차례를 기다리는 동안 잡담해도 간수들은 내버려 두었다. 무슨 주사인지 물어보았으나 대답이 없었고, 맞지 않겠다는 이도 있었으나 묵살되었다. 혼자만 맞는 것도 아니었고, 당장 잘못되거나 쓰러지는 사람도 없어 큰 소란이 일지는 않았다.

차례를 기다려 동주도 검사를 하고 주사도 맞았다. 몽규와 작별 인사를 나누고 감방에 돌아와 보니, 일주의 편지가 기다리고 있었다. 지난번에 부탁했던 『영일(英日) 대조 신약 성서』도 부쳐 왔다.

이래저래 모처럼 기분 좋은 날이었다.

집안 소식은 요즘 혜원 대신 일주가 전해 주었다. 전쟁은 동생들에게도 검은 손길을 뻗쳐 왔다. 9대 조선 총독 아베 노부유키가 부임해 오면서, '여자 정신대 근무령'이 공포되었다. 조선의 청장년 남자들을 끌고 가는 것도 모자라 젊은 여자들까지 일본과 남양 등으로 징용 보내겠다는 것이다. '정신(挺身)'이란 말은 솔선하여 앞장선다는 뜻이라는데, 그게 아니라 전쟁터의 군인들을 상대로 몹쓸 일을 시킨다는 이야기가 돌았다. 여고를 졸업하고 집에 있는 혜원이 당장 큰일이었다. 배우자 없는 젊은 여성들을 동원한다기에 급히 혼처를 알아보는 한편으로, 고모부가 촌장으로 있는 대랍자 시골 마을에 가 있게 했다.

일주는 중학교 졸업 뒤의 진로에 대해 고민이 많았다. 형들을 보더라도 경성이건 일본이건, 유학도 쉽지 않았다. 일주가 가고 싶어 하던 형들의 모교 연희 전문은, 아예 이름이 '경성 공업 경영 전문 학교'로 바뀌었다. 당장 필요한 기술을 가르치는 게 아니라면 전시의 식민지에서는 학교도 남아나지 못했다. 진학을 하건 안 하건, 일주도 징병이나 징용을 피할 수 없을 것이다.

동주가 경찰서에 붙잡혀 있다는 소식을 듣고, 아버지는 오랫동안 나가지 않던 교회를 다시 찾았다. 아들을 위해 달리 어떻게 할 방법이 없었다. 오직 신께서 아들을 보호하고 지켜 주시기를, 아버지는 무릎 꿇고 간절히 기도드렸다. 차라리 감옥에 있는 게 낫다고 위로 아닌 위로를 하는 친지들도 있었다. 가두어 놓을망정 죽이지는 않으리라는 것이었다. 방학에도 못 온 셈 치고 2년, 혹은 2년 반만 기다리면 감옥에서 풀려나 살아 돌아오지 않겠느냐고 했다. 그러다 굵은 눈물을 흘렸는데, 언제 돌아올지 모르는 죽음의 전쟁터에 아들을 내보낸 아버지들이었다.

동주는 한 달에 한 번, 가족에게만 한 장짜리 봉함엽서를 보낼 수 있었다. 보내는 편지도, 받는 편지도 모두 일본어로 써야 했다. 형무소 당국이 보기에 좋지 않은 내용은 검게 먹칠해 버렸다. 어른들이 걱정하시지 않게, 동주는 정해진 날짜에 어김없이 편지를 썼다. 용정 집에서는 매달 초순에 동주의 편지를 받아 보며, 한 달이 무사히 흘러간 것을 안도하고 또 다음 달을 기다렸다.

일주는 편지에서 말했다.

"붓 끝을 따라오는 귀뚜라미 소리에도 벌써 가을을 느낍니다."

머나먼 후쿠오카, 동주의 외로운 감방에도 가을을 알리는 고향 집의 귀뚜라미 소리가 들리는 듯했다. 풀벌레 우는 용정 집 마당이, 가족들의 신발이 나란히 놓인 댓돌이, 밤늦도록 어머니가 바느질하고 계실 방 안이 못 견디게 그리웠다. 편지 쓸 날짜를 기다려 동주는 이렇게 답장했다.

"너의 귀뚜라미는 홀로 있는 내 감방에서도 울어 준다. 고마운 일이다."

감옥에서는 이즈음이 가장 견디기 어려운 때였다. 수은주가 아직 영하로 내려가기 전인데도 추위에 적응하지 못한 몸은 몹시 떨렸다. 감옥에는 1년에 여름과 겨울, 두 계절밖에 없다더니 그 말이 맞았다. 다만 겨울이 훨씬 길어 여덟 달쯤 되었다. 감옥에서 두 해째 겨울을 보내고 있는 동주의 몸은 점점 쇠약해지고 있었다.

하지만 주사실 앞에서 몽규를 만나고 일주의 편지까지 받은 그날, 동주는 오랜만에 편히 잠들었다. 올겨울만 견디고 나면 내년 겨울에는, 어머니 계신 고향 집 아랫목에 발을 묻을 수 있으리라는 생각도 해 보았다.

별이 바람에 스치운다

"어잇! 왜 기대어 있는가? 어서 똑바로 앉아랏!"

동주의 방을 들여다보던 간수가 호통쳤다. 아침 묵상 시간이라 반드시 정좌(正坐)하고 있어야 하는데, 어지럼증이 밀려와 벽에 기대어 있었던 것이다. 이즈음 들어 자주 있는 일이었다. 추위가 심해지면서 몸이 더 약해진 것은 사실이지만, 아무래도 두어 달 전부터 맞기 시작한 주사 때문인 것 같았다. 처음에는 별 이상을 느끼지 못했으나, 시간이 지나자 어지럼증이 자주 찾아왔다. 하루에도 몇 번씩 하늘이 노래지고 주위가 빙그르르 돌아갔다. 그래도 주사는 계속 맞아야 했다. 기다랗게 늘어선 행렬에서도, 처음 같지 않게 상한 얼굴들이 꽤 보였다. 형무소의 겨울이 원래 힘든 법이라며, 의사는 대수롭지 않게 말했다.

아예 자리에 누워 일어나지 못할 때가 점점 많아졌다. 독방 안을 들여다보던 간수는 호통 대신 혼잣말했다.

"이거 또 죽어 가는 건가? 이번 달만도 벌써 스무 명이 되어 가니, 도대체 어찌 된 일이야?"

간수는 고개를 저었다. 형무소에서 일한 지 오래되었지만 이렇게 죄수들이 많이 죽어 나가는 것은 처음이었다. 안 그래도 젊은 간수들이 전쟁에 소집되어 일손이 부족한데, 뒤처리할 일도 곤욕이었다. 형무소 돌아가는 형편은 말이 아니었다. 미군 B29기의 본토 공습도 부쩍 늘어나 방공호를 파랴, 대피 훈련을 하랴 간수들도 죽어날 지경이었다. 제때 이발하지 못한 죄수들의 수염이며 머리도 덥수룩해져 갔다.

이 무렵 만주의 일본군은 중국군이나 조선 독립군 등 포로들을 대상으로 잔혹한 생체 실험을 하고 있었다. 페스트균이나 콜레라균을 주사하기도 하고, 사람의 몸이 동상에 걸리는 시간과 정도를 본다며 포로를 냉동고에 가두기도 했다. 전방에서 관동군 731부대가 그러한 실험을 하고 있다면, 후방에서는 육군성의 지원을 받은 제국 대학 의학부가 맡아 하고 있었다. 규슈 제국 대학 의학부도 그중 하나였는데, 실험 대상자는 감옥 안의 죄수들이었다. 규슈 제대 의학부의 제1외과장 이시야마 후쿠지로는 혈장 대신 생리적 식염수를 사람의 혈관에 넣어도 되는지에 관한 연구를 하고 있었다. 만약 식염수로 대체해도 된다면 식염수는 전쟁터에서 그 어떤 무기보다도 큰 역할을 하게 될 것이다. 시급하게 수혈해야 할 부상병들은 많았고, 필요한 혈장을 다 감당할 수도, 공급할 수도 없었기 때문이다.

전쟁 포로나 죄수들이 생체 실험 중 사망해도 책임지거나 양심의 가책을 느낄 필요가 없었다. 실험을 계속해 갈 포로와 죄수는 많았다. 독립운동 관련 조선인 사상범들을 후쿠오카와 구마모토 형무소로 모은 것도 이 때문이었다. 이시야마 교수는 아무 거리낌 없이 실험을 계속했다. 포로가 된 미군 B29기의 조종사와 승무원들도 실험 대상이었는데, 그들은 농도 짙은 식염수 주사를 맞고 생체 해부까지 당하다 결국 죽어 갔다.

이월 들어 동주는 내내 자리에 누워 있었다. 정신이 몽롱했고 낮밤도 알 수 없었다. 눈을 뜨면 천장에서 형사의 눈길처럼 매섭고 날카로운 전등알이 자신을 쏘아보고 있었다. 감방의 양쪽 벽이 서서히 움직이며, 프레스처럼 몸을 조여 오는 듯할 때도 있었다. 가위눌리는 날이 계속되었고 이불자락이 젖도록 진땀을 흘렸다. 독방의 벽도 덩달아 땀을 흘렸다. 겨울날 얼었다 녹았다 하는 성에였다.

새달에 접어든 지도 꽤 되었다는 생각이 들자, 동주는 자리에서 일어나려고 애를 써 보았다. 고향 집에 편지를 보내야 했다. 그러나 몸은 마음대로 움직여지지 않았고, 애를 쓴 만큼 기운이 더 달려 기진맥진 까무러질 지경이었다.

'편지가 없으면 집에서 걱정하실 텐데…….'

그다음 날도, 또 그다음 날도 동주는 일어날 수 없었다. 온몸이 바닥과 붙어 버린 듯 손 하나 움직일 힘도 없었다. 그렇게 누워만 있는데 문득 지난날의 시가 찾아왔다. 졸업반이 되던 해, 경성에서 막막한 심정으로 쓴 시였다. 그로부터 4년 뒤, 동주는 이국의 감방 허공에 대고 다시 물었다.

무서운 시간

거 나를 부르는 것이 누구요.

가랑잎 이파리 푸르러 나오는 그늘인데,
나 아직 여기 호흡이 남아 있소.

한 번도 손들어 보지 못한 나를
손들어 표할 하늘도 없는 나를

어디에 내 한 몸 둘 하늘이 있어
나를 부르는 것이오.

일이 마치고 내 죽는 날 아침에는
서럽지도 않은 가랑잎이 떨어질 텐데……

나를 부르지 마오.

_1941. 2. 7.

만 이십칠 년 이 개월이 채 못 되는 삶. 동주가 태어날 때부터 조국은 남의 나라 식민지였다. 아무런 근심 없이 한번 싱그럽게 웃어 보지도 못했고, 어떤 일을 마음껏 좋아해 본 적도 없었다. 누군가를 연모하는 것도 주저되었다. 길 가다 순사나 헌병을 만나면 괜히 가슴이 두근거렸다. 멀찌감치 돌아서서 책잡힐 게 없는지 머리에서 발끝까지 혼자 점검해 보곤 했다. 손들어 자기 자신을 있는 그대로 표현해 보지 못했고, 온전히 속 터놓고 의논할 사람도, 기대고 의지할 하늘도 없었다.

나를 부르지 마오—. 동주의 헛소리에 순찰하던 간수가 감시구로 들여다보았다. 후쿠오카 형무소에서 새삼스러울 것도 없는, 죽음의 그늘이 드리워지고 있는 죄수였다. 간수는 고개를 한 번 젓고는 걸음을 옮겼다.

동주는 오랜만에 꿈을 꾸었다.

연희 전문 교정에 신록이 한창이었다. 학관 벽을 부지런히 기어오르는 담쟁이덩굴의 잰걸음은 여전했고, 기숙사와 도서관과 학관을 오가는 학생들의 걸음도 분주했다. 강의실에는 최현배 교수의 조선어 수업이 한창이었다. 우리말과 우리글의 탁월한 음운 구조에 대해 설명하고 있는데, 교수도 학생들도 비장하거나 쫓기는 기색 없이 여유로웠다. 수업을 마치고 학관 앞 돌계단에 벗들과 나와 앉았다. 본관 입구에는 태극기와 연희 전문 교기가 나란히 바람에 나부끼고 있었다. 삼불의 익살은 여전했고, 처중은 『문우』에 실릴 원고를 독촉했다. 펼쳐 든 교정지를 보니 모두 우리말로 되어 있었다. 몽규를 보는데도 조마조마한 마음이 들지 않았다. 활짝 웃는 몽규 얼굴이 장난꾸러기 어린 시절처럼 천진했다. 유영과 달호와 혁동은 문학 이야기에 열중했고, 후배 병욱과 덕순도 옆에서 귀 기울였다. 검은색 바지에 흰 교복 셔츠를 입고 있는 동주와 벗들의 젊음이 눈부시도록 싱그러웠다. 고개를 뒤로 젖히며 웃는 젊은이들의 머리칼을 봄바람이 부드럽게 쓸어 주었다.

누워 있는 동주에게도 그 바람이 닿은 듯했다. 모처럼 끈적이는 진땀 없이 개운하게 눈을 떴다. 꿈이지만 아주 생생했다. 태어나서 처음으로 느껴 보는 자유롭고 홀가분한 기분이었다. 그러한 세상이 과연 가능할까, 총독부도 헌병도 일장기도 없는? 그처럼 순수하고 평온한 감정이 사람에게 존재할 수 있는 걸까, 억울함도 분노도 비장함도 두려움도 섞이지 않은? 어떤 차별이나 제약 없이, 누구의 눈치도 보지 않고 자신의 앞날을 스스로 만들어 가도 되는 걸까? 그러한 세상이 꿈속에서라도 있으리라 여겨지지 않았다. 그러면서도 자꾸만 생각하게 되었다. 그 순간만큼은 무겁게 축 늘어진 몸이 솜처럼 가벼워졌다.

1945년 2월 16일.

자정도 지난 깊은 밤에 동주는 잠에서 깨었다. 열과 한기가 번갈아 오가는 몸은 제 것이 아닌 듯 감각조차 없었다. 오래된 이불솜 같은 자신의 몸이, 남의 것을 멀리서 내려다보는 것처럼 낯설고 서먹했다.

작은 철창 밖으로 보이는 밤하늘은 남빛으로 시리도록 맑았다. 점점이 빛나는 별들도 보였다. 동주는 누워 있는 제 몸을 내버려두고서, 창밖의 별에게 갔다. 형무소의 높은 담장도, 독방의 쓸쓸한 벽도, 높이 걸린 창틀도, 질러 놓은 창살도, 동주와 별 사이에는 없었다. 오로지 별이 가득한 밤하늘과 자신뿐이었다. 동주는 별 하나에 아름다운 말 한마디씩 불러 보았다.

별 하나에 추억과
별 하나에 사랑과
별 하나에 쓸쓸함과
별 하나에 동경과
별 하나에 시와
별 하나에 어머니, 어머니.

동주는 별 하나에 생각나는 말 하나씩 더 떠올려 보았다. 별 하나에 동생 일주, 별 하나에 누이 혜원, 별 하나에 할아버지, 별 하나에 아버지, 별 하나에 솔숲 돌계단, 별 하나에 핀슨 홀 다락방, 별 하나에 창내 징검돌, 별 하나에 신촌역 플랫폼, 별 하나에 서강 저녁놀, 별 하나에 하늘과 바람과 별과 시, 그리고 별 하나에 어머니, 어머니……. 동주가 입술을 달싹일 때마다 쇠약해진 심장도 천천히 한 번씩 뛰었다.

"어머니!"

누워 있던 동주가 소리 내 어머니를 불렀다. 마지막 힘을 내어 동주의 심장이 토해 낸 말이었다. 그리고 가만가만 뛰던 동주의 맥은 마침내 멈추었다. 눈에서 한 방울, 눈물이 흘러내렸다. 고요히 바람에 스치는 별들만이, 동주의 외로운 감방을 내려다보고 있었다.

용정 집에도 동주의 사망 소식이 전해졌다. 2년 징역형을 선고받았다는 이야기를 들은 지 1년도 안 되었을 때였다. 아버지는 신경에 있던 사촌 윤영춘과, 동주의 시신이라도 찾아오기 위해 먼 길을 떠났다. 일본 본토에 부쩍 잦아졌다는 공습도, 미군 잠수함의 폭격도 두렵지 않았다. 감옥에 있으니 설마 죽이지는 않으리라 여겼던 자신이 어리석어, 현해탄 검푸른 바다 위에서 아버지는 내내 울었다.

형무소에 동주의 시신을 수습해 가겠다고 말하고, 일단 몽규부터 면회했다. 알이 반쯤 깨어진 안경을 걸친 몽규가 면회실로 들어왔다. 그야말로 피골이 상접했다. 왜 그 모양이냐고 놀라서 묻는 외삼촌과 외당숙에게, 몽규는 가느다란 목소리로 말했다.

"무슨 주사인지 겨울부터 계속 맞았더니 이렇게……. 동주도 마찬가지로……."

한창인 젊은이들을 저렇게 잃는다는 게 너무나 원통해, 두 사람은 면회실에서 나와 서로 붙잡고 울었다. 막 규슈 제대에 해부용으로 보내려 했다던 동주의 시신을 찾아 화장하고, 뼈를 수습해 다시 현해탄을 건넜다. 부산에서 기차를 타고 국경 상삼봉역에 도착하니, 가족들이 마중 나와 있었다.

일주는 흰 보자기에 싸인 형의 유해를 받아 안았다. 등 뒤에서 자신을 안고 밤하늘의 별자리를 가르쳐 주던 동주 형 생각이 났다. 지금은 자신이 유골로 돌아온 형을 감싸 안고 있었다. 그때 형의 체온은 무척 따스했는데 형도 지금 동생의 심장을, 체온을, 맥박을 느끼고 있을까. 기나긴 두만강 다리를 건너가는데, 겨울바람이 얼굴을 몹시 때렸다. 일주는 형을 더욱 꼭 감싸 안았다. 흐느끼며 유해 상자를 안고 가는 일주의 얼굴과 가슴이 모두 멍들었다.

1945년 3월 6일. 용정 고향 집 마당에서 익환의 아버지 문재린 목사의 집례로 동주의 장례를 치렀다. 남자들은 두루마기에 굴건*을 쓰고, 아주머니와 할머니들은 흰 수건을 머리에 썼다. 흰 두루마기

에 삼베 굴건을 쓴 일주가, 동주 장례의 상주가 되었다. 상주 노릇
을 동생이 하는 것도, 그 상주가 너무 어린 것도 모두 보기에 애처
로웠다. 연희 전문학교의 졸업 사진은 동주의 영정 사진이 되었다.
영정 속 동주 모습이 무척이나 담담하고 맑아, 장례식 마당에 모인
사람들은 또 눈물 흘렸다.

휘이잉, 장례가 거의 끝나 갈 무렵 눈보라가 불어왔다. 북간도
고향 집을 마지막으로 둘러보는 동주의 슬픈 영혼을 데려가는 것
만 같았다. 어머니는 장례식 내내 울음소리 한번 밖으로 내지 않
았다. 그러나 장지에서 돌아와 동주의 옷가지를 정리하다, 끝내 목
놓아 통곡하였다.

동주의 장례가 있던 그다음 날, 몽규도 후쿠오카 형무소 독방에
서 세상을 떠났다. 동주가 떠난 지 이십 일이 채 못 된 3월 7일이었
다. 사촌 형제이자 벗이었던 두 사람은, 태어난 해도 떠난 해도 같
았다. 북간도 용정에서 태어나 연희 전문을 거쳐 일본에 유학하고
후쿠오카 형무소에 갇히기까지, 살다 간 흔적도 같았다. 이 세상에
는 몽규가 먼저 와 동주를 기다렸으나, 다른 세상에는 동주가 먼저
가 몽규를 기다렸을 따름이다.

• 굴건 | 상주가 두건 위에 덧쓰는 것.

창밖에 있거든 두드려라

1947년 2월 16일 일요일.

이른 아침부터 진눈깨비가 부슬부슬 내렸다. 장곡천정에서 작은 공주 골이라는 원래 이름을 되찾은 소공동의 플라워 다방에 젊은이들이 모여 있었다. 탁자를 정돈하고 자리를 배치하며 잠시 뒤에 있을 모임 준비에 분주했다. 일주도 일찍부터 나와 형들을 도왔다. 동주 형의 2주기 기일이자, 해방된 서울에서 동주 형과 몽규 형의 추도회가 열리는 날이었다.

정면에 붙여 놓은 종이에는 붓글씨로 '고(故) 윤동주·송몽규 양군(兩君) 추도회'라 적혀 있었다. 형들의 이름 앞에 쓰인 '고'란 글자에 일주는 울컥했다. 도무지 실감 나지 않고 원망스럽기만 한 글자였다.

　동주와 몽규가 떠난 1945년의 여름, 드디어 해방이 되어 간도 전체가 들썩이며 만세를 불렀다. 용정 집에서도 기쁨의 눈물을 흘리면서, 한편으로 애통한 생각에 가슴을 쳤다. 영영 이별을 고하고 나간 전쟁터에서도 살아 돌아오게 되었는데, 2년 형을 받고 형무소 담장 안에 있던 동주와 몽규는 이 세상을 영원히 떠나고 만 것이다. 몇 달만 더 버티면 되었을 것을……

　동주의 첫 기일을 지내고, 아버지는 이제 집안의 맏이가 된 일주를 불렀다. 서울로 가 해방된 조선의 형편을 알아보고, 동주의 유품을 찾아보라고 하셨다. 1946년 6월, 갓 스무 살이 된 일주는 북간도 용정에서 서울까지, 혼자 국경을 넘고 삼팔선도 넘어, 동주 형의 친구들을 찾아왔다.

　동주의 아우 일주를 처음 만났을 때, 처중은 가슴을 두드리며 울었다. 동주와 몽규의 옥사 소식은 뒤늦게 들어 알고 있었지만, 일주를 보니 새로 울분이 일고 사무쳤던 것이다. 처중은 자신이 보관하고 있던 동주의 유품을 일주에게 전해 주었다. 동주가 쓰던 앉은뱅이책상과 연전 졸업 앨범, 그리고 몇 편의 시가 담긴 노트와 책들이었다. 일본에서 편지로 보내온 다섯 편의 시도 있었다. 일제 말기의 그 어둡고 살벌한 시기에, 서울과 원산을 오가며, 장가들어 새살림 난 처지에도, 처중은 벗의 물건을 소중히 보관하고 있었다. 동주 형이 앉아 공부하고 시도 쓰던 책상을, 일주는 형을 대하듯 여러 번 쓰다듬어 보고 얼굴도 대어 보았다. 조선에서 보낸 형의 마지막 시간이 담긴 앨범도 몇 번이고 펼쳐 보았다.

일주가 왔다는 소식을 듣고 병욱이 한달음에 달려왔다. 학병으로 나갔다 부상을 입고 돌아온 병욱은 오랫동안 고향 집에서 요양했다. 어느 정도 회복된 뒤 얼마 전부터 경성 대학에 편입하여 공부하고 있었다. 다감한 병욱의 눈에서 끊임없이 눈물이 흘러내렸다. 일주의 눈에서도 따라 눈물이 났다. 비록 한 부모에게서 피와 살을 나눈 친형제는 아니었지만, 병욱은 동주를 그보다 더 각별하게 대했다. 동주도 마찬가지였다. 그런 동주 형의 아우라면 제게도 아우였다. 병욱은 동주보다 다섯 살 아래였는데, 일주도 병욱보다 그만큼 아래였다. 처음 연전에 입학한 자신에게 동주 형이 그랬듯 병욱은 일주를 살뜰하게 챙겼다. 일주도 새로 형이 생긴 것처럼 병욱에게 의지하여 낯선 서울 생활을 이어 나갔다.

병욱은 동주가 졸업 기념으로 출판하고 싶어 했던 『하늘과 바람과 별과 시』의 자필 원고를 아직도 갖고 있었다. 학병이 되어 전쟁터로 떠나기 전, 광양 망덕리 집의 어머니에게 맡기며 신신당부했다. 일본 순사의 눈에 띄지 않게 동주 형의 원고를 잘 간수해 달라고. 조선이 독립되고 자신이나 동주 형이 살아 돌아오지 못한다면 원고를 꼭 연희 전문으로 보내 달라는 부탁도 했다. 조선 글자를 보기만 해도 벌벌 떨던 시절이라 어머니는 두려워하면서도 마루 밑 항아리에 소중히 보관해 두었다. 그리고 전쟁터로 나간 아들의 당부를 끝내 지켰다.

중학 시절의 습작품 외에 용정 집에는 동주의 시가 남아 있지 않아 안타까워하고 있었다. 자필 원고나 연전에서 쓴 시들도 일본에서 형사들에게 다 빼앗겨 버린 줄 알았다. 그런데 처중과 병욱이 동주의 원고를 일부나마 고이 간직하고 있었던 것이다. 가족보다 더한 정이 아니고서는 지켜 내지 못했을 동주의 소중한 시였다.

처중은 지난해 창간된 『경향신문』의 기자로 있으면서 동주의 시를 알리는 일에 적극적으로 나섰다. 『경향신문』의 주간인 시인 정지용에게 동주의 자필 원고와 일본에서 쓴 시를 보여 주었다. 조선의 저명한 시인은 무명 청년 윤동주의 시에 깜짝 놀랐다. 그야말로 엄동 섣달에 핀 꽃과 같은, 얼음 아래 한 마리 잉어와도 같은 시였다. 선배로서 부끄러운 마음이 든다고도 했다. 조선의 이름난 문인들이 부민관 귀빈실이나 반도 호텔 양식당에서 총동원의 신체제와 문학의 역할에 대해 떠들고 있을 때, 이름 없는 청년 윤동주는 초라한 하숙방에서 묵묵히 시를 써 왔다. 조선 문인들이 일본의 식민지 체제에 적극적으로 협조하거나, 어쩔 수 없다며 애매한 시를 발표하거나, 그러다 자신처럼 아예 펜을 꺾고 문학을 포기했을 때, 이 청년은 일본 땅에 건너가서도 우리말로 계속 시를 써 온 것이다.

한 편 한 편 작품성도 뛰어났다. 깊은 성찰의 눈을 지니고 있으면서 시어를 다루는 감각이 빼어나, 청량하고 소슬한 바람처럼 쉽게 다가오는 시였다. 정지용은 뒤에 일주도 만나, 고향 북간도와 집안 어른들, 그리고 동주에 대해 자세히 물어보았다. 동주의 추도회와 시집 발간에도 큰 관심을 보였다.

1시가 가까워지자 사람들이 속속 모여들었다. 오랜만에 만나는 연전의 선후배들은 반가우면서도 서글픈 인사를 나누었다. 해방 뒤 서울에 와 있는 동주의 당숙 윤영춘 형제들, 용정 선배 라사행과, 도쿄 하숙방에서 만난 인준의 친구 안병욱의 모습도 보였다. 북간도 외갓집에서 동주를 본 적 있던, 어린이 문학을 하는 강소천도 신문에 난 추도회 소식을 보고 찾아왔다.

동주나 몽규가 이 세상에 있다면 그러하듯, 이 자리에 모인 사람들도 대개 이십 대나 많아야 삼십 대 초반이었다. 그런데 다들 청년답지 않게 표정이 어둡고 무거웠다. 얼굴은 까칠하고 이른 주름도 잡힌 게 훌쩍 늙어 보였다.

플라워 다방에 모인 청년들은 일본이 패망하기 직전, 죽음의 구덩이에 한 번은 빠졌다 헤어 나온 사람들이었다. 포탄이 퍼부어지는 중국 대륙이나 인도네시아 밀림에서, 바로 옆의 전우가 죽어 가고 팔다리가 잘려 뒹구는 것을 보기도 했다. 아니면 징용에 나가 죽음이 늘 부근을 맴도는 강제 노동에도 시달렸다. 사소한 일로 꼬투리 잡혀 치안 유지법 위반으로 일제 말에 혹독한 감옥살이를 한 사람도 있었다. 해방이 되어 그리운 집에 돌아와 있기는 하나 여전히 지금의 삶이 다들 실감 나지 않았다. 끝내 돌아오지 못한 이들의 소식이 들려올 때면, 자신의 운명도 그와 같았으려니 싶어 허무했다. 또래 젊은이들의 억울하고도 짧은 삶이 애달파 자주 눈물도 났다.

일본이 쫓겨 가고 조선은 해방되었으나, 새로운 나라 건설의 과도기라 그런지 어수선하고 혼란스러웠다. 삼팔선을 경계로 북쪽에는 소련군이, 남쪽에는 미군이 들어와 있었다. 조선에 민주주의 정부가 수립될 때까지 신탁 통치를 하겠다는 미소 공동 위원회의 결정에, 찬성과 반대 의견이 나뉘어 매일같이 강경한 집회가 열렸다. 양측의 충돌도 잦았다. 학병에서 돌아와 제대로 된 공부를 하려 해도, 미군정이 내놓은 '국립 서울 대학 설립안'을 두고 학교도 시끌시끌했다.

해방된 지 2년이 되어 가건만, 일본의 식민 통치에 노골적으로 협력하던 조선 각계의 저명한 인사들은 한마디 사과나 반성도 없이 한결같은 삶을 누리고 있었다. 해방 당시 잠시 몸을 피했던 친일 경찰도 질서 유지를 명목으로 슬금슬금 제자리로 돌아왔다. 문인 협회 작가들도 아무렇지 않게 새로운 작품들을 발표했다. 제자들을 학병으로 내몰았던 교수나 교사들도 그대로였다. 해방의 환희에 들떴던 사람들은 달라지지 않는 현실 앞에서 어리둥절하다 못해 실망스럽고 혼란스러운 날들을 보내고 있었다.

시인 정지용이 다방 문을 열고 들어섰다. 여기저기서 두런거리는 소리가 들렸다. 유명한 시인이라 이름과 얼굴은 알고 있었지만 가까이에서 직접 만나는 것은 대부분 처음이었다. 일주가 인샤드리니 정지용도 따스하게 손을 잡았다. 그 모습을 바라보는 처중은 가슴이 먹먹해졌다. 동주가 보았다면 얼마나 좋아했을까. 그토록 좋아하고 존경하던 시인이 자신의 시를 높이 평가하고, 어린 아우의 안부를 따뜻하게 묻고 있었다.

　추도회가 시작되었다. 먼저 두 벗을 추도하는 묵념을 하고, 동주와 몽규의 삶에 대해 처중이 간략히 이야기했다. 침통한 얼굴로 앉아 있는 벗들의 눈이 다들 붉었다. 동주의 시 몇 편을 병욱이 등사해 나누어 주었고「쉽게 씌어진 시」가 실린 2월 13일 자『경향신문』도 한쪽에 쌓아 두었다.

　추모 시는 유영이 낭독했다.「창밖에 있거든 두드리라」라는 제목에, '동주·몽규 두 영(靈)을 부른다'라는 부제가 붙어 있었다. 시를 쓰는 동안에도 여러 번 눈물 바람을 했는데, 앞에 나와 동주와 몽규의 이름을 부르자마자 벌써 목이 메어 왔다.

　　동주야 몽규야
　　너와 즐겨 외우고
　　너와 즐겨 울던
　　불이도 욱이도
　　그리고 중이도……
　　아니 네 노래 한 구절 흉내에도

땀 빼던 영이도 여기 와 있다.

연락이 닿는 연전 문과의 웬만한 벗들은 다 모였다. 그러니 그리운 얼굴들이 모인 이 자리에 동주와 몽규가 보이지 않는다는 게 믿기지 않았다. 늘 단짝으로 붙어 다니던 두 사람이 금방이라도 나타나, 누가 누구인지 구별 안 가는 용정 사투리로 말을 건네 올 것 같았다. 그러나 동주와 몽규는 검은 리본을 두른 사진으로만 참석하여 벗들을 말없이 바라보고 있을 따름이었다.

삼불이 동주의 시를 꼼꼼히 읽고 분석하여 방대한 논문과도 같은 발표를 했다. 시인 정지용도, 민족의 얼을 담은 시를 남기고 감옥에서 세상을 떠난 동주의 삶 역시 한 편의 시라며, 침통한 어조로 추모하고 찬탄했다.

동주와 몽규를 아끼는 벗들의 개별적인 추념도 이어졌다. 참석한 이들은 때로 웃고 때로 울었다. 함께한 추억을 돌이켜 볼수록 그리움은 커졌다. 소리 없이 웃는 얼굴로 금방이라도 곁에 동주가 다가와 앉을 것만 같고, 기억 속에 잘못된 날짜와 장소들을 명석한 몽규가 짚어 줄 것만 같았다. 후쿠오카 감옥에서 세상을 떠난 동주와 몽규는, 해방된 나라에서 벗들이 다 함께 모인 오늘과 같은 날을 꿈꾸었으리라. 먼저 떠난 두 벗이 꿈에도 그려 보았을 해방이건만, 지금 자신들이 하루하루 보내는 삶은 왜 이리 고단하고 바깥세상은 왜 저리 질척거리고 어수선한지…….

창밖에 있거든 두드리라
그리고 소리쳐 대답하라

모진 바람에도 거세지 않은
네 용정 사투리와
고요한 봄 물결과 같이
또 오월 하늘 비단을 찢는
꾀꼬리 소리와 같이
어여쁘던 네 노래를 기다린 지
이미 삼 년
시원하게 원수도 못 갚은 채
새 원수에 쫓기는
울 줄도 모르는 어리석은 네 벗들이
다시금 외쳐 네 이름을 부르노니
아는가 모르는가
"동주야! 몽규야!"

　추도회가 끝날 즈음, 처중은 내년 3주기에는 동주의 시들을 전부 모아 시집을 펴낼 계획을 밝혔다. 졸업할 즈음에 몇십 부의 등사본이라도 만들어 보려 그처럼 애를 쓰던 동주 형 생각에, 병욱은 다시 눈앞이 흐려 왔다. 자신과 동주 형 사이에 놓인 삶과 죽음의 장막을 잠시만이라도 걷고, 이 소식만은 전해 주고 싶었다. 형이 얼마나 좋아할까.

처중과 벗들은 이듬해인 1948년 1월에 동주의 유고 시집 『하늘과 바람과 별과 시』를 출간했다. 동주의 시집은, 모두가 숨죽여 살아가던 암흑의 시대에 우리말로 묵묵히 시를 써 온 청년이 있다는 것만으로도, 조선 사람들에게 큰 자부심과 위안이 되었다. 고단하고 혼란스러운 삶을 살아가는 지금 조선의 젊은이들에게도 위로가 되고 맑은 의지를 불러일으키는 시이기도 했다.

북간도 용정의 동산(東山)에 있는 동주의 묘지 앞에도 벗들이 만든 시집이 놓였다. 할아버지와 아버지가 세워 놓은 '시인 윤동주의 묘(詩人尹東柱之墓)'라는 빗돌과 잘 어울렸다.

시인 정지용은 동주의 시집 서문에 이렇게 썼다.

"일제 헌병들은 동(冬) 섣달에도 꽃과 같은, 얼음 아래 한 마리 잉어와 같은 조선 청년을 죽이고 제 나라를 망치었다.

일제 시대에 날뛰던 부일문사* 놈들의 글이 다시 보아 침을 뱉을 것뿐이나, 무명의 윤동주가 부끄럽지 않고 슬프고 아름답기 그지없는 시를 남기지 않았나?

시와 시인은 원래 이러한 것이다."

• 부일문사(附日文士) | 일본에 붙어 협력한 문인들.

작가의 말

어머니의 노트

돌아가신 어머니의 유품을 정리할 때입니다.

장롱 저 먼 구석 위, 뽀얗게 먼지 쌓인 상자 하나가 있었습니다. 조심스레 열어 보니 여학교 시절에 친구들과 주고받은 편지, 함께 찍은 사진들, 한때 문학소녀였던 어머니의 습작과 좋아하는 시와 문장을 적어 둔 노트 두어 권이 있었습니다. 「자화상」, 「십자가」, 「슬픈 족속」 등 윤동주의 시도 보였습니다. 종이는 누렇게 바랬지만 푸른 잉크는 아직도 선명했고, 멋 부린 소녀티가 가시지 않은 글씨로 단기 4285년 7월 30일이라는 날짜도 쓰여 있었습니다.

경주 집을 떠나 포항에서 여학교에 다니던 어머니는 6·25 전쟁이 일어난 그해 여름, 등굣길에 책가방 든 교복 차림 그대로 짐짝처럼 버스에 실려 집으로 돌아왔다고 합니다. 그 뒤 더 남쪽 시골 마을로 내려가 학교를 옮기고 피난살이도 했습니다. 그러면서 언제 끝날지 알 수 없는 전쟁에 대한 두려움, 행방을 모르는 친지들에 대한 근심, 작별 인사 한마디 못하고 헤어진 선생님과 친구들에 대한 그리움, 전쟁 통에 졸업을 앞둔 막막함과 불안함이 오가는 날들을 보내야만 했습니다. 바로 그러한 때, 어머니에게는 윤동주의 시가 있었나 봅니다. "산모퉁이를 돌아 논가 외딴 우물을 홀로 찾아가선 가만히 들여다봅니다."와 같은 시구를 옮겨 적으며, 어머니는 전쟁의 포연에 그을려 앞이 보이지 않는 십 대의 마지막 시간을 견뎌 오신 것 같습니다. 윤동주의 시에서 맑고 고요한 위안을 받은 이가 어디 그 무렵의 제 어머니뿐이었을까요?

생전에는 시인이라 불리지 못하고 무명의 시간을 보내야 했지만, 오늘날 윤동주는 암흑 같은 식민지 시절에 맑고 고운 서정시를 써 온 시인으로 널리 알려져 있습니다. 가만히 뛰는 맥박처럼 편안한 운율에 실려 쉽고 부드럽게 다가오는 그의 시는, 한두 번만 읽어도 누구나 두어 구절쯤은 외울 수 있을 정도로 친근합니다.

북간도에서 태어나고 자란 윤동주가 고국 땅 경성에 와 공부하던 때는, 감당할 수 없는 전쟁을 연이어 벌여 나가던 일본의 식민통치가 극에 달한 시기였습니다. 패배감과 두려움에 젖은 지식인들 사이에는, 조선이 식민지라는 엄연한 사실을 이제 그만 받아들이자는 생각도 퍼져 가고 있었습니다. 존경하고 선망했던 문인들조차 그러한 이야기를 하는 것을 보며, 윤동주는 어릴 때부터 꿈꾸어 온 문학의 길을 포기하려고도 했습니다. 하지만 혼란과 좌절을 겪으면서도 그가 다시 선 곳은, 우리말로 시를 쓰는 바로 그 길이었습니다. 더 이상 아무도 가려 하지 않는 길이라 해도 개의치 않았습니다. 설령 그것이 자신의 자유를 구속하고 마침내 죽음으로 내모는 길이 된다 할지라도.

윤동주의 시가 쉽게 다가오는 것은, 이렇듯 시대와 삶에 대해 치열하게 고민하고 자신의 내면 깊숙한 곳까지 닿아 본 사람만이 쓸 수 있는 시이기 때문입니다. 깊은 우물 끝에 닿은 두레박이 길어 올린 샘물처럼, 그의 시는 맑고도 서늘합니다. 우리 마음속의 순수하고 고요한 본령을 건드려 순식간에 일깨웁니다. 그리하여 시대의 암흑도 가리지 못한 시인의 선한 마음과, 더러 흐려질 때도 있지만 우리에게도 분명히 존재하는 선한 마음이 서로를 바라보게 합니다. 그 가운데 슬픔과 절망은 혼자만의 것이 아니게 되며, 암울한 현실을 이겨 낼 힘을 얻게 됩니다. 어두운 식민 시절을 함께 겪어 온 그의 벗들과, 전쟁과 분단으로 이지러진 소녀 시절을 보낸 제 어머니가 그랬듯이. 지금까지 윤동주의 시를 읽어 온 모든 사람들도 마찬가지였을 것입니다. 그리고 앞으로의 사람들도.

올해는 시인 윤동주가 일본 감옥에서 세상을 떠난 지 70주년이 되는 해입니다. 이 70년이란 시간은, 함께 공부하던 시인의 벗들이 남과 북의 고향으로 뿔뿔이 흩어지고, 시인의 가족을 비롯한 수많은 사람들이 서로 만나지 못하고 지낸 세월입니다. 시인의 시대와 마찬가지로 슬픔과 절망에 잠긴 사람들은 여전히 존재하며, 다른 사람의 아픔을 돌아보지 않는 잔혹한 말들도 여전합니다. 이 책에서 다시 그려 본 시인의 삶과 시가, 힘든 시대를 살아가는 많은 사람들에게 위로와 힘이 되었으면 좋겠습니다.

시인 윤동주의 삶을 다시 찾아가 볼 수 있었던 것은, 그에 관한 자료와 기록을 소중히 간직하고 연구해 온 많은 분들 덕분입니다. 특히 시인을 기리고 추모하며, 그의 삶과 죽음의 흔적과 진실을 찾아내려 애쓴 일본인들의 끈질긴 연구와 증언이 인상적이었습니다. 시대와 국가, 민족을 건너뛰어 진실 규명과 평화와 연대를 위해 노력한 모든 이들께 감사드립니다. 부족한 글에 과분한 말씀으로 격려해 주신 임헌영 선생님과 안도현 선생님께도 진심으로 감사하다는 인사를 올립니다. 오랜 시간 집필 의지를 북돋우고 여러 면을 꼼꼼히 살펴 책으로 만든 창비 편집부에도 고맙다는 인사를 전합니다. 그 옛날, 노트 위에 푸른 잉크로 윤동주의 시를 옮겨 적는 갈래머리 소녀였던 어머니께도 이 책의 출간 소식을 전하고만 싶습니다.

2015년 이른 봄에, 안소영

강처중 姜處重, 1916~?

기자. 윤동주의 연희 전문 문과 동기생. 해방 뒤에 『경향신문』, 『국제신문』의 기자로 있었다. 윤동주의 유고 시집 『하늘과 바람과 별과 시』(정음사 1948)의 출간을 주도하고 발문을 썼다. 6·25 전쟁 뒤에 행방을 알 수 없는 수많은 젊은이 중 한 사람이다.

김내성 金來成, 1909~1957

소설가. 호는 아인(雅人). 변호사가 되려고 법률 공부를 했으나, 당시로서는 생소한 '탐정 소설가'가 되었다. 1937년부터 『소년』에 연재해 큰 인기를 얻은 「백가면」에는 명탐정 유불란(劉不亂)이 나오는데, 괴도 뤼팽 시리즈를 쓴 프랑스의 추리 소설가 모리스 르블랑의 이름에서 따온 것이라 한다.

김동리 金東里, 1913~1995

소설가. 본명은 시종(始鍾). 1939년부터 시작된 조선 문단의 '세대 논쟁'에서 신세대 문인의 입장을 대변하고 문학의 순수성을 옹호했다. 해방 직후에도, 문학의 사회적 기능을 주장하는 평론가 김동석에 맞서 문학의 순수성을 주장하는 논쟁을 치열하게 벌였고, 1960년대 한국 문단의 순수·참여 논쟁에도 큰 영향을 끼쳤다. 「무녀도」, 「사반의 십자가」, 「등신불」 등 수많은 작품을 남겼고, '한국 문인 협회' 이사장 등을 지냈다.

김동인 金東仁, 1900~1951

소설가. 호는 금동(琴童), 춘사(春士). 우리나라 최초의 문예 동인지인『창조』를 만들었고, 근대 단편 소설의 양식을 확립했다. 「감자」, 「배따라기」, 「광염 소나타」 등 자연주의적 사실주의 소설부터 탐미주의 소설까지 다양한 작품을 썼다. 이광수의 계몽적 교훈주의에 비판적이었으며, 본격적 작가론인 「춘원 연구」도 발표했다. 일본 천황에 대한 불경죄로 옥살이한 적도 있으나, '황군 위문 작가단'으로 만주를 둘러보았고, 일제 말기에는 '조선 문인 보국회' 간사를 지냈다. 6·25 전쟁 때 지병으로 피란하지 못하고 세상을 떠났다.

김동환 金東煥, 1901~?

시인. 호는 파인(巴人). 1925년에 한국 최초의 서사시『국경의 밤』을 출간했고, 「산 너머 남촌」과 같은 민요시도 썼다. 종합 잡지『삼천리』와『삼천리 문학』을 간행했고, 일제 말에는『대동아』로 이름을 바꾸어 침략 전쟁에 적극적으로 협조했다. 해방 후에 '반민 특위(반민족 행위 특별 조사 위원회)'에 체포되어 조사받았고, 6·25 전쟁 뒤로 생사를 알 수 없다. 그의 아들은 1994년에『아버지 파인 김동환』이란 책을 펴내면서, 일제 강점기 때 부친의 행위에 대해 민족 앞에 사죄하는 글을 남겼다.

김문집 金文輯, 1907~?

평론가. 필명은 화돈(花豚). 일본 이름은 오노 류노스케(大江龍之介)로, '대구에서 태어나, 에도(江戸, 도쿄의 옛 이름)에서 성장했고, 용산역에서 황군 장병의 영령을 맞이하며 크게 결심했다.'는 뜻이 담긴 것이라 했다. 초기에는 적절한 비유와 감각적인 문체로 비평의 창조적 예술성을 내걸었으나, 뒤에 '국민정신 총동원 조선 연맹'과 '조선 문인 협회' 간사를 지내면서 '조선 민족의 발전적 해소론'까지 주장했다. 1941년에 일본으로 귀화해 돌아오지 않았다.

김삼불 金三不, ?~?

국문학자. 경북 경주 출생으로 윤동주의 연희 전문 문과 동기생이다. 해방 후에 후배 정병욱, 장덕순과 서울 대학교 국문학과로 편입해 국문학 연구를 했다. 우리 문학에서 판소리의 가치를 인정하여 판소리가 '큰 광맥적 존재'라 했고, 구비 문학과 평민 문학에도 관심을 기울였다. 『해동가요』와 『배비장전·옹고집전』을 교주(校註, 문장을 교정하고 주석을 더함)했고, 6·25 전쟁으로 행방을 알 수 없게 되었다. 1990년대에 남북의 출판물이 교류되면서 북쪽에서 그가 쓴 『송강가사 연구』도 들어왔는데, 국문학 연구를 계속했던 것으로 보인다.

김송 金松, 1909~1988

희곡 작가, 소설가. 본명은 현송(玄松), 호는 범산(凡山). 일본에서 공부하고 돌아와 극단 '신흥 극장'을 만들었으며, 희곡을 쓰면서 연극 운동을 했다. 해방 후에 순수 문예지 『백민(白民)』을 창간했고, 『자유 문학』의 주간과 '소설가 협회' 회장을 지냈다.

김약연 金躍淵, 1868~1942

독립운동가, 교육자. 호는 규암(圭巖). 한학자로 윤동주의 외숙부이다. 1899년에 북간도 명동으로 이주하여 조선인 마을을 만들었다. 명동 학교를 세워 후세들에게 민족 교육을 하고 독립사상을 심어 주었다. 홍범도

와 김좌진의 조선 독립군 부대에는 이 학교 출신이 많았다. 국내에서 3·1 운동이 일어나자 용정에서도 만세 시위운동을 주도했고, '간민 교육회'를 만들어 조선 동포들의 권익 보호에도 앞장섰다. 뒤늦게 신학 공부를 하여 목사가 되었다. "나의 행동이 곧 나의 유언이다."라는 말을 남기고 세상을 떠났다.

김용제 金龍濟, 1909~1994

시인, 비평가. 일본 유학 시절에 '나프(NAPF, 일본 프롤레타리아 예술가 동맹)'에 가입해 활동하다가 투옥되었다. 일본인 동료들이 군국주의 체제에 협력하여 전향하는 가운데에도 끝내 전향을 거부한 것으로 유명하다. 옥살이를 마치고 강제 추방되어 왔을 때 조선 청년들의 지지와 존경을 받았고, 윤동주도 스크랩북에 그의 평론을 모아 놓았다. 그러나 이후 조선 문인 협회에 참여하여 일본의 식민 통치에 적극 협력했고, 『아세아 시집』으로 '국어 문예 총독상'을 받을 때, 이광수가 "열렬한 일본 정신의 기백이 있다."고 평했다. 해방 뒤에 『김삿갓 방랑기』 등을 썼다.

김정우 金楨宇, 1918~1984

시인. 북간도 명동촌 출생으로 윤동주의 소학교 동창이자 외사촌. 오랫동안 숭실 고등학교에서 교편을 잡았다. 기독교적인 내면을 바탕으로 구도자적인 경건함과 울림이 있는 시를 썼다. 시집에 『불덩어리, 돌』, 『별들의 이야기』, 『돌들의 이야기』 등이 있다.

나이두, 사로지니 Sarojini Naidu, 1879~1949

인도의 시인, 사회 운동가, 정치가. 영국에서 공부했고, 영어로 된 서정시집 『황금 대문』(*The Golden Threshold*) 등을 발표했다. 인도로 돌아와 여성 해방 운동과 반영(反英) 민족 운동에 적극적으로 참여했다. 간디의 비폭력 노선을 지지하고, 소금에 매겨진 과중한 세금에 저항하는 '소금 행진'을 간디와 함께 이끌었다. '인도 국민 회의' 최초 여성의장을 지냈다.

남인수 南仁樹, 1918~1962

대중가요 가수. 본명은 강문수(姜文秀). 1938년에 오케 레코드사에서 재취입한 「애수의 소야곡」으로 "백 년에 한 번 나올까 말까 한 미성(美聲)"이란 평을 얻었다. 그 뒤 「꼬집힌 풋사랑」, 「감격 시대」 등을 연달아 히트시켰고, 만주와 일본 등지에서 순회공연도 했다. 일제 말에는 「혈서지원」 등 총독부 시책에 부응하는 노래도 불렀다. 갈라진 민족의 시름을 노래한 「이별의 부산 정거장」을 비롯해, 천여 곡을 취입했다.

다카오키 요조 高沖陽造, 1906~1999

일본의 문예 평론가, 번역가. 감옥에서 독학으로 독일어를 익혀, 독일의 문학과 사상을 비롯해 유럽의 문예 사상사를 연구했다. 『유물론 연구』와 『세계 문화』 등의 잡지에 문예 비평을 기고했고, 『예술학』, 『문예 사상사』, 『예술 철학』 등을 썼다. 일본 군부의 '국가 총동원법'이 내려졌을 때, 전시 체제에 비판적이라 하여 다시 투옥되었다. 윤동주는 다카오키의 『예술학』을 정독하면서, 책에서 소개한 문학 비평서와 사상서를 폭넓게 읽어 나갔다.

도조 히데키 東條英機, 1884~1948

일본의 군인, 정치가. '아시아의 히틀러'라 불린다. 중국 전선의 확대와 미국 및 영국과의 개전(開戰)을 주장했다. 1941년 말에 현역 군인으로 총리와 육군 대신과 내무 대신을 겸하면서 '전쟁 내각'을 출범시켰고 '헌병 정치'라 불리는 독재 체제를 확립했다. 종전 후 A급 전범으로 기소되어 처형되었으며, 뒤에 야스쿠니 신사에 합사되었다.

라사행 羅士行, 1914~2000

목사. 윤봉길 의사의 의거에 감명받은 장제스의 지원으로 백범 김구가 만든 낙양 군관 학교 한인반에서 송몽규와 함께 군사 교육을 받았다. 1940년에 신사 참배와 창씨개명을 반대하는 전단 배포 사건으로 투옥되었고, 다니던 감리교 신학교는 결국 폐쇄되었다. 연세 대학교에서 교목을 했고 감리교 본부 교육국을 비롯해 여러 교회에서 목회 활동을 했다.

롤랑, 로맹 Romain Rolland, 1866~1944

프랑스의 소설가, 극작가, 평론가, 음악 연구가. 드레퓌스 사건 때 군국주의와 국가주의에 반대하여 드레퓌스를 옹호했다. 간디의 비폭력 사상에 공감하여 『마하트마 간디전』을 썼고, 『장 크리스토프』로 1915년에 노벨 문학상을 받았다. 러시아 혁명 뒤에 모스크바에서 막심 고리키를 만나기도 했다. 제2차 세계 대전 때 반(反) 파시즘 운동을 적극적으로 벌였고, 독일 점령 아래의 프랑스에서 나치스에 반대하는 저항 운동을 지원했다.

릴케, 라이너 마리아 Rainer Maria Rilke, 1875~1926

독일의 시인. 젊은 시절에 파리에서 조각가 로댕의 비서로 있었는데, 이때의 경험이 시를 쓰는 데도 큰 영향을 끼쳤다. 일상적인 사물을 관찰하여 내면 깊숙이 있는 본질에 다가가고, 마침내 예술적으로 빚어내는 작품을 쓰게 된 것이다. 이른바 '사물 시'로, 윤동주에게도 깊은 인상을 남겼다. 『형상시집』, 『시도시집』, 『두이노의 비가』 등의 시집과 산문집 『말테의 수기』, 『젊은 시인에게 보내는 편지』 등이 있다. '장미, 오, 순수한 모순이여. / 수많은 눈꺼풀 아래 누구의 잠도 아닌 즐거움이여.'라는 묘비명을 직접 남겼다.

문익환 文益煥, 1918~1994

목사, 신학자, 시인, 사회 운동가. 호는 늦봄. 북간도에서 윤동주와 소학교, 중학교를 같이 다녔다. 『월간 문학』 등에 시를 발표했고, 개신교와 천주교 공동 번역 성서 「구약」 부분을 아름다운 우리말로 옮겼다. 1975년에 친구 장준하가 의문의 죽음을 당하자 본격적으로 민주화 투쟁에 나섰다. '고난 받는 사람을 위한 갈릴리 교회' 담임 목사로 있었고, 여러 차례 투옥되었다. 1989년에 북녘 땅을 방문했고, '통일맞이 칠천만 겨레 모임'을 제창하여 통일 운동에 헌신했다. 『꿈을 비는 마음』 등의 시집과 『히브리 민중사』, 『가슴으로 만난 평양』 등의 저서가 있다.

미나미 지로 南次郎, 1874~1955

일본의 군인, 정치가. 관동군 사령관을 지냈고, 1936년부터 1942년까지 제7대 조선 총독으로 있었다. 내선일체를 내걸고 일본어 상용과 창씨개명, 지원병 제도를 실시하여 강력한 조선 민족 말살 정책을 폈다. 종전 후 A급 전범으로 종신형을 선고받았으나, 병으로 사망했다.

박두진 朴斗鎭, 1916~1998

시인. 호는 혜산(兮山). 1939년, 『문장』에 「향현(香峴)」과 「묘지송」으로 등단했다. 정지용은 추천사에서 "시가 유유히 펴고 앉아 자세가 매우 편해 보인다. 시적 체취가 무슨 삼림에서 풍기는 식물성의 것이다."라고 했다. 함께 등단한 박목월, 조지훈과 해방 이듬해에 『청록집』을 간행하여 '청록파'라 불린다. 연세 대학교와 서울 대학교 등에서 교수를 지냈고, 시집 『해』와 『박두진 시선』 외 여러 권의 수필집과 시론이 있다.

박목월 朴木月, 1916~1978

시인. 본명은 영종(泳鍾). 『문장』을 통해 등단했다. 정지용은 추천사에서 "북에는 소월이 있었거니, 남에는 목월이 날 만하다."고 했다. 김소월과 김영랑을 이어, 향토적 서정성을 심화하고 민요조를 개성 있게 수용하여 재창조했다는 평가를 받는다. 시집에 『산도화』, 『경상도의 가랑잎』 등이 있다.

박태원 朴泰遠, 1910~1986

작가. 필명은 구보(仇甫). 1934년에, 근대 도시인의 내면을 새로운 기법으로 다룬 「소설가 구보 씨의 일일」을 『조선중앙일보』에 연재했다. 이때 절친한 친구 이상이 삽화를 그렸다. 독특한 외모와 옷차림으로 당대 사람들의 눈길을 끌었고, 벗 이태준은 "독특하고 끈기 있고 치렁치렁한 장거리 문장"을 두고 '선각한 스타일리스트'라고 했다. 장편 『천변 풍경』과, 일제 말에 쓴 『삼국지』, 『수호지』 등의 역사 소설이 있다. 6·25 전쟁 중에 북쪽으로 갔고, 만년에 실명으로 어려움을 겪으면서도 역사 장편 소설 『갑오 농민 전쟁』을 완성했다.

발레리, 폴 앙브루아즈 Paul Ambroise Valéry, 1871~1945

프랑스의 시인, 사상가, 평론가. 말라르메의 상징시에 영향을 받았고, '침묵의 20년'에 들어가 절필하는 동안 수학과 물리학 등 과학에 몰두했다. 이때의 탐구와 사유가 시집『매혹』, 그리고 시론과 현대 문명에 대한 비평 등에 잘 나타나 있다. 제1차 세계 대전 뒤에 유럽의 '정신의 위기'를 경고했고, 파리가 점령되었을 때는 나치스 독일에 저항하여 "용기를 내어 생각하는 대로 살지 않으면 머지않아 사는 대로 생각하게 된다."고 한 자신의 말을 실천했다. 윤동주 소장 도서에 발레리의『시학 서설』과『문학론』이 있다. 윤동주는 릴케와 발레리의 시집을 산책 중에 늘 지니고 다녔다 한다.

백남운 白南雲, 1894~1979

경제학자, 정치가. 조선 사회와 경제의 낙후성을 주장하는 식민주의 역사관에 맞서 이익과 정약용 등 실학파의 업적을 지적하고, 조선사의 보편적인 발전상을 규명했다. 1933년에 발간한『조선사회경제사』의 서문에서 "고문헌의 수집에 있어서는 외우(畏友) 정인보 교수의 시사에 힘입은 바가 많았다."며, 동료 교수이자 한학자인 정인보에게 고마운 마음을 전했다. 1938년에 이순탁, 노동규 등 연희 전문 상과 교수와 학생들이 연루된 '경제 연구회' 사건으로 옥고를 치렀고, 해방 뒤에는 북으로 가 초대 내각상 등을 지냈다.

백석 白石, 1912~1996

시인. 본명은 기행(夔行). 1936년에 100부 한정판으로 첫 시집『사슴』을 출간했는데, 이 시집을 구하지 못해 애를 태우던 중학생 윤동주는 필사본을 만들어 소중하게 간직했다. 모더니즘 계열의 세련된 언어 감각을 지니고 있으면서도 북쪽 지방의 토속적인 방언들을 작품 속에 아울러 담았다. 일제 말에 만주 신경에서 측량 보조원 등 여러 직업을 전전했고, 해방 후에 북쪽 고향에서 살았다. 1988년에 납·월북 작가의 작품에 대한 해금 조치가 내려지기 전까지 오랫동안 문학사에서 언급되지 않았다. 「여우난골족」, 「나와 나타샤와 흰 당나귀」, 「목구(木具)」, 「국수」, 「흰 바람벽이 있어」, 「남신의주 유동 박시봉방」 등의 빼어난 시들이 있다.

백인준 白仁俊, 1919~1999

시인, 예술 관료. 윤동주의 연희 전문 문과 동기. 일본으로 건너가 릿쿄 대학에서 공부했다. 일제 말기에 학병으로 징집되었고, 해방 후 고향 평안도로 돌아가 활동했다. 그곳에서 작품을 쓰면서 예술 방면의 고위 관료로 일했다. 1985년에 '남북 예술 공연단'이 교환 방문할 때, 북의 예술단을 이끌고 서울에 다녀갔다.

백철 白鐵, 1908~1985

평론가. 본명은 세철(世鐵). 제2차 카프 사건으로 수감되었다가 석방된 후, 그리고 중일 전쟁에서 일본의 우세를 지켜보면서 친일 협력으로 돌아섰다. 평론 「시대적 우연의 수리」에서, 일본을 중심으로 동아시아가 재편되고 있는 현실을 인정하고 받아들여야 한다고 했다. 총독부 기관지 『매일신보』 학예부장으로 있으면서 일본의 침략 전쟁을 지지하고, 내선일체와 황민화 정책을 적극적으로 알렸다. 해방 후에 서울 대학교 교수와 국제 펜클럽 한국 본부 위원장으로 있었다. 3·1 문화상과 예술원상을 받았다.

보들레르, 샤를 피에르 Charles Pierre Baudelaire, 1821~1867

프랑스의 시인. 1857년에 시집『악의 꽃』을 출간했을 때, 플로베르의『보바리 부인』과 함께 '공공 풍기 문란죄'로 기소되었다. 기이한 행적으로 문단과 사회의 눈길을 끌었고, 낯설고도 매혹적인 운율로 영혼과 감각을 새롭게 일깨우던 그의 시를, 빅토르 위고는 '새로운 전율'이라 말했다. 다음 세대인 베를렌, 랭보, 말라르메 등 상징파 시인들에게 큰 영향을 끼쳤으며, 사물과 인간 감성의 본질을 꿰뚫는 보들레르의 시를 윤동주 또한 주의 깊게 보았다.

샬랴핀, 표도르 이바노비치 Fyodor Ivanovich Chaliapin, 1873~1938

러시아의 성악가. 가난한 노동자의 아들로 태어나, 힘겨운 삶을 담은 비통하고도 장중한 저음으로 '역사상 가장 위대한 베이스 가수'라 불린다. 러시아의 민요와 가곡을 예술의 경지로 승화시켰다는 평가를 받는다.

안병욱 安秉煜, 1920~2013

철학자. 호는 이당(怡堂). 일본 와세다 대학에 다닐 때 윤동주와, 평양 고보 동기인 백인준과 서로 하숙을 오가며 친하게 지냈다. 1950년대에『사상계』주간을 지냈고, 숭실 대학교 철학 교수로 있으면서 전쟁 직후의 혼란과 인간성 상실을 딛고 새로운 가치관을 세워 나가고자 했다. 수많은 대중 강연과 저서를 통해 철학을 쉽게 알렸다.『현대사상』,『사색의 향연』,『행복의 미학』,『인생은 예술처럼』등의 책을 썼다.

안창호 安昌浩, 1878~1938

독립운동가, 사상가. 호는 도산(島山). 뛰어난 웅변으로, 나라를 잃고 실의에 빠져 있던 수많은 조선 청년들을 독립운동의 길에 나서게 했다. 미국과 중국을 오가며 '신민회'와 '흥사단' 등의 단체를 만들고 임시 정부 활동을 지원했다. 독립운동 세력이 서로 갈라져 갈등했을 때는 상대방의 사상과 노선을 포용하는 제3의 노선을 제시하여 힘을 한데 모으고자 했다. 1937년에 수양 동우회 사건으로 투옥되었고, 이듬해 병보석으로 나왔으나 결국 사망했다. 이때 조선 총독부는 대규모 시위가 발생할 것을 우려하여, 소수의 인척으로 장례식 참석자를 제한했고 망우리 묘지로 가는 길목마저 통제했다.

언더우드, 호러스 그랜트 Horace Grant Underwood, 원두우(元杜尤), 1859~1916

미국의 선교사. 교육가. 1917년에 사립 연희 전문학교의 전신인 조선 기독 대학을 설립했다. 아들 원한경(元漢慶, Horace Horton Underwood)은 연희 전문학교 제3대 교장으로 있으면서 일제의 군국주의 교육이 한창일 때 학교를 지키려 애썼다. 태평양 전쟁이 일어나자 언더우드 일가는 미국으로 추방되고, 학교는 총독부에 귀속되었다. 손자 원일한(元一漢, Horace Grant Underwood)은 해방 후 연세 대학교 복구 사업에 힘썼으며, 미국 해군의 정보부에서 활동하기도 했다.

유영 柳玲, 1917~2002

영문학자, 시인. 필명은 운향(雲鄕). 윤동주의 연희 전문 문과 동기로, 해방 후에 열린 윤동주·송몽규 추도회에서 추도 시를 썼고, 윤동주 관련 회고의 글을 여럿 남겼다. 연세 대학교 영문학과 교수로 있으면서 다수의 논문과 번역서를 냈고, 시집 『일월』과 수필집 『인생 산책』 등을 펴냈다.

유진오 兪鎭午, 1906~1987

작가, 법학자. 호는 현민(玄民). 경성 제대 법문학부에 입학했을 때 당대의 수재라는 평가를 받았다. 이효석 등과 카프의 프로 문학에 심정적으로 동조하는 동반 작가로 활동했다. 중일 전쟁 뒤 친일로 돌아서서 '신체제와 국어 보급' 등 여러 차례 시국 강연을 했고, 이광수와 도쿄에서 열린 '내동아 문학자 대회'에 참가했다. 학병제가 실시되었을 때 총독부 기관지 『매일신보』에 십여 차례 사설을 기고하여, 일본의 '영원한 승리'를 다짐하고 학병으로 전쟁터에 나갈 것을 독려했다. 초대 제헌 국회 의원과, 국회 헌법 기초 전문 위원, 법제처장, 고려 대학교 총장 등을 지냈다. 단편 「김 강사와 T교수」, 「창랑정기(滄浪亭記)」 등을 썼고, 다수의 법학 서적을 발간했다.

윤일주 尹一柱, 1927~1985

시인, 건축학자. 윤동주의 동생. 1946년에 서울로 온 뒤 북간도의 가족과 헤어졌다.(어머니 김용은 1948년에, 아우 광주는 1962년에, 아버지 윤영석은 1965년에 세상을 떠났다.) 형 윤동주를 기리는 일에 평생 헌신하여, 관련 자료의 정리와 보관, 연보 작성, 회상과 증언 기록 등 윤동주 연구에 대한 기초를 닦아 놓았고, 일본의 관심도 불러일으켰다. 중국과 수교를 맺지 않았던 1985년 봄에, 연변을 방문하는 일본 학자 오무라 마스오(大村益夫)에게 윤동주의 묘소를 찾아 달라는 부탁을 했다. 용정 교외에 있는 형의 묘지를 찾았다는 소식을 들었고, 그해 말에 세상을 떠났다. 성균관 대학교 건축학 교수로 있으면서 『한국 양식 건축 80년사』를 썼고, 사후에 동시집 『민들레 피리』가 출간되었다. 2013년에 유족은 윤동주의 친필 유고와 유품, 관련 자료들을 연세 대학교에 기증했다.

윤치호 尹致昊, 1865~1945

정치가. 호는 좌옹(佐翁). 일본 이름은 이토 지코(伊東致昊). 일찍이 미국에서 공부하면서 서양 문명을 신봉하게 되었으나, 한편으로 유색 인종을 차별하는 서구 백인들에게 반감도 갖게 되었다. 중일 전쟁 뒤 본격적인 친일의 길로 나섰고, 일본이 주도하는 '대동아 공영'의 건설을 진심으로 앙망했다. '국민정신 총동원 조선 연맹', '조선 지원병 후원회', '조선 임전 보국단' 등 대표적 친일 단체의 핵심 인물로 참여했다. 일본 귀족원 칙선 의원에 선임됐다.

이광수 李光洙, 1892~1950

소설가, 언론인. 호는 춘원(春園). 일본 이름은 가야마 미쓰로(香山光郎). 우리나라 최초의 근대 소설인 「무정」을 썼고, 「흙」, 「사랑」 등의 소설과 계몽적 논설을 썼다. 1921년에 「민족 개조론」으로 큰 물의를 일으켰고, 중일 전쟁 뒤에는 노골적인 친일 협력의 길로 들어섰다. 조선 문인 협회 등 수많은 친일 단체에 참여하여 내선일체와 황국 신민화, 조선 청년들의 징용과 징병 참여를 독려하는 글을 쓰고 강연했다. 해방 뒤에 「나의 고백」을 써서 친일 행적을 변명했고, 6·25 전쟁 중에 사망했다고 전해진다.

이상 李箱, 1910~1937

시인, 소설가. 본명은 김해경(金海卿). 경성 고등 공업 학교 건축과를 졸업하고 건축 기사로도 일했다. 1934년에 『조선중앙일보』에 시 「오감도」를 연재하다가 독자들의 빗발치는 항의로 중단했고, 신문사 학예부장 이태준도 곤욕을 치렀다. 일본에서 불령선인으로 경찰에 체포되었고, 병이 악화되어 세상을 떠났다. 대표적인 작품으로 「날개」, 「봉별기」, 「종생기」 등의 소설과, 수필 「권태」 등이 있다. 윤동주는 벗들에게 이상의 작품을 읽기를 권하며, 이상의 글에는 매운 데가 있다고 높이 평가하였다.

이양하 李敭河, 1904~1963

수필가, 영문학자. 연희 전문 교수와 학장을 지냈다. 사색이 담긴 수필을 많이 썼다. 「나무」, 「페이터의 산문」, 「신록 예찬」 등 명수필을 남겼으며, 수필집에 『이양하 수필집』과 『나무』가 있다.

이태준 李泰俊, 1904~?

소설가. 호는 상허(尙虛). '시는 정지용, 산문은 이태준'이라는 당대 최고의 평가를 받았다. 『문장』의 발간을 주재하여 문인들의 작품을 싣고, 역량 있는 신인들을 추천하고 발굴했다. 조선 문인 협회에 참가했으나 일제 말에는 절필하고 고향 철원에서 칩거했다. 해방 뒤에 자기 고백적인 작품인 「해방 전후」를 썼고, 1948년에 북쪽으로 간 뒤 자세한 행적을 알수 없다. 단편집으로 『달밤』, 『가마귀』, 『이태준 단편집』, 『해방 전후』 등이 있고, 수필집으로 『무서록』, 문장론인 『문장 강화』가 있다.

임화 林和, 1908~1953

시인, 평론가. 본명은 인식(仁植). 흰 피부와 수려한 외모가 이탈리아 배우를 닮았다 하여 '조선의 발렌티노'로 불렸고, 영화에도 출연했다. 카프활동을 시작하면서 「우리 오빠와 화로」, 「네거리의 순이」 등의 시로 대표적인 '프로 시인'이 되었다. 카프 해산 뒤 출판사 학예사를 운영했고, 일제의 신체제 문화 운동에 협력하기도 했다. 해방 뒤에 북쪽으로 갔다. 시집으로『현해탄』,『너 어느 곳에 있느냐』등이 있고, 평론집으로『문학의 논리』가 있다.

잠, 프랑시스 Francis Jammes, 1868~1938

프랑스의 시인. 프랑스의 피레네 산맥 산간 지방에서 태어나 평생 그곳에서 살았다. 상징과 알레고리의 앙상한 뼈대만 남아 있는 상징주의 말기의 프랑스 시단에, 산속의 자연과 평범한 일상이 주는 단순하고도 생명력 있는 시로 깊은 인상을 남겼다. 천진한 눈으로 자연을 있는 그대로 바라보았고, 과거의 추억들도 담담하게 그려 내었다.「당나귀와 함께 천국에 가기 위한 기도」,「식당」,「위대한 것은 인간의 일들이니」등의 시와『새벽의 삼종에서 저녁의 삼종까지』,『그리스도교의 농목 시(農牧詩)』등의 시집이 있다.

장덕순 張德順, 1921~1996

국문학자. 호는 성산(城山). 윤동주의 중학 후배이자 연희 전문 문과 후배로, 윤동주를 회고하는 글을 여러 편 남겼다. 1963년에 월간지『세대』에, 1940년에서 1945년까지의「일제 암흑기의 문학사」를 통렬한 어조로 정리해 놓았다. 서울 대학교 교수로 있으면서 고전 소설과 구비 문학 분야에서 탁월한 업적을 많이 남겼고,『국문학 통론』,『한국 설화 문학 연구』,『한국 수필 문학사』등의 저서가 있다.

정병욱 鄭炳昱, 1922~1982

국문학자. 호는 백영(白影)인데, 윤동주의 시「흰 그림자」에서 따왔다. 윤동주의 연희 전문 후배로 육필 원고『하늘과 바람과 별과 시』를 간직해 세상에 알렸다. 이 일을, 평생 돌이켜 볼 때 가장 보람되고 자랑스러운 일이라고「잊지 못할 윤동주 형」에서 회고했다. 전쟁과 분단으로 홀로 남쪽에 있게 된, 윤동주의 아우 윤일주와 누이동생의 결혼을 주선했다. 서울 대학교 교수로 있으면서 고전 시가를 비롯해 한국 고전 문학 연구에 탁월한 업적을 남겼고, '판소리 학회'도 창립했다. 저서에『국문학 산고』,『한국 고전 시가론』,『시조 문학 사전』,『한국의 판소리』등이 있다. 윤동주의 원고를 간직했던 광양 망덕리의 집은 '윤동주 유고 보존 정병욱 가옥'으로 지정되어 등록 문화재가 되었다.

정비석 鄭飛石, 1911~1991

소설가. 본명은 서죽(瑞竹).「졸곡제(卒哭祭)」와「성황당」등의 단편에서 소박하고 친근한 인물들을 낭만적으로 그려 냈다. 1940년에『매일신보』기자로 들어가, 모든 문학과 문화는 전쟁 승리의 도구가 되어야 함을 역설하고, 조선 청년들의 입대를 독려했다. 6·25 전쟁 때는 '종군 작가단'으로 나갔고, 그 뒤에도 작품 활동을 활발히 했다. 1950년대의 베스트셀러인『자유부인』과『소설 손자병법』,『소설 초한지』,『소설 삼국지』등으로 큰 인기를 누렸다.

정인보 鄭寅普, 1893~1950

한학자, 역사가. 호는 담원(薝園), 미소산인(薇蘇山人). 아호는 위당(爲堂). 연희 전문에서 한문학과 역사, 조선 문학 등 국학 전반의 과목을 강의하고 연구했다. '얼'은 인간 존재의 핵심이며 역사의 원동력이라 강조하고, 민족의식을 심어 주고자 했다. 창씨개명 등으로 일제의 탄압이 광폭해지자 사직서를 내고 은거했다. 해방 후에 나라의 기강을 바르게 세우고자 감찰 위원장이 되었으나, 뜻한 바를 제대로 펼 수 없어 그만두었다. 6·25 전쟁 중에 세상을 떠났다. 저서에 『조선사 연구』, 『양명학 연론』, 『담원 시조집』, 『담원문록』 등이 있다.

정인섭 鄭寅燮, 1905~1983

시인, 평론가, 영문학자. 호는 눈솔, 필명은 설송(雪松). 연희 전문 교수로, '해외 문학 연구회', '한글학회', '극예술 연구회' 등에서 활동했다. 조선 문인 협회의 간사로 있으면서 순회 강연단을 조직하고, 신체제와 문학의 역할에 대해 널리 알렸다. 「시국과 조선 문학의 장래」 등 다수의 친일 평론을 발표하고, 전쟁 지원을 위한 강연단에 적극 참여했다. 해방 뒤에 중앙 대학교와 서울 대학교, 한국 외국어 대학교의 교수로 있었고, 국제 펜클럽 한국 위원장을 지냈다.

정지용 鄭芝溶, 1902~?

시인. 교토 도시샤 대학에서 영문학 공부를 했다. 모더니즘적인 이미지를 중시하면서도 우리말을 아름답게 가다듬은 절제된 표현으로, 문단의 시인과 윤동주 등 문학 지망생들에게 큰 영향을 끼쳤다. 『문장』의 시 부문 추천 위원으로, 조지훈, 박두진, 박목월, 박남수 등을 등단시켰다. 일제 말에는 창작을 중단하고 은거했다. 「압천」, 「유리창」, 「향수」, 「백록담」 등 수많은 시를 썼고, 『지용 시선』과 산문집 『문학 독본』을 간행했다. 해방 뒤에 『경향신문』 주간으로 있으면서 윤동주의 시를 알렸고, 유고 시집

『하늘과 바람과 별과 시』의 서문을 썼다. 6·25 전쟁 뒤에 행방을 알 수 없는데, 1988년의 납·월북 작가의 작품에 대한 해금 조치로 그의 문학에 대한 논의가 가능하게 되었다.

조지훈 趙芝薰, 1920~1968

시인, 국문학자. 본명은 동탁(東卓). 『문장』에 「고풍 의상」, 「봉황수」를 추천받고 등단했다. 추천사에서 정지용은 "매우 유망하시외다. 앞으로 생활과 호흡과 연치(年齒)와 생략이 보고 싶습니다."라고 했다. 시집에 『청록집』(공저), 『조지훈 시선』, 『역사 앞에서』 등이 있고, 수필 「지조론」에서 1950년대 말의 혼란한 정치 현실을 비판했다. 논문집 『한국 민족운동사』도 있다. 4·19 혁명 때 희생된 제자들을 추모한 「늬들 마음을 우리가 안다」 시비가 고려 대학교 교정에 서 있다.

최남선 崔南善, 1890~1957

작가, 역사학자. 호는 육당(六堂). 이광수, 홍명희와 더불어 조선의 3대 천재라 불렸다. 1908년에 『소년』을 창간하여 새로운 형식의 자유시 「해(海)에게서 소년에게」를 발표했고, 3·1운동 때 민족 대표 48인 중의 한 사람으로 '독립 선언문'을 기초했다. 그러나 조선 총독부 산하 '조선사 편찬 위원회'의 편수 위원이 되면서 역사 왜곡과 친일 협력의 길을 걸었고, 친구 정인보는 "내 친구 최남선이 죽었다."며 부고장을 돌리고 곡을 했다. 조선 총독부의 중추원 참의를 거쳐 관동군이 만주에 세운 건국 대학 교수로 있었고, 재일 조선인 유학생의 학병 지원을 독려하기 위해 이광수와 도쿄에서 강연했다. 해방 뒤에 '반민 특위'에 체포되어 반성문 격인 「자열서(自列書)」를 썼으나, 변명에 가까웠다.

최재서 崔載瑞, 1908~1964

문학 평론가, 영문학자. 호는 석경우(石耕牛). 경성 제국 대학에서 영문학을 공부하고 영국 런던 대학에 유학했다. 해외 영문학의 동향을 소개하면서 이상, 박태원, 이태준 등 조선 작가와 작품에 대한 비평을 했다. 『문장』과 더불어 조선 지성계의 양대 잡지였던 『인문 평론』을 발간했고, 폐간되자 친일 문학지 『국민 문학』의 주간이 되었다. 중일 전쟁과 독일의 파리 점령 뒤에 국가주의와 전체주의의 입장으로 돌아서서, 일본의 신체제 수립과 대동아 공영권 건설을 적극 지지했다. 해방 뒤에 연세 대학교와 동국 대학교, 한양 대학교 등에서 교수로 있었다.

최현배 崔鉉培, 1894~1970

국어학자, 교육자. 호는 외솔. 연희 전문 교수로 있으면서 우리말 연구와 강의에 헌신했다. 1937년에 『우리말본 첫째매─소리갈』(음성학)에 '씨갈(품사론)'과 '월갈(문장론)'을 덧붙여 『우리말본』 온책을 간행했다. '조선어학회' 사건으로 함흥 감옥에 갇혔고, 해방이 되자마자 한글 전용과 가로쓰기를 기본 방향으로 국어 교재 편찬 작업부터 했다. 『한글의 투쟁』, 『한글만 쓰기의 주장』, 『나라 사랑의 길』 등의 저서가 있고, '한글학회'와 '외솔회'를 중심으로 그의 학문과 뜻이 이어져 오고 있다. 외솔회 기관지인 『나라사랑』 23집(1976)은 윤동주 특집호로 발행되었다.

콕토, 장 Jean Cocteau, 1889~1963

프랑스의 시인, 소설가, 극작가, 화가. 시인 아폴리네르, 화가 피카소, 작곡가 스트라빈스키 등과 함께 '전위 예술 운동'을 했다. 제2차 세계 대전 때는 반(反) 나치스 진영에 가담하여 책은 금서가 되고 희곡 상연은 금지 당했다. 『포에지』(Poésie) 등의 시집과 「무서운 아이들」, 「에펠 탑의 신랑 신부」 등의 많은 소설과 희곡, 비평이 있다.

키르케고르, 쇠렌 오뷔에 Søren Aabye Kierkegaard, 1813~1855

덴마크의 철학자. 기독교 사회라면서도 사실은 이교도 사회와 다를 바 없는 서구의 모순된 현실을 지적하고, 인간 존재의 위기를 진단하고 분석했다. 동시대의 마르크스가 '인간의 소외'는 사회·경제적 현실의 모순에서 비롯된다고 주장한 것과 달리, 인간의 내면에 있는 심각한 모순에서 소외의 근원을 찾았다. 소외는 불안을 낳고 불안은 절망을 낳게 되며, 이 절망에서 비로소 세계의 근원이자 본질적 존재인 신과 마주할 수 있다고 했다. 그의 시대에는 주목받지 못했으나, 20세기 철학에 큰 영향을 끼쳤다. 다만 '소외'와 '절망'에서 출발한 그의 철학적 귀결은 신에게로 향했으나, 20세기 실존주의 철학은 신을 부정하는 무신론적인 견해로 나아갔다.

투르게네프, 이반 세르게예비치 Ivan Sergeevich Turgenev, 1818~1883

러시아의 작가. 러시아의 광활한 자연을 탁월한 문학적 언어로 묘사하고, 변화하는 사회 모습을 사실적으로 그려 냈다. 연작 단편 「사냥꾼의 수기」에서 농노제의 모순을 지적했고, 「아버지와 아들」에서 러시아 사회에서 아버지와 아들 세대 간의 갈등을 그렸다. 노년에 주로 쓴 산문시는, 전통적인 정형시에서 벗어나 새로운 형태의 근대 시를 모색하던 조선 문단에 큰 영향을 끼쳤고, 많은 작가들이 유행처럼 산문시를 쓰기도 했다.

허웅 許雄, 1918~2004

국어학자. 호는 눈뫼. 윤동주의 연희 전문 동기로, 최현배 교수가 일본 경
찰에 검거되자 학교를 그만두었다. 독학으로 고향에서 15세기 국어를 연
구했고, 해방 뒤 서울 대학교 등에서 학생들을 가르쳤다. 주시경과 최현
배의 뒤를 이어 국어학을 언어 과학의 수준으로 끌어올렸다는 평가를 받
는다. 스승 최현배가 세상을 떠난 뒤 한글학회 회장이 되었고, 저서에『국
어 음운론』, 『언어학 개론』, 『우리 옛말본』 등이 있다.

현제명 玄濟明, 1902~1960

성악가, 교육자. 미국에서 공부하고 돌아와 연희 전문 음악부 교수로 있
으면서 관현악단, 중창단 등을 조직했다. '수양 동우회' 사건에 연루되자
이내 친일 단체인 '대동 민우회'에 가입해 본격적으로 친일 협력의 길을
걸었다. 친일 음악가 단체인 '조선 음악 협회' 활동을 적극적으로 했고,
군국 가요를 보급하는 한편으로 '전함 및 비행기 헌납 음악회'도 열었다.
해방 후에 서울 대학교 교수와 예술원 종신회원 등이 되었다. 「고향 생
각」, 「그 집 앞」, 「희망의 나라로」 등 수많은 가곡과 오페라 「춘향전」, 「왕
자 호동」 등의 작품이 있다.

참고한 책과 논문

책

『경성 카메라 산책』, 이경민, 아카이브북스 2012.

『경성기담』, 전봉관 지음, 살림 2006.

『경성리포트』, 최병택·예지숙 지음, 시공사 2009.

『경성상계』, 박상하 지음, 생각의나무 2008.

『고향으로부터 운동주를 찾아서』, 박용일 편저, 흑룡강조선민족출판사 2007.

『구보 씨와 더불어 경성을 가다』, 조이담·박태원 지음, 바람구두 2005.

『그때 그 일본인들』, 다테로 아키라 엮고 지음, 오정환·이정환 옮김, 한길사 2006.

『극비 조선총독부의 언론검열과 탄압』, 정진석 지음, 커뮤니케이션북스 2007.

『근대 여성, 제국을 거쳐 조선으로 회유하다』, 박선미 지음, 창비 2007.

『근대의 책 읽기』, 천정환 지음, 푸른역사 2003.

『근대 학문의 형성과 연희전문』, 연세대학교 국학연구원 편, 연세대학교출판부 2005.

『기린갑이와 고만녜의 꿈』, 문재린·김신묵 지음, 문영금·문영미 엮음, 삼인 2006.

『기억을 둘러싼 투쟁』, 김인철 지음, 아세아문화사 2006.

『김정동 교수의 근대 건축 기행』, 김정동 지음, 푸른역사 1999.

『김학철 평전』, 김호웅·김해양 엮고 지음, 실천문학사 2007.

『꽃가치 피어 매혹케 하라』, 김태수 지음, 황소자리 2005.

『끝나지 않는 신드롬』, 천정환 지음, 푸른역사 2005.

『나는 황국신민이로소이다』, 정운현 지음, 개마고원 1999.

『나의 별에도 봄이 오면』, 이건청 엮고 지음, 문학세계사 1981.

『나의 옥중기』, 김광섭 지음, 창작과비평사 1976.

『내일을 걷는 연세 역사』, 연세대학교 박물관 엮음, 연세대학교대학출판문화원 2013.

『도시 사회상 연구들』, 손정목 지음, 일지사 1996.

『동원과 저항』, 김영미 지음, 푸른역사 2009.

『뚜르게네프』, 이항재 지음, 건국대학교출판부 1996.

『라이너 마리아 릴케』, 조두환 지음, 건국대학교출판부 2001.

『럭키경성』, 전봉관 지음, 살림 2007.

『릴케 시선』, 라이너 마리아 릴케 지음, 구기성 옮김, 을유문화사 1995.

『릴케와 한국의 시인들』, 김재혁 지음, 고려대학교출판부 2006.

『만주를 가다』, 박영희 지음, 삶이보이는창 2008.

『말테의 수기』, 라이너 마리아 릴케 지음, 문현미 옮김, 민음사 2001.

『멧새 소리』, 백석 지음, 미래사 1991.

『모던뽀이, 京城을 거닐다』, 신명직 지음, 현실문화연구 2003.

『모던의 유혹, 모던의 눈물』, 노형석 지음, 생각의나무 2004.

『문익환 평전』, 김형수 지음, 실천문학사 2004.

『민족문학사 강좌』 하, 민족문학사연구소 엮음, 창작과비평사 1995, 2007.

『박람회, 근대의 시선』, 요시미 순야 지음, 이태문 옮김, 논형 2004.

『발레리 선집』, 폴 발레리 지음, 박은수 옮김, 을유문화사 1999.

『백낙준 전집』 3, 백낙준 지음, 연세대학교출판부 1995.

『백석』, 박혜숙 지음, 건국대학교출판부 1995.

『백영 정병욱 저작 전집』, 정병욱 지음, 신구문화사 1999.

『백영 정병욱의 인간과 학문』, 백영 정병욱 선생 추모문집 간행위원회 지음, 신구문화사 1997.

『번지 없는 주막』, 이동순 지음, 선 2007(개정판 1쇄).

『북간도에 세운 이상향 명동』, 김재홍 지음, 국립민속박물관 2008.

『불온한 경성은 명랑하라』, 소래섭 지음, 웅진지식하우스 2011.

『30년대의 문화예술인들』, 조용만 지음, 범양사 1988.

『새벽의 삼종에서 저녁의 삼종까지』, 프랑시스 잠 지음, 곽광수 옮김, 민음사 1975, 1995.

『서대문형무소 근현대사』, 김삼웅 지음, 나남출판 2000.

『서울에 딴스홀을 許하라』, 김진송 지음, 현실문화연구 1999.

『성경』, 주교회의 성서위원회 엮음, 한국천주교중앙협의회 2005.

『성산 장덕순 선생 저작집』, 장덕순 지음, 박이정 1995.

『식민주의와 언어』, 손준식 외 지음, 아름나무 2007.

『식민주의와 협력』, 김재용·김미란 엮고 옮김, 역락 2003.

『식민지를 안고서』, 김철 지음, 역락 2009.

『식민지 시대의 문학 연구』, 김치수 외 지음, 깊은샘 1980.

『식민지의 회색지대』, 윤해동 지음, 역사비평사 2003.

『실존철학』, 프리츠 하이네만 지음, 황문수 옮김, 문예출판사 1988(신장 2쇄), 1976(초판).

『역사적 파시즘』, 권명아 지음, 책세상 2005.

『연세대학교 백년사』, 연세대학교 백년사 편찬위원회 지음, 연세대학교출판부 1985.

『연세대학교사』, 연세 창립 80주년 기념사업위원회 지음, 연세대학교출판부 1969.

『연희전문학교 앨범』 1938, 1939, 1940, 1941(3월), 1941(12월).

『연희전문학교 일람』, 1939(소화14년도), 1940(소화15년도), 1941(소화16년도).

『우리 영화 100년』, 김종원·정중헌 지음, 현암사 2001.

『윤동주 연구』, 권영민 엮음, 문학과사상사 1995.

『윤동주 시 깊이 읽기』, 권오만 지음, 소명출판 2009.

『윤동주 자세히 읽기』, 이상섭 지음, 한국문화사 2007.

『윤동주 자필 시고전집—사진판』, 왕신영 외 엮음, 민음사 2002(증보판).

『윤동주 평전』, 송우혜 지음, 푸른역사 2004.

『윤동주 평전』, 권일송 엮고 지음, 민예사 1984.

『윤동주』, 김학동 엮음, 서강대학교출판부 1997.

『윤동주와 한국문학』, 오오무라 마스오 지음, 소명출판 2001.

『윤치호 일기 1916~1943』, 윤치호 지음, 김상태 엮음, 역사비평사 2001.

『윤치호의 협력 일기』, 박지향 지음, 이숲 2010.

『이광수 전집』 제18권, 이광수 지음, 삼중당 1966.

『이광수』, 한승옥 지음, 건국대학교출판부 1995.

『이상과 모던뽀이들』, 장석주 지음, 현암사 2011.

『이태준 문학의 재인식』, 문학과사상연구회 지음, 소명출판 2004.

『일본 유학생 문인들의 대정·소화 체험』, 심원섭 지음, 소명출판 2009.

『일본 지성인들이 사랑하는 윤동주』, 이누가이 미쯔히로 외 엮음, 고계영 옮김, 민예당 1998.

『일본잡지 모던일본과 조선 1939』, 모던일본사 지음, 윤소영 외 옮김, 어문학사 2007.

『일본잡지 모던일본과 조선 1940』, 모던일본사 지음, 홍선영 외 옮김, 어문학사 2009.

『일본 현대사』, 도야마 시게키 외 지음, 박영주 옮김, 한울 1988.

『일제 강점기 1910~1945』, 박도 엮음, 눈빛 2010.

『일제 말기 식민지 지배정책 연구』, 최유리 지음, 국학자료원 1997.

『일제 식민지 근대화론 비판』, 신용하 지음, 문학과지성사 1998.

『일제 파시즘 지배정책과 민중생활』, 방기중 엮음, 혜안 2004.

『일제말기 문인들의 만주체험』, 민족문학연구소 엮음, 역락 2007.

『일제하 40년사』, 강재언 지음, 풀빛 1984.

『전향의 사상사적 연구』, 후지타 쇼조 지음, 최종길 옮김, 논형 2007.

『젊은 시인에게 보내는 편지』, 라이너 마리아 릴케 지음, 홍경호 옮김, 범우사 1987.

『정본 윤동주 전집 원전 연구』, 홍장학 지음, 문학과지성사 2004.

『정본 윤동주 전집』, 윤동주 지음, 홍장학 엮음, 문학과지성사 2004.

『정지용』, 민병기 지음, 건국대학교출판부 1996.

『조선 청년이여, 황국 신민이 되어라』, 정혜경 지음, 서해문집 2010.

『조선 민중과 「황민화」 정책』, 미야다 세즈코 지음, 이형랑 옮김, 일조각 1997.

『조선사람』, 백종원 지음, 삼천리 2012.

『조선사회경제사』, 백남운 지음, 박광순 옮김, 범우사 1989.

『조선 영화』, 이화진 지음, 책세상 2005.

『조선총독부 공문서』, 박성진·이승일 지음, 역사비평사 2007.

『죽음에 이르는 병』, 쇠얀 키르케고르 지음, 김영목 옮김, 학일출판사 1994(개정 1판).

『지용 시선』, 정지용 지음, 을유문화사 1946(초판), 2006(2판).

『진리와 자유의 기수들』, 연세대학교 출판위원회 엮음, 연세대학교출판부 1982.

『창씨개명』, 정운현 엮고 옮김, 학민사 1994.

『청록집』, 박목월·조지훈·박두진 지음, 을유문화사 1946(초판), 2006(제2판).

『취한 배』, 다나카 히데미쓰 지음, 유은경 옮김, 소화 1999.

『친일문학론』, 임종국 지음, 평화출판사 1966(초판), 민족문제연구소 2002(기념본).

『친일문학의 내적 논리』, 김재용 외 지음, 역락 2003.

『친일파란 무엇인가』, 민족문제연구소 지음, 아세아문화사 1997.

『투르게네프 산문시』, 이반 투르게네프 지음, 김학수 옮김, 민음사 1975(초판), 1997(2판).

『프랑스 문학사상의 이해』, 이환 지음, 민음사 1988.

『한국 근대 일본어 소설선 1940~1944』, 이경훈 엮고 옮김, 역락 2007.

『한국 근대 일본어 평론 좌담회 선집 1939~1944』, 이경훈 엮고 옮김, 역락 2009.

『한국 근대사의 풍경』, 노형석 지음, 생각의나무 2006.

『한국 근대의 식민지 체험과 이중언어 문학』, 정백수 지음, 아세아문화사 2000.

『한국 대중가요사』, 이영미 지음, 시공사 1998.

『한국현대대표시선』1, 민영·최원식·최두석 엮음, 창작과비평사 1993(증보판).

『한국 근대 문예 비평사 연구』, 김윤식 지음, 일지사 1976(신판 1쇄), 2006(18쇄).

『한국 근대 문학사론』, 임형택·최원식 엮음, 한길사 1982.

『한국 근대사 산책』 8권·9권·10권, 강준만 지음, 인물과사상사 2008.

『미나카이 백화점』, 하야시 히로시게 지음, 김성호 옮김, 논형 2007.

『한국근대 학생운동사』, 김호일 지음, 선인 2005.

『한국문학통사』5, 조동일 지음, 지식산업사 1988.

『한국사 100년의 기억을 찾아 일본을 걷다』, 이재갑 지음, 살림 2011.

『한국사』50, 국사편찬위원회 엮음, 국사편찬위원회 2001.

『한국사』51, 국사편찬위원회 엮음, 국사편찬위원회 2001.

『한국의 역사가와 역사학』하, 조동걸·한영우·박찬승 엮음, 창비 1994.

『한국현대사』, 강만길 지음, 창작과비평사 1984.

『할배, 왜놈소는 조선소랑 우는 것도 다른강?』, 안재구 지음, 돌베개 1997.

『항일유적답사기』, 박도 지음, 눈빛 2006.

『해방전후사의 인식』1, 송건호 외 지음, 한길사 2004(개정판).

『협력과 저항』, 김재용 지음, 소명출판 2004.

『황금광시대』, 전봉관 지음, 살림 2005.

논문

「'거울'에 대한 방법론적 고찰―이상과 윤동주의 시에 나타난 '거울' 이미지를 중심으로」, 김수
        이, 『고봉논집』제16집, 1995.

「'시인 윤동주 기억과 화해의 비석' 건립 운동의 현황과 과정에서 공개된 윤동주와 송몽규의 판
        결문에 대하여」, 콘다니 노부코, 『다시올문학』2013년 겨울.

「'식민지 근대화론' 재정립 시도에 대한 비판」, 신용하, 『창작과비평』1997년 겨울.

「'재조선(在朝鮮)' 일본인 지식 사회 연구」, 박광현, 『일본학연구』제19집, 2006.

「'전후'와 '센고(戰後)'」, 박광현, 『국제언어문학』제10호, 2004.

「'조선인(朝鮮人)'과 '국민(國民)'의 간극」, 장용경, 『역사문제연구』제15호, 2005.

「"인텔리 위안소", 혹은 식민지 공론장의 초상」, 이상길, 『문화과학』제36호, 2003.

「'순수(純粹)'에의 지향」, 현민(玄民, 유진오), 『문장』1939년 6월.

「'순수(純粹)" 이의」, 김동리, 『문장』1939년 8월.

「1934년 경성, 행복 찾기―박태원의 『소설가 구보 씨의 일일』」, 채호석, 『민족문학사연구』제6권
        1호, 1994.

「가슴 에는 고초(苦楚)의 흔적」, 윤일주, 『문학사상』1977년 12월.

「검열관 니시무라 신타로에 관한 고찰」, 박광현, 『한국문학연구』제32집, 2007.

「극장 구경과 활동사진 보기」, 유선영, 『역사비평』2003년 가을.

「내가 마지막 본 윤동주」, 김헌술, 『정경문화』1985년 8월.

「다시 윤동주의 죽음에 대하여」, 고노에 에이찌, 『현대문학』1980년 12월.

「더기 아래 윤동주의 집」, 김혁, 『다시올문학』2013년 겨울.

「동주, 내가 아는 대로」, 문익환, 『문학사상』 1973년 3월.

「동주와 나─인간 동주 소묘」, 장덕순, 『자유문학』 1959년 3월.

「동주의 독립운동의 구체적 증거」, 정병욱, 『문학사상』 1977년 12월.

「동주 형님을 추억함」, 윤일주, 『현대문학』 1963년 1월.

「뚜르게네프 산문시 「거지」와 윤동주의 「트루게네프의 언덕」」, 안병용, 『슬라브학보』 제21권 3
    호, 2006.

「만주, 디아스포라 윤동주의 고향」, 김응교, 『한민족문화연구』 제39집, 2012.

「명동촌에서 후쿠오카까지」, 윤영춘, 『나라사랑』 제23집, 1976.

「보들레르와 댄디즘」, 윤영애, 『불어불문학연구』 제40집, 1999.

「북간도가 낳은 청년 문사 송몽규」, 이형석, 『북한』 제263호, 1993.

「사상이 있는 도서관 문화─항일 시대의 사립고등교육기관의 도서관을 중심으로」, 김용성, 『인
    문과학논총』 제24호, 2002.

「새삼 이는 울분을 가누며」, 윤일주, 『문학사상』 1982년 10월.

「서울시 교통체계 형성에 관한 연구(1876~1944)」, 윤제무, 『서울학연구』 제2호, 1994.

「손진태」, 김수태, 『한국사 시민강좌』 제21집, 1997.

「손진태의 생애와 학문 활동」, 최광식, 『역사민속학』 제11호, 2000.

「송몽규에 대한 판결문」, 박은희 옮김, 『다시올문학』 2013년 겨울.

「순수는 무엇인가」, 이원조, 『문장』 1939년 12월.

「순수시비(純粹是非)」, 김환태, 『문장』 1939년 11월.

「시대의 아침을 기다리며─윤동주의 유학에서 옥사까지」 상·하, 이부키 고 지음, 윤일주 옮김,
    『문학사상』 1985년 3월·4월.

「시와 행동─윤동주의 생애를 보는 하나의 시각」, 염무웅, 『나라사랑』 제23집, 1976.

「시인 윤동주 최후의 사진」, 야나기하라 야스코(楊原泰子), 『현대문학』 2006년 9월.

「시인 윤동주, 동경 시대의 하숙과 남겨진 시」, 야나기하라 야스코, 『다시올문학』 2013년 겨울.

「식민지 조선에서의 영화관 체험」, 김승구, 『정신문화연구』 제31권, 2008.

「식민지 교육 경험 세대의 기억」, 김경미, 『한국교육사학』 제27권 제1호, 2005.

「식민지인의 두 가지 모방 양식」, 윤대석, 『한국학보』 제104집, 2001.

「신경(新京)에서, 백석 『흰 바람벽이 있어』」, 김응교, 『인문과학』 제48집, 2011.

「신과 인간—윤동주 시와 그의 신앙과의 관계」, 곽동훈, 『국어국문학』 제16호, 1979.

「신진(新進)에게 갖는 기대」, 유진오, 『조광』 1939년 5월.

「신진 작가 좌담회」, 박노갑·허준·김소엽·계용묵·정비석·현덕, 『조광』, 1939년 1월.

「신진 작가 A군에게」, 김환태, 『조광』, 1939년 5월.

「아름다운 청년 시인 윤동주, 그리고 그를 사랑하는 아름다운 사람들」, 이은정, 『다시울문학』,
        2013년 겨울.

「연보를 통해 본 정인보와 백남운」, 조동걸, 『한국독립운동사연구』 제5집, 1991.

「연희전문 시절의 윤동주」, 유영, 『나라사랑』 제23집, 1976.

「윤동주 시의 '독서 과정' 연구」, 김경숙, 『한국문학이론과 비평』 제49집, 2010.

「윤동주 시의 문학사적 의의」, 김용직, 『나라사랑』 제23집, 1976.

「윤동주 시의 원형은 어떤 것인가」, 오오무라 마스오, 『문학사상』 1993년 4월.

「윤동주 연구」, 구마키 쓰토무, 숭실대학교 대학원 박사 학위 논문, 2003.

「윤동주, 그 죽음의 수수께끼」, 고노에 에이찌, 『현대문학』 1980년 10월.

        (위의 글에서 고노에 에이찌는, 기록상으로 남아 있기로는 1945년 5월부터 6월까지 규슈
        제대 의학부에서 미군기 B29의 탑승원을 대상으로 한 생체 실험 및 해부에 주목했다. 실
        험 중에는 수혈할 때 혈장 대신 식염수를 주사해도 되는가에 관한 것이 있었다. 그는 규슈
        제대 의학부와 긴밀한 관계를 맺고 있던 후쿠오카 형무소에서, 비슷한 시기에 윤동주와
        송몽규를 비롯한 조선인 죄수들이 맞고 죽어 간 주사도 마찬가지일 것이라 추정했다. 일
        본 『전시 행형 실록』에는 조선 독립운동 관련 수형자는 구마모토와 후쿠오카로 보낸다는
        내용이 나와 있고, 후쿠오카 형무소의 사망자 수가 1943년 64명, 1944년 131명, 1945년
        에는 259명으로 대폭 늘어나고 있음을 보여 주는 항목도 있다. 책임자 이시야마 외과 과
        장은 종전 뒤에 실험 기록을 모조리 말소하고 자살했다.)

「윤동주는 '창씨개명'을 했는가」, 미즈노 나오키, 『다시울문학』 2013년 겨울.

「윤동주를 길러낸 명동의 '진짜 주인공'—김약연」, 류연산, 『말』 2006년 6월.

「윤동주에 내려진 판결문 전문」,『문학사상』1982년 10월.

「윤동주에 대한 일경(日警) 극비 취조 문서 전문」,『문학사상』1977년 12월.

「윤동주와 나」, 장덕순,『나라사랑』제23집, 1976.

「윤동주와 송몽규의 재판 판결문과『문우』(1941.6)지 고찰」, 이수경,『한국문학논총』제61집,
2012.

「윤동주와 일본의 지적 풍토」, 왕신영, 고려대학교 대학원 박사 학위 논문, 2007.

「윤동주의 생애」, 윤일주,『나라사랑』제23집, 1976.

「윤동주의 소년 시절」, 김정우,『나라사랑』제23집, 1976.

「윤동주의 이른바 '서시'의 제목 문제」, 이복규,『한국문학논총』제61집, 2012.

「일본의 모더니즘과 윤동주」, 왕신영,『일본학보』제74집 2권, 2008.

「일제 암흑기의 문학사」1·2·3·4, 장덕순,『세대』제1권 4·5·6·7호, 1963.

「일제 전시 파시즘기(1937~45) 조선 민중의 '불온 낙서' 연구」, 변은진,『한국문화』제55집,
2011.

「일제 파시즘기 영화 정책과 영화계의 동향」, 이준식,『한국민족운동사연구』제37집, 2003.

「일제강점기 동화 정책 수단으로서의 "조선신궁"의 건립과 운영」, 국성하,『한국교육사학』제26
권 제1호, 2004.

「일제 말 조선인 노동자층의 전쟁 및 '군수생산력'에 대한 인식과 저항」, 변은진,『향토 서울』제
57호, 1997.

「일제 시기 검열관들의 조선어 미디어와 검열 업무에 대한 인식」, 이민주,『한국언론학보』제55
권, 제1호, 2011.

「일제 시기 라디오의 출현과 청취자」, 김영희,『한국언론학보』제42~46호, 2002.

「일제 시기 서울 지역 정·동회제와 주민 생활」, 김영미,『서울학연구』제16호, 2001.

「일제 식민지 치하 경성부민의 도시적 감수성 형성 과정 연구」, 강심호 외,『서울학연구』제21호,
2003.

「일제의 수인(囚人) 노동력 운영 실태와 통제 전략」, 이종민,『한국학보』제98호, 2000.

「일제의 식민 통치 논리 및 정책에 대한 조선 민중의 인식(1937~1945)」, 변은진,『한국독립운동

사연구』 제14집, 2000.

「일제하 경성 지역 카페의 도시 문화적 특성」, 김연희, 서울시립대학교 대학원 석사 학위 논문
2002.

「일제하 기독교 시인의 죽음 의식」, 이승하, 『어문논집』 제27호, 1999.

「일제하 사립 고등 교육 기관의 도서관」, 김용성, 『명대 논문집』 제13집, 1982.

「일제하 서울의 근대적 대중 교통 수단」, 김영조, 『한국학보』 제98집, 2000.

「일제하 연세 상과의 경제학풍과 '경제 연구회 사건'」, 홍성찬, 『연세경제연구』 제1권, 1994.

「잊지 못할 윤동주의 일들」, 정병욱, 『나라사랑』 제23집, 1976.

「전시체제기(1937~1945) 생활필수품 통제 연구」, 허영란, 『국사관논총』 제88집, 2000.

「정인보」, 황원구, 『한국사시민강좌』 제19집, 1996.

「좌경 교수·우경 교수─연희 전문학교 교수층 평(續)」, 한양학인, 『삼천리』 1931년 2월.

「큰아버지의 유고와 유품이 연세에 오기까지」, 윤인석, 『윤동주 시인 유고·유품 기증 특별전
(2013.2.27~3.20)』, 연세대학교 윤동주기념사업회 2013.

「하늘에 올리는 제물─육필 자선 시집『하늘과 바람과 별과 시』」, 류양선, 『다시울문학』 2013년
겨울.

「효정 이순탁의 생애와 사상」, 홍성찬, 『연세경제연구』 제4권 제2호, 1997.

「후계문단자(後繼文壇者)에게 고(告)함」, 김문집, 『조광』 1939년 5월.

창비청소년문고 15

시인 동주

초판 1쇄 발행 • 2015년 3월 6일
초판 21쇄 발행 • 2023년 11월 8일

지은이 • 안소영
펴낸이 • 염종선
책임편집 • 김선아
펴낸곳 • (주)창비
등록 • 1986년 8월 5일 제85호
주소 • 10881 경기도 파주시 회동길 184
전화 • 031-955-3333
팩시밀리 • 영업 031-955-3399 편집 031-955-3400
홈페이지 • www.changbi.com
전자우편 • ya@changbi.com